读客

读客三个圈经典文库

经典就读三个圈　导读解读样样全

欢迎您从《人间失格》走进
读客三个圈经典文库

亲爱的读者，感谢您选择读客三个圈经典文库。

我们的封面统一使用“三个圈”的设计，读者可以凭借封面上形式各异的“三个圈”找到我们，走进经典的世界。

你想成为什么样的人？

对你来说什么是重要的？

这个世界应该是什么样子？

我们在生命中遇到的这些问题，或许可以在浩如烟海的文学经典中找到答案。

跟随读客三个圈经典文库，认识世界、塑造自我，成为更好的人！

《漫长的告别》

《西西弗神话》

《人间失格》

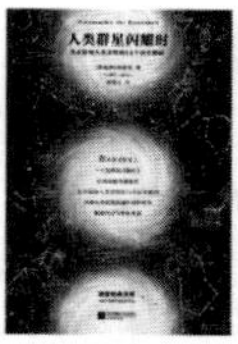

《人类群星闪耀时》

《鼠疫》

《小王子三部曲》

《局外人》

《月亮与六便士》

《基督山伯爵》

《罗生门》

经典不厌百回读，读客立足于国人的精神需求，提供有质量、有价值、有体系的精神成长经典文库，希望更多的读者从中获得乐趣，获得进益。

文洁若

二〇一八年二月二十日

文洁若

著名翻译家，是中国翻译日文作品最多的人。很多日本作家如川端康成、三岛由纪夫的作品，都是经由她首次介绍给中国读者。与丈夫萧乾合译《尤利西斯》，造就了一段文坛佳话。
2002年获日本政府颁发的“勋四等瑞宝章”，2012年获“翻译文化终身成就奖”。

人之所以为万物的灵长，宇宙的精华，就因为他会读，他爱读，爱读经典，常读经典，历代不衰。

柳鸣九 2018年三月十日
恒金森手 书

柳鸣九

中国社会科学院研究员、教授。
在法国文学史，西方文学思潮，文学理论与美文作评、文学名著翻译以及学者散文写作方面均有丰厚劳绩，有“著作等身”“学术胆识卓越”的美誉。
其论著与译作已汇集为《柳鸣九文集》（15卷），共约600万字。
2006年被评选为中国社会科学院最高学术称号“终身荣誉学部委员”。

祝"读客经典"成为用人类创造的全部知识财富来丰富读者头脑的精神宝藏！

郭家申

2018年2月23日

于北京中国社科院

外国文学研究所

郭家申

俄语翻译家，毕业于莫斯科大学文学语言系。

历任中国社会科学院外国文学研究所副所长、编审。

长达60年的翻译经验，累计翻译字数约500万字，翻译作品达30部。

译著有：《外国当代戏剧选》《艺术创造的本性》《高尔基自传三部曲》《一个沉思默想的女人》《迷惘的微笑》等。话剧译本《华沙曲》获辽宁省翻译奖。

阅读经典，就是立足于高起點，
含英咀華，激奋精神，行健致远。

羅新璋

罗新璋

1957年毕业于北大西语系。
1963年转入国家外文局《中国文学》杂志社从事中译法文学翻译工作，
1980年调入中国社会科学院外国文学研究所，从事法国文学创作。
曾花四年时间手抄200多万字的傅雷译文，在翻译时更是字斟句酌，力求精益求精，享有“傅译传人”的美誉。
主要译有《红与黑》《特利斯当与伊瑟》《列那狐的故事》《猫球商店》等。

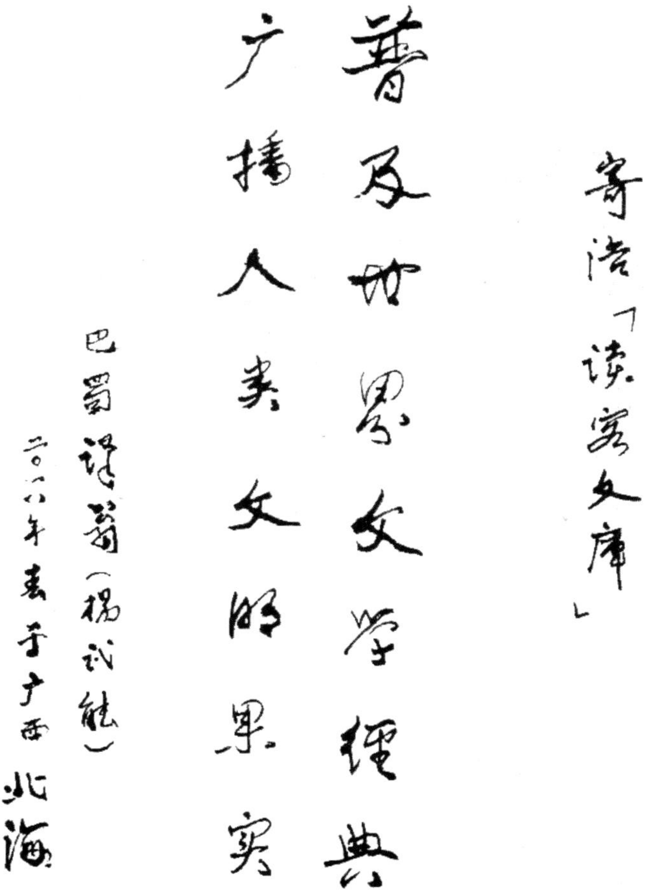

巴蜀译翁（杨武能）

1938年生于重庆，师从叶逢植、张威廉、冯至等先生，国家社科基金重大研究项目“歌德及其汉译研究”首席专家。
先后荣获联邦德国总统颁授的德国“国家功勋奖章”，联邦德国终身成就奖性质的洪堡学术奖金，以及国际歌德研究领域的最高奖歌德金质奖章。
著作译作数量众多，影响较大的包括《浮士德》《少年维特的烦恼》《格林童话全集》《魔山》等。

名著是人类的精品食粮，提供给人立足世上的能量。我自称"八0后"，是最大的受益者。读好书和译好书，从1980年至今，每天都收集我的快乐时光，组成不断升值的人生。

读者自有精神成长路线图，希望更多读者按图索骥，从中受益。

李玉民

李玉民

从事纯文学翻译近40年，出版作品上百部，总计翻译字数达2500万字。
主要译作有：《巴黎圣母院》《悲惨世界》《缪塞戏剧选》《艾吕雅诗选》等；主编《纪德文集》（5卷）、《加缪文集》（3卷）。
在李玉民的译作中，有半数作品是他首次向中国读者介绍的。

周克希

复旦大学数学系毕业后，在华东师大数学系任教二十八年，又在译文出版社当过十年编辑。译有普鲁斯特、福楼拜、圣埃克絮佩里、大仲马和萨勒纳弗等人的小说。著有随笔集《译边草》《译之痕》《草色遥看集》。

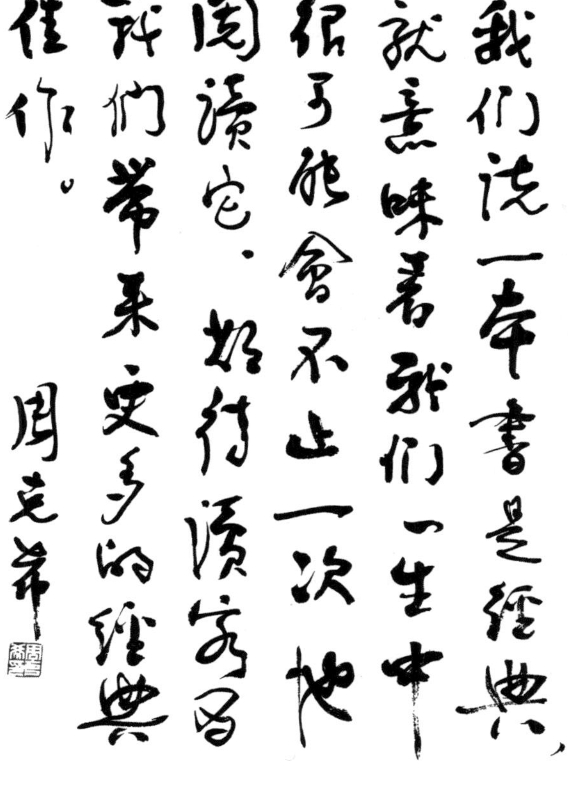

每一部经典文学作品，都是人类的重要精神基因。读客用经典文学绘制的精神成长蓝图，希望能够让更多的读者通过文字认识世界，找到自己灵魂的归属。

谭晶华

谭晶华

文学博士，教授，博士生导师。原上海外国语大学常务副校长，现任该校学术委员会主任。中国日本文学研究会会长、上海翻译家协会会长。出版众多著作、论文、辞典和教材、文学名著译作120多部（篇），350余万字。

读客经典精神成长文库将人类精神文明的精华做了系统的梳理，让经典更直接地与个体成长结合起来，是一种独到的做法。

黄宜思

2018.2.23.

黄宜思

中国政法大学教授，著名翻译家黄雨石之子。译有《罗马帝国衰亡史》《澡盆故事》《远航》《六便士之家》《罗马史》等。于2008年和2009年两度担任中国翻译协会主办的全国“韩素音青年翻译奖”竞赛评委。

与好书为友，拥抱每个能陶冶你心性的机会；
携经典作伴，在读客经典中找到你下一本书。

——曹明伦

曹明伦

四川大学教授、博士生导师，中国作家协会会员，中国翻译协会理事、成都翻译协会会长，国务院政府特殊津贴专家。译有《爱伦·坡集》《弗罗斯特集》《培根随笔集》《莎士比亚十四行诗集》等多种英美文学经典。

希望读客经典为读者
提供经典之精神享受。

姚锦清

姚锦清

上海外国语大学高级翻译学院教授，上海市语委英译专家。参编《20世纪欧美文学史》《外国文学名著赏析辞典》及《外国抒情诗赏析辞典》。主要译作有《布赖顿硬糖》《心灵的激情——弗洛伊德传记小说》等。

愿读客经典使青年朋友们快快成长，成年人永远年轻！

王之光

2018.2.22

王之光

浙江大学教师，长期从事文学和文化翻译教学与实践，已经出版的有《发条橙》《索多玛的120天》《小妇人》《圣经故事》《法国电影》等，还有汉译英作品如《台湾简史》《中美关系史》等。

阅读经典，丰实人生。

愿读客经典走进千万读者中。

陆求实

二〇一八年1月

陆求实

中国翻译协会专家会员、上海翻译家协会理事，致力于日本文学译介多年，译有夏目漱石、谷崎润一郎、吉川英治、渡边淳一、村上春树、岛田雅彦等人作品，曾获“上海翻译新人奖”“上海优秀中青年文艺家”“上海文艺家荣誉奖”，2011年荣获日本“野间文艺翻译奖”。

致读客经典

读经典，提升人生境界，汲取文化精华。

吴刚

吴刚

上海外国语大学高翻学院副院长、教授，英美文学博士，上海市翻译家协会理事。出版有《霍比特人》《美与孽》《莎乐美》等翻译作品30多部。

在这个文库里，总能找到一本要读的书：有你读过但值得重读的书，有你听说过且打算读的书，也有你将发现并有可能影响你一生的书。

姚向辉

姚向辉

青年译者，译作有《教父》《七杀简史》《漫长的告别》《马耳他之鹰》等。

愿我的孩子，我孩子的孩子，都能看着读客经典，进入世界文学的瑰奇殿堂。

汪洋

汪洋

毕业于北京大学，翻译家，外国文学资深编辑。从事英、日文文学翻译、编辑工作十余年，已出版译著有《D之复合》《人类灭绝》《鹰翼行动》《百年法》《亲爱的提奥——梵高传》《红字》等，涵盖推理、科幻、军事、惊悚、艺术史及经典文学等领域。

品经典之作，读经典译文，祝读客经典多出精品，愿更多读者在阅读经典中找到自我，收获未来！

刘勇军

刘勇军

知名青年翻译家，译风简练而深邃。译有《月亮与六便士》《刀锋》《不安之书》《生命不息：归来》《日出酒店》《遗失的时光》等经典作品。

人间失格

[日]太宰治 著
陆求实 译

读客三个圈经典文库

经典就读三个圈　导读解读样样全

江苏凤凰文艺出版社
JIANGSU PHOENIX LITERATURE AND ART PUBLISHING, LTD

图书在版编目（CIP）数据

人间失格 /（日）太宰治著；陆求实译．-- 南京：江苏凤凰文艺出版社，2018.4（2025.10 重印）
ISBN 978-7-5399-9916-6

Ⅰ．①人… Ⅱ．①太… ②陆… Ⅲ．①中篇小说 – 小说集 – 日本 – 现代 Ⅳ．① I313.45

中国版本图书馆 CIP 数据核字 (2018) 第 039354 号

人间失格

［日］太宰治 著　　陆求实 译

责任编辑　丁小卉
特约编辑　陶　旎　　夏文彦　　车　童
封面设计　读客文化　021-33608320
责任印制　刘　巍
出版发行　江苏凤凰文艺出版社
　　　　　南京市中央路 165 号，邮编：210009
网　　址　http://www.jswenyi.com
印　　刷　三河市龙大印装有限公司
开　　本　890 毫米 ×1270 毫米　1/32
印　　张　9.5
字　　数　142 千字
版　　次　2018 年 4 月第 1 版
印　　次　2025 年 10 月第 24 次印刷
标准书号　ISBN 978 – 7 – 5399 – 9916 – 6
定　　价　39.90 元

目　录

人间失格

人間失格

前 言

我曾看到过那男人的三张照片。

一张应该是幼年、估摸十岁上下时的照片，他被众多女孩子前后左右簇拥着（猜想可能是他的姐姐妹妹还有堂姐妹们），身穿阔条纹的筒式套袴[1]，站在庭院的池畔，脑袋向左倾斜约三十度，笑得煞是诡丑。诡丑？倘使碰上个感觉钝迟（即对美丑之类了无兴致）的人，摆一副平淡无趣的表情，说句“这孩子真可爱”之类的客套话，也并非全属蹈虚附会的假奉承，从孩子的笑脸上，倒也不能说一点也看不出世人所谓的“可爱”。可对于稍具审美品位的人来说，只要看上照片一眼，或许就会颇感不悦地咕哝一句：“嘁，这孩子真叫人倒胃口。”用像是拂除身上的毛毛虫般的手势，随手将照片一丢了之。

那孩子的表情，越打量越让人感觉不快，不知不觉还会生出几许寒意。那根本就不是什么笑脸。这孩子脸上完全没有笑意。他双手紧握，攥拳而立，就是证明。没有人可以一面紧握双拳一

1　日本一种宽松的传统下衣，状似裙裤，多为左右两腿分开，腰部缝有系带收束，也有的为无裆式。——译者注（若无特殊说明，本书注释均为译注）

面微笑的。是猴子，分明是张猴子的笑脸！——脸上只是堆满委琐的皱褶而已。照片上的表情就是如此古怪、丑诧，令人恶心，让人不由自主地想呵斥他是个“皱皮丑八怪”。我从未见过表情如此诡异的小孩。

第二张照片上，他的相貌变化之大令人惊讶不已。一副学生装束，虽然不清楚是高中时代还是大学时代的照片，不过确实俊美得让人吃惊。但同样不可思议的是，他浑身上下却没有一丝活物的生气。他身穿一袭学生制服，白色手帕半露在胸袋外，双腿交叉坐在藤椅上，脸上依旧带着微笑。此时已不再是猴子般满是皱褶的笑脸，而是称得上隽巧的微笑，不过与常人的笑容仍然有种说不清的差异：缺乏气韵的厚重感，或者说，缺乏生命的洗练、自然朴浑，总之完全没有这类充实之感，轻得就像一叶鸟的羽毛——连鸟儿都不是，就那样纤巧轻俏地微笑着，浑似白纸一张。换句话说，是彻头彻尾强装出来的笑。说矫揉造作也好，说轻薄也好，说阴阳怪气也好，都不足以形容其怪异；说是酷，仍觉不甚贴切。仔细琢磨，这个相貌俊美的学生身上，同样带着一种让人感觉像是鬼怪故事般的瘆人的妖氛。我从未见过如此俊美而诡异的青年。

另一张照片最为古怪。头上疵杂着几绺白发，无从判别年龄，坐在肮脏不堪的房间角落（从照片上可以清楚地看到屋内的墙壁至少有三处已经剥落），两手举在小火盆上烤火取暖。这回没有笑．面无表情。他好似坐在火盆前烤着火，就这么自然地死去一般，照片中充满了不祥的灾晦之气。古怪的还不单单如此。照片上脸部显得特别大，我因而可以仔仔细细谛视他的长相：额头长得很平凡，额头上的皱纹也是，眉、眼、鼻子、嘴巴、下颚莫不平凡无奇。这张脸非但没有表情，并且完全无法令人留下半点印象，因为它毫无特征。这样说吧，当看完照片合上眼，我便已经将这张脸忘得一干二净了。屋内的墙壁、小火盆都能让人回忆起，但是屋内主人公的脸却倏地霞蒸雾散，怎么也想不起来。这是张无法形容的脸，甚至无法用漫画刻画出来，你无论如何不会有睁开眼睛——啊，原来是这样的，我想起来了！——那种豁然顿悟的欣愉。说得更极端些，即使睁开眼睛再端详一遍，依旧唤不起记忆，只会徒生不快，令人心绪烦乱，只想赶快别过脸去。

即使是所谓的“死相”，也比它更富有表情而令人印象深刻。总之，这照片绝对会让看到的人不由自主地毛骨悚然，浑身不舒服，仿佛看到一具人的躯体上安着颗驽马的头颅一样。我只能说，我从未见过长相如此诡异的男人。

手记之一

回首前尘，我的人生充满了惭耻的记忆。

对我而言，究竟应该拥有怎样的人生，我完全参悟不透。

我出生于东北的乡下，直到长大之后，才第一次见到火车。我上上下下于火车站的天桥，完全没有觉察这是供人跨越铁轨所建，还以为只是为了让车站能够像外国的游乐场一样充满妙趣而又显得新潮，才打造成这般模样的。并且有很长一段时间，我对此都深信不疑。在天桥爬上爬下，是我最热衷的游戏，我觉得它是铁路公司各项服务中最让我中意的。当日后我发现那不过是一种为方便旅客跨越铁轨而架设的实用楼梯而已，不由得大觉扫兴。

此外，我小时候在画本上见过所谓的地铁，也没有意识到那是出于实用性而想出来的设计，还天真地以为在地下乘坐火车别有一番风趣，比在地面上坐车更加好玩。

我从小体弱多病，时常卧床不起。躺在床上，总是心想床单啦、枕头套啦、被套等等全是些无聊的装饰品，直到年近二十，才突然发现这些竟然都是生活实用品，不禁心中黯然，为人生之贫乏而暗自窃悲。

还有，我不懂得什么叫饿。这倒并不是炫耀我生长于一个衣食无忧的富庶家庭——我还不至于无聊愚蠢至此，我真的不知道“饥肠辘辘”是种什么样的感受。这话听起来奇怪，可我就算肚子里空空如也，也不知不觉，没有任何异样感觉。小学、初中的时候，每次放学回到家，周围人总会七嘴八舌地围上来说：“喂，肚子饿了吧？我们小时候也一样的呀，放学回家时肚子饿得特别厉害哪！来点甜纳豆[1]怎么样？还有蛋糕和面包哦。”而我也充分发挥出天生的喜欢讨好人的精神，嘴里说着 “肚子饿了”，顺手将十几颗甜纳豆送进嘴里，实际上压根儿没有体会到肚子饿的滋味。

我吃起东西来食量不小，但几乎从来都不是因为肚子饿而吃。我吃人们印象中的珍馐，吃常人眼里的豪华大餐，还有到外面用餐时，端上来什么我吃什么，一直吃到撑不下去为止。儿时的我，最痛苦的时刻，其实是家里的用餐时刻。

在我乡下的老家，每到用餐时间，全家十几口人全数到齐，面对面相向坐成两排，围着桌上丰盛的饭菜，身为家中老幺的我，自然只能坐末座。吃饭间里光线暗淡，吃午饭时，十几个人全都默默不语，专心一意地扒着饭，那光景我回想起来总是顿生寒意。我家属于乡下那种古板守旧家庭，菜色几乎一成不变，别指望会出现什么珍馐或是豪华大餐，所以我愈加对这一刻感觉恐惧。我坐在昏暗屋子的末座，因寒冷而浑身打战，一点一点将饭送至嘴边，塞入口中，心中却在暗暗思忖——人为什么非得每日三餐不可呢？有时我甚至想：用餐时每个人都一脸严肃，宛如某种仪式，全家人每天三次准时聚在昏暗的屋子里，秩序井然地摆

1　一种日式零食，先将小豆等煮熟，拌上白糖和蜂蜜再反复煮数次，然后撒上白糖即成。

好饭菜，即使毫无食欲也必须低头默默地嚼着饭菜，这或许是在向隐伏在家中的亡灵们祈祷吧？

“人不吃饭会死的！”这话听在我耳里，不过是一句令人生厌的恫吓。可是，偏偏这种迷信（至今我依旧执拗地觉得它是一种迷信）又总让我感到惶恐不安。“人不吃饭就会死，所以人必须工作、必须吃饭”，对我而言，没有比这个更加晦涩难懂、更加令人感觉到威迫的说教了。

换句话说，对于人类的营生，我可以算是完全懵懂不解。我的幸福观与世人的幸福观存在着天壤之别，这令我深感不安，为此我几乎夜夜辗转难眠、暗自呻吟，甚至差一点发疯。我到底算不算幸福？从小人们就常说我幸福，但我总觉得自己好像身处地狱，反倒是那些说我幸福的人所过的安乐生活远非我所能企及。

我甚至觉得自己背负着十个祸胎，哪怕将其中一个换与旁人背负，恐怕都已经足以取其性命了。

因为我全然不懂。旁人痛苦的性质和程度，我完全琢磨不出。那些实实在在的痛苦，只要有饭吃就能解决的痛苦也许才是最剧烈的痛苦，称得上凄惨绝伦的阿鼻地狱[1]，足以将我那十个祸胎一扫而光，化为乌有。我对此一无所知。可是，他们却没有自杀、没有发疯，依旧阔谈政治，从不绝望，为了生计倔强地战斗，似乎活得毫不痛苦。他们成了不折不扣的利己主义者，并且虔信这一切理所当然，从未对自己产生过一丝怀疑。倘使真的这样，那倒也自在。可是，不会是每个人都如此，并且以此为完美的吧？不知道……他们是否夜里睡得香甜、早晨醒来心悦神愉？

1　佛教中八大地狱中的第八狱，意为永受痛苦无有间断的地狱。佛教认为人生前做了恶事，死后会堕入地狱，其中造“十不善业”重罪者，要在阿鼻地狱永受苦难。

他们做什么样的梦？走在路上又会想些什么？金钱？不不，不会只是这样的吧，曾听说过“人为食而生”，好像还未听说过“人为财而活”。不过，因事而异嘛……不，我还是搞不懂。我越想越糊涂，越琢磨越恐惧，仿佛唯有自己是世界上的异类。我与旁人几乎从不交谈，因为我不知道说什么好。

于是我想到一个好方法，那就是假痴假呆、诈哑佯聋。

这是我向人类最后的求爱。尽管我对人类极度恐惧，但似乎始终割不断对人类的缘情，于是借着装傻这一缕细丝，来维系与人类的贯联。表面上我总是笑脸迎人，暗中则是拼了死命，战战兢兢，如履薄冰般才艰难万分做出这样的奉侍。

从小，即使是自家人，我也想象不出他们有什么样的痛苦、他们脑子里在想些什么、他们为何而活着，只知道谨小慎微地去面对他们。等到实在无法忍受那种令人难堪的气氛，便渐渐成了装傻的高手。换言之，不知不觉中我变成了个不吐一句实话的孩子。

看看当时我与家人在一起的合影就会发现，其他人都一脸正经，唯独我歪着头，脸上露出古里古怪的笑容。这便是我既幼稚又可悲的一种扮傻装痴行为。

不论家人说我什么，我从不顶嘴。他们一句轻描淡写的批评，我却感觉如同霹雳般震撼，几乎令我发疯。不要说顶嘴了，我甚至认为他们的批评一定是万世相传的人类真理，自己没有遵行真理的能力，恐怕从此便不能够与人类同处一片天底下了。所以，我无力反驳，也无法为自己辩解。一旦受人指责，我便觉得完全是因为自己的想法有误，因而总是默默地忍受对方的攻击，内心则恐惧到几乎发疯。

遭别人责难或怒斥，任何人也许都不会觉得好受，不过我却从朝我发怒的人脸上，看出来比狮子、鳄鱼、恐龙还要可怕的动物本性。平时他们似乎将其本性掩饰起来，但由于某种原因，就会发怒而突然暴露出人类可怕的本性，就像温驯地躺在草地上歇息的牛冷不防一甩尾巴，鞭毙叮在肚子上的牛虻一样。这一幕总是令我寒毛倒竖、胆战心惊。想到这种本性或许也是人类求生的一项资格，我便感到无比绝望。

对人类，我始终心怀恐惧、战战兢兢，而同为人类的一员，我对于自己的言行举动更是毫无自信，只能独自将懊伤偷偷锁进心中一隅，抑郁、神经质，统统深藏起来，同时装出一副天真无邪的乐天模样，逐渐将自己改造成一个装疯卖傻的怪人。

管那些做什么，只要能逗人一乐就行了。如此一来，即使我置身于人们所谓的“生活”之外，他们也不会太在意。总之，我绝不能成为人类的眼中之碍，我只是虚无，我是风，是空气——我的这种想法越来越强烈，我假装痴狂用以取悦家人，还有，在那些比家人更加神秘莫测、更加可怕的男女下人面前也竭力装傻卖乖。

夏天，我在浴衣里头穿上红色的毛衣，走在堂前廊庑上，逗得家人笑个不止，连平素不苟言笑的大哥见了也不禁扑哧乐出了声。

“叶藏，这么穿不合适呀！”他的口吻充满怜爱。

其实，我并不是不懂得冷热的怪人，岂会大热天里穿件毛衣到处逛荡？我只是将姐姐冬天用的两只毛护腿套在胳膊上，露一点点在浴衣的袖口外，让人以为我身上穿了件毛衣。

父亲在东京有不少公务，因此他在上野樱木町置了栋别墅，每个月有大半时间都住在东京的别墅里。每次回家，父亲总会买好多礼物送家里人和亲戚，这可以算是父亲的一个嗜好。

某次，在父亲动身上京的前一晚，他把孩子们召集到客堂间，笑吟吟地询问每一个人，希望回来时得到什么样的礼物，然后将孩子们的回答一一写在记事本上。父亲难得与孩子们这般亲近。

“叶藏，你呢？”

轮到我时，却一时间吞吞吐吐无言以对。

问我想要什么，我反而突然间什么都不想要了。脑海中闪过一个念头：随便好了，反正这世上没有任何东西能够让我快乐起来。但与此同时，别人送我的东西，无论多么不投我所好，我也不会拒绝。对讨厌的事物不敢明说，对于喜欢的事物，也像做贼似的畏畏缩缩、惴惴不安，令我备感痛苦，而这种难以言喻的恐惧又使我苦闷不已。换句话说，我连二者择其一的能力也没有。我想，日后我的人生之所以“充满了惭耻的记忆”，这种讨厌的癖性可以说是一大原因。

见我忸忸怩怩不吭声，父亲脸上露出一丝不悦：

“又要书？浅草的商店街有卖过年舞狮一样的那种玩具狮子，大小很合适小孩戴在头上玩，你不想要吗？”

一句“你不想要吗”，我彻底败下阵来。我什么话也答不上，装糊涂也不顶用。我这个擅装疯卖傻的滑稽小丑完全不合格。

“还是买书错不了吧。”

大哥一脸正经地说道。

“是吗？”

父亲一脸败兴，连写都没写，便啪一声将记事本合上。

这是何等重大的失败呀。我竟然惹恼了父亲，他无疑会对我进行可怕的报复，为何不趁现在也许还来得及想办法挽回一下？当天夜里，我钻在被窝里簌簌发抖，一直琢磨着这件事，最后蹑手蹑脚地起床来到客堂间，拉开父亲放记事本的抽屉，拿起记事本，唰啦唰啦翻开来，找到先前记下礼物的那一页，舔了舔铅笔尖，写下“舞狮”两字，然后才悄悄回去睡觉。其实我根本不想要那种玩具狮子，倒是书相对来说比较合我心意。但我觉察出父亲是想买舞狮给我。为了迎合父亲的心意，讨他开心，我才斗胆尝试一次小冒险，深夜潜入客堂间。

而我这招非常手段果如所愿，获得了极大成功。过了些日子，父亲从东京返回家，我在房间里听到他朗声对母亲说的一席话：

“我在商店街的玩具店里翻开记事本，你看，这里清清楚楚写着‘舞狮’两个字，可是这不是我的字。我还纳闷呢，后来猜到一定是叶藏淘气干的。我问他的时候，他讪皮讪脸，磨磨蹭蹭不肯说，过后却又想要得不行。这小子真是个怪人，假装没兴趣，可是明明写在这里呢！既然这么想要，说出来不就得了吗。我在玩具店里忍不住笑出来哩。快去，把叶藏叫来！”

我还会将男女下人召集到房间来，叫一名男佣在钢琴键上乱弹一气（虽然是在乡下，但是大部分新潮的东西家中应有尽有），自己则和着那不成曲调的琴声，跳起印第安舞，令众人捧腹大笑。二哥手中镁光灯一闪，将我的印第安舞姿拍了下来，等到洗印出来一看，我的小鸡鸡竟然从腰巾（其实是块印花布的包袱皮）对拢处小露了一记尊容，这下引得全家又是哄堂大笑。这或许可说是我的一次意外成功。

我每个月订阅了十来种少年杂志，此外还会让父亲从东京给我带回各种各样的书籍，独自闷头阅读，所以不论是“怪诞诡奇博士”抑或“万宝全书博士”，我都如数家珍，还有怪谈、讲谈、落语、江户趣话[1]等等，也无不博贯，常常以一本正经的表情讲述些稀奇古怪的事情，成了博家人一乐的必备节目。

然而说到学校，呜呼！

在学校，我是受人尊敬的主儿。“受人尊敬”这个念头，也令我颇感恐惧。近乎完美地骗倒一众人，然后却被某个全知全能的智者识破，当众一股脑儿揭了个原形毕现，那种惭耻比死更可怕——这就是我对“受人尊敬”一语所下的定义。尽管可以一时欺骗住众人，受到仰视，但终究会有人看穿这套伎俩。于是众人都会从他口中得知真相，而当发现自己受骗时，众人的愤怒，还有复仇，会是多么可怕。光是想象一下，就会全身寒毛倒竖。

我在学校里受人尊敬，倒不是因为出生于有钱人家，凭的全是世人所谓的“聪明能干”。我从小体弱多病，常常一请假就是一两个月，甚至休学在家将近一学年，躺在床上，上不了课。然而，当我拖着刚刚病愈的弱躯坐人力车到学校参加期末考试，成绩竟然比班上的任何人都要好。身体状况完好的时候，我也不曾用功读书，去了学校，上课也是胡乱地涂涂画画，画漫画什么的，下课休息时向同学们讲述自己画的东西，逗大家发笑。写作文时，我写的尽是些滑稽故事，被老师批评，可我还是恶习不改，因为我知道，其实老师暗地里也喜欢读我写的滑稽故事。某日，我一如惯常将母亲带我搭火车去东京的途中，我往车厢过道的痰盂里撒尿的丑事（当然，我并非不知道那是痰盂，为了夸张

1　都是日本的通俗曲艺形式。怪谈类似于说书表演，专门讲述吓人的鬼怪故事；讲谈为日本固有的说唱表演，内容主要是历史故事或虚构故事；落语是用滑稽逗人的语言表演的一种说话艺术；趣话近似短篇落语，内容均为小笑话、幽默小故事。江户即现在的东京，明治维新（1868年）以前称为江户。

地展现小孩的天真，才故意那么做的）写成一篇作文交上去，很自信地想，老师看了一定会发笑。所以我悄悄跟在老师身后，向教员办公室走去，看到老师一出教室立即从一沓作文中将我的作文挑出来，开始在走廊上边走边看，哧哧地笑。走进办公室大概刚好读完，只见老师脸涨得通红，高声笑出来，还马上将我的作文拿给其他老师看。见到这一幕，我心里觉得十分满足。

真是淘气！

我成功地让自己被人视为淘气，成功地摆脱了受人尊敬的束缚。我的联络簿上所有科目都是十分，唯有操行一项有时七分，有时六分，这又成为全家人的笑柄。

事实上，我的本性与这种淘气正相反。当时，我被家中的男女下人侵犯，悲愤丛集。我至今认为，对年幼的孩童做出这种事情，是人类所犯罪行中最丑恶、最卑劣的，也是最残酷的。但我却忍下了，甚至觉得这让我领略了人类的又一种本性，于是只得无力地发笑。倘若我养成了说真话的习惯，也许我就会很理直气壮地向父母告发他们的罪行，然而，我并不完全了解自己的父母，至于向别人揭露，我压根儿就对这种手段没抱一丝期待。无论向父亲或母亲告发也好，或是向警察告发也好，向政府告发也好，结果还不是听凭那些深谙处世之道的人巧言善辩，指天画地地乱说一通？

我确信结局一定是不公的。归根结底，这种事情诉诸任何人都是徒费口舌，所以我不会说出实情，我吞声饮恨，除了继续装糊涂之外别无他策。

什么？你是说你不信任人类？咦，你什么时候成了基督徒呀？——或许有人会嘲笑我一通，但是我以为，对于人类的不信任，未必就意味着一定会走向宗教之路。事实上，包括嘲笑我的人在内，人类不是在彼此的不信和猜忌中，照样丝毫没有将耶和华敬怀心中，若无其事地生存着吗？

还是我幼年时经历的一件事情。父亲所属某政党的一位名人到我家所在的小镇来演讲，家里的下人带着我去剧场一块儿听。剧场里座无虚席，镇上与父亲关系亲厚者几乎全部到场，起劲地拍手助威。演讲结束，听众们三三两两踏着积雪的夜路往家走，一路上将那晚的演讲骂了个狗血喷头。其中不乏与父亲交谊甚笃的所谓“同志”，他们以近乎愤怒的口吻批评父亲的开场致辞一点也不精彩，而那个名人的演讲更是糟糕透了，简直不知所云。而后，这群人顺道来我家小坐，走进客堂间，他们却用一种仿佛喜出由衷的神情跟父亲说今晚的演讲极为成功。就连下人也一样，母亲问演讲会如何，他们竟毫无愧色地回答说：“讲得真好！”返家途中，他们明明是一迭声地嘟囔，说再没有比这个演讲更糟糕的了。

这只是个微不足道的例子。彼此间相互欺蒙，而且不可思议的是，双方竟然都毫发无损，甚至似乎毫不在意彼此的欺骗，如此高明因而也称得上是光明磊落、公平而令人欣愉的人间失信的例子，在人类生活中俯拾皆是。然而，我对于人们彼此欺骗的事实却没有兴趣，因为我自己就借着装痴装傻成天在欺蒙别人。我对于道德教科书般的正义或道德什么的毫不关心，但是那些相互欺骗着却又光明磊落、公平而欣愉地生活，或者似乎从中获得了生存自信的人，却实在让我无法理解。人类终究没有教会我读懂其中的妙谛。倘使我能明白，也许就不会如此恐惧人类，也不必殚精竭力装痴装傻以讨好人类，更不必同人类生活相对立，以致夜夜啖尝这地狱般的痛苦了吧。换句话说，我之所以没有向任何人告发下人们那可憎的令人发指的罪行，并非因为我不信任人类，当然也不是基于基督教的信条，实在是由于人类对名叫叶藏的我将信任之门重重关闭的缘故。即使是父母，也时常展现出一些令我匪夷所思的本性。

但我那无法向任何人倾吐的孤独气息，却被许多女性本能地嗅捕到，或许这便是日后我被女人乘虚而入的诱因之一。

也就是说，对于女人而言，我是个守得住恋情秘密的男人。

手记之二

紧临海岸线，就依傍在层涛拥沫的大海边，并排耸立着二十多株树皮黝黑的高大的山樱树。新学年伊始，山樱树在强韧的褐色嫩叶烘托和蔚蓝的大海映衬下，绽放绚烂的花朵，待到落英缤纷时节，如飞雪般坠下的樱花飘飘洒洒散向大海，装点着海面，随波荡漾，被浪花复又拍打回岸边。东北某所中学将这片镶满樱花的海滩充作自己的校园。而我根本没有好好用功应考，竟也顺顺当当地进了这所初级中学。这所学校的校帽徽章以及校服纽扣，都以樱花花瓣作为图案。

家中一房远亲的家就位于学校旁，因为这层关系，父亲便替我选择了这所拥有大海和樱花的中学。我寄宿在亲戚家，由于离学校近在咫尺，我变成了一名慵懒的中学生，每天听到学校朝礼的钟声响起，才疾速跑向学校。尽管如此，借由高超的装糊涂本领，我在班级里的人气依然与日攀升。

这是我有生以来第一次远赴他乡，但我却感觉他乡远比生我养我的故乡更加令我快心遂意，这其中固然有我装糊涂的本领已臻炉火纯青之境，糊弄起人来不像以前那般费力的缘故，另外也可以归之为家人与外人、故乡与他乡间毕竟存在着演技上的差异，就算上帝之子耶稣也无法辟易的缘故。对一名演员而言，最难发挥的场所莫过于自己故乡的剧场，并且三亲六戚、旧知故交全都聚集一堂，任凭演技再了得的名伶想必也会大失水准。而我却一路演来，还获得了相当大的成功。像我这样的能手，到外乡表演，自然能做到万无一失。

我对人类的恐惧与过去相比丝毫未减，潜隐在心底，一刻不停地剧烈蠕动，但我的演技却与日俱进，在教室里总能逗谑让人发笑不止，连老师也一面叹息“这个班级要是没有大庭，准是个好班”，一面却忍不住掩嘴窃笑。即使那些嗓门如雷的军训教官，也能被我轻松地逗得胡卢大笑。

我以为已经彻底隐藏起自己的真面目，正想安然舒一口气时，却冷不防被人从背后突袭了一记。这个从背后偷袭我的人，竟是班上公认的身体瘦弱、功课又极差的白痴似的男生，面目青肿，老是穿一件像是他老爸或兄长传下来的旧上衣，袖子长得让人联想到圣德太子[1]，军训和体操课时总是只有在一旁观看的份儿。就是这样一个家伙，所以我也认为对他完全不必心存警戒。

那天上体操课，那个名叫竹一的家伙（他姓什么我早已忘记了，只依稀记得好像名字叫竹一）仍跟往常一样在旁观看，我们则进行单杠练习。我故意做出副一本正经的表情，大叫一声，朝单杠冲过去，像跳远似的往前猛力一跃，结果一个屁股蹲跌坐在沙地上——这是我设计好的一次“失败”。众人捧腹大笑，我自己也苦笑着站起身，掸去裤子上的沙土。竹一不知什么时候已站

1　圣德太子（574—622），日本用明天皇的皇子，后担任推古天皇的摄政，曾制定冠位十二阶制和《十七条宪法》，派遣遣隋使等，对日本的文化发展有重大贡献。

到我身后，伸手戳着我后背低声说道：“你要招。你是故意的！”

我大为震惊。我精心设计假装失败的事情，竟然不是被别人而偏偏是被竹一识破，这让我始料不及，想都没想过。刹那间，我仿佛看到整个世界被地狱的烈火包围，焰炽烟迷，我几欲大叫一声，精神狂乱，幸好竭力控持住了自己。

接下来的日子，是无尽的不安与恐惧。

表面上，我依旧可怜巴巴地佯狂假痴取乐大家，但时不时地便会忍不住独自吁叹，我所做的一切都已被竹一彻底看破，用不了多久，他一定会四处向人道出这个秘密。想到这里，不由得额头冒出黏糊糊的油汗，像个疯子似的用怪异的眼神心虚地四下张望。假使可能，我甚至想从早到晚一天二十四小时寸步不离地监视竹一，不让他脱口道出我的秘密。我心中盘算着，在我这般贴身缠络下，假以时日，我一定会竭尽所能，让竹一相信我不是在耍招，而是真的出丑。倘若事情顺利，我甚至还指望着能够与他成为无两无双的亲密朋友。倘若这一切全都不可行，那便只有暗暗祈祷他“呜呼曷归”了。不过，我并没有杀死他的念头。在我过往的人生中，曾多次期望自己命丧他人之手，但从未想过要夺他人之命，因为我觉得，那样反倒是给可怕的对手以幸福了。

为了收服竹一，我不时脸上堆满假基督徒般伪善的媚笑，脑袋左倾约三十度，轻搂他瘦削的肩膀，用嗲声嗲气的肉麻语调，邀他到我寄宿的亲戚家来玩。他却总是流露出茫然的目光，沉默着不答腔。记得是初夏时节，我终于出乎意料地成功了。那一日，放学时恰好遇上一场瓢泼大雨，雨点白茫茫一片倾泻下来，学生们都愣在那里，回不了家。我因为住处离得近，便不以为然地冒着雨往外冲，忽然看见竹一呆呆地立在鞋柜旁的角落，于是招呼道："上我家吧！我借把伞给你。"随即拽住怯生生的竹一的手，一块儿疾奔入暴雨中。来到寄宿的亲戚家，我将两人淋湿的上衣拜托表婶帮忙烘干，自己则拉着竹一直上二楼我的房间。

这户人家只有三口人，年过五十的表婶，大约三十、鼻梁上架副眼镜、像是有病在身的身材高挑的大姐（她曾经嫁作人妇，后来又返回娘家。我也随这家人家的称呼，管她叫"姐姐"），还有最近刚刚从女子学校毕业的妹妹节子，她与姐姐一点也不像，个头娇小，长着一张圆圆的脸。楼下开了个小门店，店面陈列着一些文具和运动用品，不过一家人主要的收入还是来自已故的男主人当初所建留下来的五六间出租杂屋收来的房租。

"耳朵好痛，"竹一站在那里说道，"我只要一淋到雨，耳朵就会痛。"

我朝他耳朵眼里瞧了瞧，他两只耳朵都患有严重的耳漏，脓水眼看就要淌到耳郭外了。

"哇！这怎么行呢。很痛吧？"

我故意夸张地说，并且装出很震惊的样子。

"都怪我在大雨中拖着你跑，对不起哦！"

我学着女人的腔调说话，同时"温柔"地表示歉意。接着我下楼找来棉球和酒精，让竹一的头靠在我膝盖上，仔细地替他清洁耳朵。竹一似乎并没有察觉到这又是我伪善的诡计，还头枕在我的膝盖上傻乎乎地恭维道：

"以后一定会有女人迷上你。"

然而日后我才意识到，这句话竟像恶魔的预言般可怕，也许连竹一自己也不曾料到吧。

不管是说"迷上"女人，还是说被女人"迷上"，这个词听上去都感觉非常粗鄙，带有一种浪谑和扬扬自得的味道，无论何等庄严的场合，只要冒出这个词来，神圣的伽蓝[1]即刻便礼崩乐坏，变成废墟一堆。但倘若用“被爱的不安”这类文学腔的表现，来取代“被迷上的痛苦”这种低俗用语，就不至于摧毁忧郁不安的伽蓝，说起来真是奇妙。

竹一一面由着我替他清洁耳朵，一面说出“以后一定会有女人迷上你”这番傻乎乎的恭维话，我当时只是红着脸微笑，没有回应，心里却隐隐地颇以为然。不过，“迷上你”这句粗鄙的话酿就了一种扬扬自得的氛围，而我若是直截了当地认可他说的有理，岂不是比相声里傻里傻气的大少爷的台词还要无趣，显得我的想法愚不可及，所以我当然不可能抱着这种浪谑、扬扬自得的心理如实承认。

对我而言，女人较之男人来得更加复杂，更加难以理解。我家里的女性人数多于男性，亲戚当中女性亦不少，还有那些侵犯过我的女佣，因而可以说我从小便是在女人堆中浸大的。然而，我其实一直是抱着如履薄冰的心情同这些女人打交道。我几乎完全不明状况，恍若身坠五里雾中，时不时还会出现些要命的失误，遭受重创，而这又不同于从男人那里遭受的棍棒之苦，就像内出血似的，在内心造成一种极度的不快，久久难以治愈。

女人有时候对我死缠硬拽，有时候又拒之千里；有时候在人面前对我鄙夷不屑、冷若冰霜，在人背后却竭尽偎拥抱弄之能。女人熟睡时就像死去一般，叫人怀疑她们是否为睡眠而活。我自幼年时代便开始对女人做形形色色的观察，尽管同样身为人类，

1　梵文samgharama音译“僧伽蓝摩”的略称，意为“众园”或“僧院”，亦为佛教寺院的通称。

却感觉女人和男人是迥然相异的两种生物。不可思议的是，这种神秘莫测又大意不得的生物竟然逗情起我来。于我而言，“被迷上”抑或“被喜欢上”这样的词语完全不适合我，倒是用“被挑逗”来描述实际的状况也许更加贴切。

女人同男人比起来似乎更加容易哄弄。当我佯狂假痴的时候，男人们从不会傻兮兮地从头笑到底，而且我自己也清楚，对男人若是得意忘形装疯卖傻过了头，必定以失败收场，所以我时常暗暗提醒自己，必须适可而止、见好就收。而女人不知道什么叫适度，总是无休无止地耽于我的表演，为了应付她们意犹未尽的欣赏要求，我被弄得精疲力竭，她们则兴奋得乐不可支。女人似乎比男人更懂得咴嚼快乐的滋味。

我中学时代寄宿的那家亲戚家里，不管大姐还是妹妹，只要一得空闲，就会闯进二楼我的房间来，每次我都被吓得差点腾地跳起来，惊恐不已。

“在看书？”

“没有。”

我微笑着合上书本：“今天，学校里有位叫‘棍棒’的地理老师……”

从我口中流泉般倾泻而出的是一段段粗俗的滑稽故事。

“叶藏，你戴上眼镜看看。”

某天晚上，妹妹节子和大姐一同来到我的房间，硬缠着我表演各种搞笑的节目逗谑，最后还提出了这样的要求。

“做什么？”

“别管，你就戴上试试嘛。喏，你借姐姐的眼镜用好了。”

总是如此强横，口吻仿佛命令一般。我不得已乖乖戴上大姐的眼镜，立刻引得二人笑翻在地。

“太像了！跟哈罗德·劳埃德[1]一模一样！”

当时，正值一个名叫哈罗德·劳埃德的外国喜剧电影演员在日本人气超旺。

我随即立起身，举起一只手，说道：

“诸位，在此我谨向日本的粉丝们……”

我模仿着大明星的架势，向观众致辞，这又让她们越发笑得合不拢嘴。

自那以后，只要一有劳埃德的电影来小镇上巡映，我便前往剧场观看，暗自揣摩并模仿他的表情等。

某个秋夜，我正在被窝里看书，大姐像只小鸟一样疾飞进我房间，不由分说一头扑倒在被子上，哭哭啼啼地说：

“叶藏，你会帮我的对吧？一定会的，是不是？我们一起离开这个家吧！你救救我！”

她一面说着令人吃惊的话，一面嘤嘤啜泣。好在我并非第一次见识女人这种情态，故而对于大姐这番过激的言辞一点也不惊惶，反倒觉得这招过于老套、毫无新意，颇叫人扫兴。我轻轻钻出被窝，拿起一只放在桌上的柿子剥开，切下一块递给大姐。大姐抽抽噎噎地吃着柿子，问我：“有什么好看的书？借我一本。”

我从书架上挑了一本夏目漱石的《我是猫》给她。

“谢谢你的柿子。”

大姐略显羞赧地笑着，走出房门。

不光是这位大姐，天下女人究竟是以一种什么样的心情活在

1 哈罗德·克莱顿·劳埃德（Harold Clayton Lloyd，1893—1971），美国优秀默片演员，被誉为“冒险喜剧之王”。

世上？对我来说，想要究明这一点，简直比揣摩蚯蚓的心思还要复杂和麻烦，甚至让人不寒而栗。不过，我从幼年时起就已得出一条经验，女人若是突然莫名其妙地哭啼啜泣，只要拿出些甜食，吃下去她们就会心情一转，破涕为笑了。

至于妹妹节子，她经常会带些朋友到我房里来玩，我则照例公平大方地逗大家开心。朋友走后，节子必定会数落她的朋友们，说她们的坏话，谁谁是不良少女啦，你要小心啦，等等。既然如此，自己不带她们来玩不就行了？而且，节子带来我房间玩的几乎全都是女孩。

然而，这与竹一所说的“被迷上”预言成真绝对尚有距离。换句话说，我还仅仅是日本东北乡下的“哈罗德·劳埃德”而已，竹一傻乎乎的恭维变成活生生的可怕的现实，以种种困厄蹇舛之状挥之不去地呈现于我面前，那是许多年之后的事了。

竹一还送过我另一件宝贵的礼物。

“这是妖怪的画像。”

有一次竹一到二楼我的房里来玩时，拿出随身带的一枚原色版的卷首插画给我看，并且颇显得意地解释道。

唷！我心中暗暗惊讶。似乎从那个瞬间起，我的堕落之路就此决定，一直到日后我都摆脱不了这种强烈的感觉。

我认得，那不过是一张凡·高的自画像罢了。在我的少年时代，正值法国印象派在日本广为流行，一般人对西洋画的鉴赏大抵由此切入，凡·高、高更、塞尚、雷诺阿等人的绘画作品，即使是乡下的中学生也大都见过其照相版的。我本人就见过不少凡·高的原色版画作，并对其笔触的新意和色彩的艳丽很感兴趣，但从未将它想象成是妖怪的画像。

"那么，这种画你怎么说？这也是妖怪吗？"

我从书架上取下莫迪里阿尼的画册，给竹一看那幅画面像赤铜似的有名的裸体妇人画像。

"哇！太棒了！"竹一睁圆了双眼感叹道，"像地狱之马。"

"还是妖怪啊？"

"我也想画这种妖怪的画像。"

对同类极度恐惧的人，反而更加期盼能够亲眼见识令人可畏的妖怪，越是神经质，越是胆怯的人，越是期盼着强犷的暴风雨到来。这群画家被自己的同类——人类这种妖怪所伤、所凌胁，最后他们选择宁愿相信幻影。于是光天化日之下竟历历目睹了妖怪的存在，并且他们决不以佯聋诈哑自欺欺人，而是全力去表现亲眼所见，正如竹一所说，毅然决然地描绘"妖怪的画像"。

我未来的同道者也许就在这里。

不知为何，我兴奋得几欲热泪盈眶，却竭力压低声音，对竹一说道："我也要画！画妖怪的画像，画地狱之马！"

从小学时代起我就喜欢画画，也喜欢观赏画，不过我作的画却不似作文那样受到周围人的夸赞。我原本就不相信人们说的话，作文对我而言就如装疯卖傻的寒暄罢了，从小学到中学一直令老师们狂喜，可我自己却丝毫不觉得有趣，只有画画（漫画之类另当别论）在表现对象的时候，虽然显得稚嫩，但多多少少花费了一番苦心，颇有我自身风格。学校的绘画课本实在不足为范，老师的画功又拙劣不堪，我不得不胡乱地去摸索尝试各种各样的表现手法。升入中学后，我已经拥有了全套的油画画具，并且从印象派画风中寻求笔触的范本，但所作的画依旧像色纸工艺一样平板单调，缺乏立体感，完全看不到一点成器的影子。如今借由竹一的这番话，我才恍然大悟，自己之前对于绘画的认识大错特错。将令人产生美感的对象如实地呈现出它的美，这种想法既天真又愚蠢。大师们能够将平凡无奇的对象通过主观创造展现得美轮美奂，面对丑恶得催人作呕的对象依旧能够兴味不减地沉浸于表现的喜悦之中。换言之，他们在表现客体的时候能够做到“不以物喜，不以己悲”。从竹一那里聆教了最最本原的画法秘籍，我便背着节子带来的那些女客，开始慢慢着手创作自画像。

完成之后，我自己都吃了一惊：竟是如此阴晦隳颓。但这正是我一直以来深藏不露的本来面目。我表面上笑得很开朗，并且给别人带来欢笑，内心其实非常阴郁，我心里不得不承认这个事实。当然这幅画像除了竹一，我不打算给任何人看。我可不希望自己成天装痴装傻背后的真面目被人识破，一下子落个被人处处小心提防的难堪下场，又担心别人没发现这是我的真面目，还视此为一种新的逗谑手法，从而沦为众人的笑柄。这对我来说是最痛苦的事情。因此，我立刻将它藏进壁橱的最里面。

学校的美术课时间，我将这种“妖怪式画法”掩藏起来，一如既往用那种平庸的笔触，竭力将原本美丽的事物美丽地展现出来。

我只有在竹一面前才不在乎显露出我敏感脆弱的神经，并放心地将那幅自画像拿给他看，赢得了他的赞赏。我再接再厉又画了两三幅妖怪式的画，得到竹一另一个预言：

“你会成为一个了不起的画家！”

“被女人迷上”和“成为一个了不起的画家”这两句预言由傻瓜蛋竹一烙刻在我的脑际，终于，我不顾一切来到了东京。

我本想考美术学校，但父亲老早便打定了主意，让我读高中，日后出仕为官，并且早就叮嘱过我。对此毫无争辩之力的我只能茫然地遵从。父亲要我四年级起就报考高中，而这所拥有樱花和大海的初级中学我也差不多待腻了，于是放弃直升五年级，读完四年课程便报考东京的高中，通过考试后，旋即开始了集体寄宿生活。然而，那种肮脏和粗野的集体寄宿生活让我不敢领教，于是顾不上装疯卖傻，连忙请医生给我出具一张浸润型肺结核的诊断书，搬出宿舍，住进了父亲在上野樱木町购置的别墅里。集体生活于我而言，实在无法忍受，加之什么“青春的感动”“天之骄子的自豪”之类，我听了就觉得寒毛倒竖，“高中生精神”这玩意儿我实在无法趋附。宿舍和教室，仿佛成了垃圾储集场，只不过堆积的全是被扭曲的性欲，我近乎完美的扮傻装痴本事在这里也没了用武之地。

议会休会期间，父亲在别墅待的时间每月至多两星期，他不在时，偌大一栋别墅里只有管家夫妇和我三人生活。虽然经常逃课，但是我却毫无兴致到东京各处闲逛游玩（看来我这辈子都不会去参观明治神宫、楠木正成的铜像、泉岳寺里的四十七义士墓等胜迹了），终日窝在家里看书作画。父亲在的时候，每天我早早地赶往学校，有时候也会到位于本乡千駄木町的西洋画家安田新太郎的画塾去学习素描，一待就是三四个小时。离开了学校的集体宿舍，即使去学校上课，也感觉自己的身份很特别，就像个旁听生似的。或许是因为我性情乖戾，总之我越来越感觉无聊扫兴，越来越懒得去上学。我一路从小学、初中读到高中，但依旧无法理解何谓爱校心，也从未想过要学唱校歌什么的。

没多久，我从画塾一个学画的学生那里懂得了酒、烟、娼妇、当铺以及左翼思想。真是奇妙的组合，不过却是事实。

这位学生名叫堀木正雄，出生于东京的老城区，比我年长六岁。从私立美术学校毕业后，由于家中没有画室，于是固定来这家画塾，继续西洋画的研习。

“能不能借我五块钱？”

我和他仅仅数面之缘，之前从未有过一言半语的交谈。

我慌忙掏出五块钱递给他。

“太好了！走，去喝两杯！我请客，怎么样？”

我推辞不掉，只好被他连拖带拉地带到画塾附近蓬莱町的一间小酒馆。就这样，我与他开始了亲密的交往。

“我早就开始注意你了。喏，就是你这种带点腼腆的微笑，那是志大才高、将来必定大有出息的艺术家特有的表情。为了加深我们的友谊，干一杯！阿绢，这小子是个美男子吧？你可不许迷上他哦。都是因为这小子来了画塾，害我只好遗憾地沦为二号美男了！”

堀木肤色浅黑，五官端正，总是穿一袭西服，不爱系花哨的领带，头上擦着发膏，从正中朝两边分开梳得一丝不苟。这副模样在当时学美术的学生中相当少见。

我对这种场合十分陌生，心下惴惴不安，一忽儿叉手交臂，一忽儿又松开，但脸上依旧荡漾着腼腆的微笑。两三杯啤酒下肚，不知不觉地，却莫名地感觉到有一种仿佛解放了似的轻松。

“我原本想进美术学校……”

“不不！那种地方太没意思了。学校？最枯燥乏味了。我们的老师，就在大自然之中！就是我们对于自然的感受力！”

然而我对他说的一点儿也不感到肃然起敬。这家伙一定是个傻瓜，绘画也一定很拙劣。——不过，要说游乐玩世，倒或许是个不错的同伴。换句话说，那是我有生以来第一次见识到真正的都市无赖。虽然形式有异，但就对人间充满迷茫，彻底游离于人类的一切蝇营狗苟这点来讲，他与我确属同类。不过，他的装痴扮傻出自无意识，并且全然还没有觉悟到这样做的悲哀，这却是我与他本质上的最大差异。

我始终对他心怀蔑视，未曾高看过他，并且不时提醒自己，仅止玩乐而已，只当他是个酒肉之友罢了，有时甚至耻于和他为伍。但在同他搭伴游乐的过程中，我终于被他攻破了。

一开始，我觉得他是个好男人，一个难得一遇的好人，连生性惮恐人类的我也彻底放松了戒心，甚至庆幸自己碰上了一个不错的东京向导。其实我这个人，独自一人搭乘电车时，会莫名地对售票员产生畏怯；想看歌舞伎表演，但是一看见剧场大门口铺着红地毯的台阶旁站成两排的领座小姐，便望而却步；走进餐馆用餐，轻手轻脚站在身后等候我吃完收拾空盘子的服务生会令我心中忐忑；尤其是买东西结账，当我以僵硬的动作付款的时候，不是因为心疼，纯粹是因为紧张，因为害羞，因为不安和恐惧，我会不由自主地头晕目眩，仿佛世界一片黑暗，几乎陷于半疯狂的状态，别说杀价了，不仅找零忘记收下，常常连买的东西也忘记带回。我独自一人根本没法在东京街头瞎逛，所以才不得不整日窝在家中。

而我将钱包交给堀木，随他一同游逛时，他非但杀价够狠，而且很会玩，他总是能发挥出以少许花销赢取最满意结果的本事，他不坐车费昂贵的计程车，而是善用电车、巴士和蒸汽小艇，用最短的时间抵达目的地，从而展现他的厉害本事。早上从妓院返家途中，他也不忘进行实战辅导，带我顺道至某家高级饭庄，泡个热水澡，然后点份汤豆腐，佐以一盅日本酒，所费不多，感觉却很奢华。此外他向我传授说，路边摊档卖的牛肉饭和烤鸡肉串既便宜又营养，还不容置疑地告诉我，让人最快入醉乡的非电气白兰地[1]莫属。总之，交给他埋单，我从未觉得一丝的不安和惶恐。

与堀木交往的另一个好处是，堀木可以完全不理会对方的心思，一味任凭自己的激情喷涌而出（也许，所谓“激情”便是无视对方的立场吧），一天二十四小时聒聒不休地谈鬼说禅，完全不必担心两人走累了，会陷入令人不堪的沉默中。和人交往时，我时刻担心可怕的沉默场面出现，因此，原本少言寡语的我才会抢在头里拼命地说怪话逗谑，而现在堀木这个傻瓜无意识地自动接过逗谑的角色，我则不必认真应答，只当它风吹马耳就是了，顶多间或附和一声：“怎么会哩？真没想到。”

不久，我逐渐明白，烟、酒、娼妇都是转移和排遣对人间恐惧的绝好手段，纵使只能一时转移和排遣。而为了寻求这种手段，即使倾尽所有家当我也会不顾不惜。

对我来说，娼妇既不是女人，也不算人类，感觉倒像是白痴或是狂人，躺在她们怀中，我反而觉得无比安心，倒头便能进入沉沉的黑甜乡。事实上，她们的欲望少得可悲，近乎无欲，也许从我身上感受到一种或许是同类的亲近感，娼妇们总是向我展示出不加虚饰的极其自然的善意——没有任何算计的善意，没有任何强迫的善意，对一个兴许下次再也不会光顾的客人的善意。有

1　一种以白兰地为基酒的鸡尾酒，最早诞生于20世纪初。因当时电气刚刚普及，“电气”一词具有摩登、时髦的含义，故得此名。

几个夜晚，我甚至从这些犹如白痴或狂人的娼妇身上，真真切切看到了圣母马利亚的光晕。

然而，在我为了逃避对人间的恐惧而寻求幽沉的一夜晏眠，前往妓院与“同类”的娼妇们狎玩之时，不知什么时候起一种不祥的氛围无意识中萦绕在我周遭，完全出乎我意料，可说是如影随形的“附赠品”，而且这“附赠品”越来越鲜明地浮出于表面，当堀木一语道破时，我自己也不禁愕然，接下来便心生厌烦了。以旁观者的立场来看，套用句低俗的说法，我是在娼妇身上修炼自己男女之道的本领，近来更是精进神速。都说这种修炼唯借由娼妇才来得最严苛，并且最有效果，我已然发散出猎艳老手的气息，女人们（不仅限于娼妇）凭借本能嗅到这种气息，从而主动投怀送抱。我得到的“附赠品”就是这样一种卑猥而又不光彩的讨厌气息，并且它变得十分显眼，盖过了我原本只想放松休逸的初衷。

堀木这样说，可能一半是出于恭维我的意思，然而我倒觉得是巧发奇中，因此心情甚是怫悒郁闷。举例来说，曾经有位咖啡馆的女孩给我写过幼稚的情书；樱木町的邻居将军家二十来岁的女儿每天早上在我上学时，明明没事情，却化着淡妆从自家门口进进出出；在餐馆吃牛肉饭，我没张口说一句话，店里的女服务员却……；我常去买烟的那家烟纸店老板的女儿，在递给我的香烟内竟然夹着……；去看歌舞伎时，邻座的女人……；深夜的电车上，我喝醉了正呼呼大睡……；老家亲戚的女儿莫名其妙地寄来一封情痴意绵的信……；还有，不知道哪个女孩，趁我不在家的时候送来一个亲手缝制的人偶……由于我生性极度消极，每件事情最后都不曾有下文，唯剩几个片断，没有进一步往下发展。

看来我身上发散着某种令女人梦云襟期的气息，这不是炫耀，也不是捕风捉影的玩笑话，而是无法否认的事实。经堀木这样的人一语道破，我感到近乎屈辱的痛苦，并且就此对寻花问柳之事感到兴味索然了。

某天，堀木在爱慕虚荣的新潮思想驱使下（这事发生在堀木身上，除此我至今也想象不出还有其他理由），带我参加了一个共产主义读书会（好像叫R・S，我已经记不清楚了）的秘密集会。或许就堀木这样的人而言，共产主义的秘密集会也是东京的游玩项目之一。我被介绍给所谓的“同志”，买了一本小册子，然后听一名坐在上座、面貌奇丑的青年讲解了一通马克思的经济学。其实对我来说，他所讲解的内容我好像比他更加明白，理论上没错，但是人类的内心却有着更加复杂难懂、令人骇愕的东西，说是欲，稍嫌浮浅，说是虚荣，也不够准确，即使将色与欲两者并提仍然不足以贴切地将它表述出来。究竟是什么，我自己也是懵懵懂懂的，但我总觉得人类世界的深层不光是经济，还有像是鬼怪故事般的奇思异行，而向来对鬼怪恐惧不已的我，对于所谓的唯物论自然持肯定态度，就像水往低处流一样天经地义，但依旧无法借此使我摆脱对人类的恐惧，面对充满生机的新绿我还是无法欣然恆望，感受希望的喜悦。尽管如此，我还是一次也不落坚持参加R・S的集会。那些“同志”仿佛从事某件神圣的大事般，神情凝重，沉醉于几乎仅相当于“一加一等于二”初级算术般的理论研究，看起来实在滑稽可笑。我借着自己搞笑戏谑的本事，尽力使集会变得轻松些，大概由于这个缘故，研究会沉闷的氛围渐渐一扫而光，我也成为其中极受欢迎、不可或缺的人物。这些思想单纯的人，可能以为我也像他们一样，是个单纯、乐天而又滑稽有趣的“同志”。假使真是如此，那我便成功地将他们彻彻底底蒙骗住了。我不是他们的同志，但每次集会我还是积极到场，为众人献上戏谑服务。

因为我喜欢。我喜欢这群人，但未必是因为马克思主义促成的这种亲近感。

非法。我暗自享受着这种感觉——不如说，它令我心情欣愉。世上合法的事物反而可怕（它给人有一种强势莫测的预感），其神机奇谲巧作、复杂难解，与其坐在没有窗户的冰冷彻骨的屋子里，我宁愿纵身跃入窗外非法的汪洋，一直游到精疲力竭而死，那样更能够令我感觉舒畅。

有句话叫“隐遁避世”，指的是那些见不得光，只好躲避别人耳目隐居于市井的凄凉的失意者、悖德者。我觉得自己打从出生起就是一个注定见不得光的人，假如遇到被人指为这样的人的同类，我必定会变得柔肠慈心，连我自己都会陶醉于我那菩萨般的温柔心肠。

还有一个词叫“犯罪意识”，尽管我在人世饱受这种意识的折磨，但它就像我的糟糠之妻，是我一生的良伴，我与它顾影对怜，一同寂寞地玩乐嬉戏，或许这也算是我的一种生存状态。此外，俗话说“腿上有伤怕人知，心中有鬼怕门叫”，我从小一条腿便落下这伤，长大后非但没有痊愈，而且越蚀越深，直达筋骨，夜夜承受的痛苦宛如置身于千汇万状的地狱之中，然而这伤渐渐变得比自己的血肉还要亲密，伤口的痛楚也就是伤口所寓寄的感情，就像充满了爱意的情人的低语（这种比喻或许有些古怪吧）。对我这样的人来说，地下组织中的氛围让我感觉莫名安心和惬意，换句话说，较之运动的本身目的，倒是那种氛围反而与我更加投契。堀木则像是矮子看场图热闹似的，参加一次集会将我做过介绍后，就再也没有出现。他和我开了句并不好笑的玩笑，说马克思主义者在研究生产的同时，还必须着重考察消费，因而一个劲地邀我去进行所谓的消费考察。如今回想起来，当时形形色色的马克思主义者应有尽有，既有堀木那样出于新潮的虚荣心而以此自居的，也有像我这样，仅仅是因为喜欢那种非法的气息才置身其中的。倘使我们的本来面目被真正的马克思主义信徒识破，想必堀木和我都会遭到烈火轰雷般的批斗，随即被当作卑劣的叛徒逐出门外。但堀木和我都没有遭受除名的处分，尤其是我，置身于那非法的世界，却较置身于合法的绅士的世界中还要气定神闲、游刃有余，故而被视为大有前途的“同志”，被委派了许多极为重要的秘密工作。事实上，我对这类任务从不推辞，从容地照单接受，也不曾因为举止不够自然而引起走狗（“同志们”都这样称呼警察）的怀疑和盘查，每次都笑着或逗着人发笑而准确无误地完成了他们口中的危险任务。那些地下活动者总是如临大敌般紧张，极度戒备，有时甚至蹩脚地仿效侦探小说中的桥段。交付给我的任务其实都是些微不足道的小儿科事情，可他们却夸大其词竭力渲染如何如何危险。我当时的想法是，即使成为一名党员而锒铛入狱，在牢城里终老一生，也毫不在意，因为我觉得与其咀嚼着人世间真实生活的恐惧，夜夜痛苦呻吟在不眠的地狱，铁窗内的生活或许来得更加自在吧。

父亲要么接待来客，要么外出访友，尽管我们住在樱木町别墅同一片屋檐下，但是有时候一连三四天互相都不照面。虽然觉得父亲难以亲近、令人发怵，我很想在外面租间房子住，但终究没能说出口。不承想，却听管家老头说起父亲有意要出售这栋别墅。

父亲的议员任期即将届满，准是出于各种缘由，他这次看上去斗志挫失，无意再参选了；并且，他还在老家盖了一栋隐居之所，对东京似乎已经毫无留恋，更别指望他为了只是一名高中生的我，会特意留下宅邸和下人供我使用，他一定会觉得是浪费（父亲的心思与世人一样，令我难以理解）。总之，这栋房子很快就要转手别人，我于是搬往本乡森川町一栋名叫“仙游馆”的公寓，房间陈旧昏暗且不说，更要命的是，我旋即陷入了囊中羞涩的窘境。

在这之前，父亲每月会给我固定金额的零用钱，虽然要不了两三天便花完，但是，香烟、酒、奶酪、水果之类日常用品，家中一应俱全，至于书籍、文具和衣服等物则是从附近的店里赊账购买，就算我请堀木吃荞麦面或天妇罗盖饭，只要是父亲经常光顾的店家，我都可以吃完后一声不吭地抬脚走人。

如今突然间不得不孤身借宿在外，一切都得靠每月的固定汇款应付，我顿时担心起来。汇款照例没过两三天便告用罄，我不禁惶急不安，慌忙发疯似的先后给父亲、哥哥、姐姐们又是发电报，又是写信，信中还洋洋洒洒叙说了详情（当然信中所说全都是虚构的，因为我觉得要开口求人，必须装腔作势将人糊弄得晕头转向方为上策），同时还依堀木所传授的，开始频繁出入当铺。尽管如此，最终仍是入不敷出。

我终究没有能力独自在这无亲无故的出租公寓生活。我害怕独自一人静静地坐在公寓房间里，总觉得有人想要袭击我，给我致命一击，于是我冲出屋子逃到街上，有时帮忙做些地下活动，有时则与堀木一起四下闲逛找廉价的酒灌肚，总之课业和学画几乎统统被我怠弃。就在我入读高中第二年的十一月，甚至还与一名比我年长的有夫之妇发生了殉情事件，我的人生境遇也从此急转直下。

学校缺席旷课，功课也不用心学，但每次考试答题我都似有神助，因而长期以来我成功地瞒过家乡的亲人们。谁料，似乎是校方将我严重缺课的情况暗中通报给了家里人，于是长兄代父亲写了封措辞严厉的长信来对我一通叱责。不过，我最直接的痛苦却是来自经济拮据以及地下学生运动，后者越发忙碌和激进，令我再也无法以半游戏的心态对待。我当时已担任中央地区（又或是叫其他什么地区）的马克思主义学生行动队队长，本乡、小石川、下谷、神田一带的学生全归我领导，根据上级武装起义的指示，我还买了把刀（如今回想起来，那不过是把华而不实的小刀，连削铅笔都不顶用），藏在雨衣口袋里，东奔西走，到处进行所谓的串联活动。我真想每天喝个醺醉，然后蒙头大睡，一觉酣梦，可是手头拮据不容我这样。P（记得我们都以这个隐语来称呼党组织，也可能我记错了）又接连不断地派给我任务，几乎忙得我无暇喘息，我本就羸弱的身体根本承受不住如此剧烈的活动。原本只是因为非法而对之产生兴趣，参与做些事而已，没想到如今却假戏真做，令我忙到无暇应付。我不禁对P暗生埋怨：有没有搞错呀，怎么不叫你们自己的人干呢？最后实在气恼不过，干脆抽身脱逃了。不过脱逃后毕竟很不是滋味，最终促使我做出殉情的蠢事。

当时有三位女性对我表现出特别的好意。一位是我租住的仙游馆老板娘的女儿，每次我忙完组织交给的任务，拖着疲惫不堪的身躯回到公寓，顾不上吃饭倒头便睡时，她总会拿着纸笔来到我房间对我说道：“不好意思，楼下弟弟妹妹们吵得要命，害我信都没法写。”然后伏在我书桌上一写就是一个多小时。

我若是佯装什么也不知道，自顾自地睡大觉便也罢了，但是看她的样子，很期待着我能和她说上几句话，于是我又发挥出我的讨巧本领，尽管心里一句话也不愿听不愿说，但还是硬撑起筋疲力竭的身体，运足气翻身趴在床上，一面抽烟一面搭话道：“听说有个男人，用女人写给他的情书烧水洗澡哩。”

“哎呀，真讨厌！是你吧？”

“我只不过曾经用来热牛奶喝。”

“真荣幸哪，那你就喝吧。”

这个女人怎么还不快点回去？说什么写信，其实我早已看穿，她根本就只是在纸上胡乱涂鸦而已。

“给我看看吧！”我打死也不想看，但嘴上却仍然这样说。

“哎呀，不要啦！不要啦！”她嚷起来，可是瞧她那喜不自胜的样子，实在不堪入目，令我倒尽胃口，于是赶紧没事找事将她差遣开。

“不好意思，替我跑趟电车轨道旁那条路上的药店，去买点卡莫丁[1]来好吗？我实在累得不行，脸上发热，反而一点也睡不着。麻烦你了，钱嘛……”

“知道了知道了，钱的事好说。”

她兴奋地站起身。

吩咐女性为自己做事，绝不会令女性丧气不悦，相反，男人有求于己，她们会由衷感到开心——这点我再清楚不过了。

1　卡莫丁（Calmotin），商标名，日本武田药品工业生产的安眠药。

还有一位是女子高等师范学校的文科学生。她是我的所谓“同志”，因为地下运动的关系，几乎每天非得与她碰面不可。每次商量工作完毕，她总是跟在我后面一路走，并且喜欢买礼物送我。

“你可以把我当成是你的亲姐姐。”

她的矫揉造作令我浑身战栗，我挤出略带忧愁的微笑接口道：“我也是这样想的。”

总之，倘使惹恼了她，一定很可怕，无论如何我得想办法同她敷衍搪塞。出于这样的念头，我百般伺候这个既难看又讨人厌的女人，竭力让她高兴，每当她买礼物送我（其实都是些品位极差的东西，我基本上都是立即转送给卖烤鸡肉串的大叔），我总是装出欣喜不已的表情，说些肉麻的话哄她一乐。夏日某个夜晚，她黏着我说什么也不肯走，我只得在街头阴暗处给她一吻，为的是让她离开。可怜的她竟为此兴奋得几欲发狂，叫了辆出租车，拽着我来到他们为了搞运动而秘密租借的一处狭小住所，昏天黑地一直胡闹到天亮。真是个荒唐的女人，我心里苦笑道。

房东的女儿也好，还有这名“同志”也好，每天都不得不与之照面，所以不同于之前那些女人，可以巧妙地躲避，最终不知不觉中我为了极力讨这两个女人欢心，而使自己陷入了束缚之中。

差不多与此同时，从银座某高级西式酒馆一名女服务员那里，我也受到了意想不到的垂爱。虽然才见了一次面，但为她的恩煦所牵萦，我竟感觉到一种莫名的不安。那时候，我已经不必依赖堀木的向导，能够独自一人搭乘电车，前往歌舞伎剧场看戏，或是穿着染花和服进出西式酒馆，渐渐地已能摆出一副厚脸皮的德行。尽管内心依旧对人类的自信和暴力深感奇怪、恐惧、烦恼，但至少表面上可以一本正经地与人寒暄交流——不，其实若不面带充满挫败感的虚假的苦笑，我便无法与人寒暄交流——总之，即使是张口结舌不知说什么好的问候寒暄，我也能够做到。这套伎俩莫非是之前参加地下运动四处奔走而练就的？还是因为女人？抑或拜酒所赐？不过，最主要的应该还是金钱拮据才逼使我修炼出来的。无论置身何处，我都恐惧不安，倒不如去酒馆，混迹于众多醉汉和男女服务生当中，我那颗仿佛总在逃避被人追逐的心灵才能获得宁静吧。于是我揣着十日元，独自走进银座那家高级西式酒馆，微笑着对女服务员道：

“我身上只有十元钱，看看能喝点什么。”

“这您不必担心。”她说话带着关西腔。

奇妙的是，仅仅这一句话，便令我畏怯战栗的心平静下来，并不是因为不用担心钱的事情，而是她让我觉得，待在她身旁，我便再也无须担忧。

我开始喝酒。因为她令我安心，我反倒没有心情装痴装傻了，只是默默地喝着酒，毫不掩饰地暴露出我阴郁寡言的本性。

“这些下酒菜您喜欢吗？”

她将各式菜肴摆到我面前。

我摇了摇头。

“只想喝酒是吧？我陪您喝几杯。”

深秋的夜很冷。我按照恒子（记得是这个名字，不过记忆已模糊，不敢确定；瞧我这个人，竟然连殉情对象的名字都会忘记）的吩咐，在银座后面小巷的一个寿司摊上嚼着平淡无味的寿司，等着她的到来。即使忘了她的名字，但不知为何，那寿司有多难吃我却记得清清楚楚。还有那个光头摊主，模样像极了一条大青蛇，在那里摇头晃脑地捏着寿司，装出一副手艺高超的情景，至今仍历历在目。后来我在电车上不止一次觉得某个人的脸似曾相识，左思右想，最后发现原来跟那个寿司摊老板长得极像，不禁为之苦笑。时至今日，那个女服务生的名字和长相早已无从记起，可是寿司摊老板的脸我却依然能准确无误地画下来，足见当时的寿司真的是难以下咽，令我不仅要忍受寒冷，还要额外承受一份精神痛苦。话说回来，即使有人带我到美味无比的寿司店，我也从来不会觉得寿司好吃。太大了，我时常思忖，为什么人们不将寿司捏到像大拇指般大小？那样攥在手里吃起来不是更方便吗？

她租住在本所一个木匠家的二楼。我在她二楼的住处，丝毫没有掩藏起自己一贯的阴郁，我单手托腮喝着茶，好像牙床在剧烈发痛。这副模样，反而愈加令她心生怜爱。她给我的感觉，仿佛周遭寒风凛冽，唯有落叶伴着她在狂舞，她是一个遗世独立的女人。

我和她躺在床上，听她讲述自己的身世。她长我两岁，老家在广岛。她说，我有丈夫，原先在广岛开理发店，去年春天一起来到东京，但我丈夫不好好在东京找份活儿干，却犯下诈骗罪，被送入监狱。我每天都会到监狱去给他送点东西，不过从明天开始，我再也不会去了。

我生性对女人的身世之类毫无兴趣，也不知道是否因为她不善言辞，换句话说，是否因为她没有抓住说话重点，结果我是从头到尾左耳进右耳出。

真孤单……

比起她冗长的身世来，仅就这一句叹息便足以唤起我的共鸣。我一直期待着，可是，我从未从这世上的女人口中听到过这句话，这使我感到奇怪和难以理解。不过，虽然她没有用语言说出“孤单”两字，但似乎她身上就散发着这般无言的孤寂，好似有股一寸来宽的气流带包裹着她，在她身旁，我好像也被那股气流包裹，与我特有的带刺的阴郁气流相互交融，犹如落入水底附着在岩石上的枯叶，使我得以从恐惧和不安中抽离。

这与躺在那些白痴娼妇怀中放心地沉鼾睡去的感觉迥然不同（那些卖淫妇个个活泼开朗），对我来说，同一个诈骗犯的妻子共度良宵，堪称身心获得解放的幸福之夜（我毫不踌躇地使用这个超乎寻常的字眼，并且给予肯定，这在我所有的手记中可说是绝无仅有的）。

不过，只那一夜。当我清早醒来，从床上跳起，我又恢复了轻浮、善于伪装的本来面目。懦夫连幸福降临都害怕，触到棉花都会受伤，当然也会为幸福所伤。我开始不安起来，趁着还未受伤，赶紧就此分道扬镳吧。于是，我以一贯的做派施放起癫癫痴痴的烟幕。

“俗话说‘钱在人情在，钱尽缘分断’，其实这句话世人都理解反了。根据《金泽大辞林》的解释，并不是说男人没钱了，就会被女人一脚踢开，而是男人没了钱，就会意气消沉，就会萎靡不振，笑起来都无气力，而且莫名其妙地变得性情乖戾、自暴自弃，最终是男人陷于半疯狂的状态，主动将女人甩掉的意思，真可悲。那种心情我能够理解。”

我记得当时自己说了这段蠢话，令恒子扑哧而笑。我觉得久待无益，心生畏怯，于是脸也没洗便匆匆离去。怎料，当时关于“钱在人情在，钱尽缘分断”的一番胡言，日后竟与我生出意想不到的关联。

之后一个月，我都没和那晚的恩人见面。与她分别后，随着时间流逝，先前的欣喜日渐淡薄，受过她须顷恩惠的事反而令我感到莫名不安，仿佛受到什么钳束一般。那晚在酒馆的花销全部由恒子负担，连这种俗事也开始令我耿耿于怀，我觉得恒子终究也和公寓老板娘的女儿还有那名女子高等师范生一样，只会逼迫我。尽管远离了她，但我对她还是充满了恐惧，并且我以为，和曾经上过床的女人再度相遇，她们很可能像烈火轰雷一样，将自己怒斥一通，因而视重逢为厄难，于是开始对银座敬而远之。然而这样做绝非出于我个性狡猾，而是因为女人在上完床后与早上醒来后这两者间完全没有关联性，就像彻底忘记了似的，将两个世界区隔得泾渭分明。这种匪夷所思的现象，我至今仍无法理解。

十一月末，我与堀木在神田的一个小摊上喝着廉价酒。这个损友离开小摊后，坚持再找一家小摊续饮。我们明明已经口袋空空，他却还一个劲地吵着要喝。当时，我可能也由于醺醉的缘故，酒催胆壮。

“好！既然如此，我带你去梦的国度吧。你可别吓着啊，我要让你见识见识酒池肉林……”

“西式酒馆？”

“没错！”

于是二人搭上电车。堀木开心地嚷道：“我今晚特别想亲近女人。我可以亲吻女服务员吗？”

我不太喜欢堀木这副醉态。堀木也清楚这点，所以他再次向我征询：“可以吗？我要玩亲亲哦。我要吻坐我身旁的女服务员给你看，行吗？”

“随你便好啦！”

“太谢谢了！我对女人真的有点饥渴了哩。”

两人在银座四丁目下车。我打算拿恒子当救星，于是身无分文走进所谓“酒池肉林”的那家高级西式酒馆。与堀木刚在一间空包厢面对面坐下，恒子与另一名女服务员走了过来，那名女服务员坐到我身旁，恒子则坐在堀木旁边。我心里不由得抽紧了。恒子要被吻了。

我并不感到可惜。占有欲什么的在我而言本来就很淡漠，况且，即使偶尔涌起几许痛惜，也没有与人争执、奋然而起主张自己的所有权的精力。甚至日后，自己那缺名少分的妻子遭人侵犯，我也只是默不作声地旁观而已。

我尽可能不去碰触人类的喧争，一旦被卷入旋涡是很可怕的。恒子与我只有一夜情分，她不属于我，自己理应不会产生可惜的欲念——但我还是感到了紧张。

因为我一想到恒子即将当着自己的面遭到堀木狂吻，便替她感到可怜。被堀木玷污，恒子势必得同我分手，而我也没有足够追挽她的激情。唉，一切就此休矣。一瞬间，我为恒子的不幸感到焦灼不安，但旋即便释然了，就像东流之水，不如洒脱一点看开的好。于是我交互望着堀木和恒子的脸，皮笑肉不笑地堆起一丝笑容。

然而事态却大出我的意料，变得极其糟糕。

“不行啊！”堀木撇着嘴说道：“就算我再饥渴，像这样穷酸的女人……”

堀木一副碍难至极的样子，双臂盘在胸前，上下打量着恒子，露出苦笑。

“给我们来点酒。对了，我身上没钱……”我悄声对恒子道。

正因为如此，我更想喝个痛快。以俗人的眼光来看，恒子是个又难看又寒酸的女人，甚至还值不得醉汉一吻。意外的是，我竟感觉如同五雷炸顶般轰旋。我一杯接一杯地喝酒，从未有过地豪饮，直到醉得天转地旋。我与恒子悲戚地相视而笑。经堀木那样一说，我发现她的模样确实寒酸、憔悴得吓人，但同时又有一种同是穷困疲弊之人的亲近感（时至今日，我以为贫富间的悲喜聚离虽已是陈词滥调，但依旧是戏剧的永恒主题之一）涌上心头，让我觉得恒子如此可爱，我有生以来头一回主动感觉到隐隐的怦然心动。我吐了，醉得前后颠倒、语无伦次。这是我第一次喝酒醉到不省人事。

醒来后发现，恒子坐在枕边。自己躺在本所那个木匠家的二楼屋子里。

“你说过钱在人情在，钱尽缘分断，我还以为是在开玩笑，没想到你竟然是真的，自那以后你一直都没来。可缘分不是那样简单的一回事啊。难道我赚钱养你还不行吗？”

“不，那不行。”

她不再言语，睡下了。

天明后，从她口中第一次迸出“死”这个词，她似乎也对人类的生活感到衰疲至极。而我想到这个世界所充满的恐惧、烦忧、金钱、地下运动、女人、学业等，觉得实在没有勇气继续活下去，于是爽快地答应了她的提议。

然而，当时我还没有实际做好“死”的准备，心底仍隐隐潜滋着某种游戏的心态。

那天上午，我们徘徊于浅草的六区，最后走进一家咖啡馆，喝了杯牛奶。

“你去结账吧！”

我站起身，从和服袖兜中取出钱包，打开一看，里面只有三枚铜钱，登时一股比羞耻还要强烈的凄惨意念袭遍全身，脑海中浮现的，是我租住的仙游馆那徒剩四壁的空屋子，里面只有制服和棉被，再没有一件可以典当的东西，唯一的财产便是我此刻身上穿的染花和服和长外套，这便是我的现状。我刹那间明白，自己无法再苟活于这个世界了。

见我一副不知所措的模样，她也站起身，朝我的钱包投来一瞥：“啊，就这些？”

尽管是无心之语，却深深痛进我的骨子里。是我第一次萌生爱恋之情的人说的，因而特别刺痛了我。三枚铜钱原本是算不上什么钱，但这并不关钱多钱少的问题，那是我从未体验过的奇耻大辱，令人无法苟活下去的屈辱。说到底，我当时还没有彻底摆脱富家少爷的本来面目。而从那一刻起，我才真正下定决心，一死了之。

当晚，我们在镰仓蹈海自尽。她说身上的腰带是向店里朋友借的，所以解下腰带，折好放在岩石上。我也脱下外套，摆在同一个地方，然后和她一起跃入大海。

她就此殒命，而我却被救起。

或许我还是个高中生，又因为父亲的名字多少有点新闻价值，报纸遂将此事当作一大事件加以报道。

我被收容在海边的一家医院里，有位亲戚从老家赶来，替我收拾残局。他转告我说，父亲和家里人对我大为震怒，说不定会因此而与我断绝关系，然后扬长离去。但我对此并不在乎，倒是想起死去的恒子，终日嘤嘤啜泣。在我交往的所有女人中，令我真正喜欢的只有模样穷酸的恒子。

房东女儿寄来一封用五十首短歌凑成的长信。全部是以“好好活下去”这古怪的诗句起首的短歌，整整五十首！护士们脸上带着开朗的笑容到病房来找我玩，有的护士在离开之前还紧紧地攥住我的手。

经医院检查，发现我左肺有点毛病。这对我来说倒是好事。不久警察以“协助自杀罪”的罪名将我从医院带走，但警察将我当成病人，把我收容在特别看护室里。

深夜，在特别看护室隔壁的值班室值守夜班的一名老警察悄悄打开房门，向我唤道：“喂！很冷吧？到这边来烤烤火吧！”

我装作无精打采的样子，走进值班室，坐在椅子上，凑向火盆取暖。

“还在想念那个死去的女人吧？”

“是的。”

我故意用细若蚊子般的声音回答。

“这也是人之常情呀。”

他越发摆起一副居高临下的架子。

“第一次和她发生关系是在哪里？”

他好像法官似的，煞有介事地问道。他小瞧我了，还以为我是个毛头小孩，而把自己当成审讯主任，想从我这里套些猥琐故事，借以排遣这寂寞无聊的秋夜。我当下看透他的心思，拼了命才忍住没笑出来。我知道，像这样的非正式审问我可以一概拒绝回答，但为了给这无聊的秋夜添加点乐趣，我表现出十足的“诚意”，装作深信不疑他就是审讯主任，并且对我的刑罚轻重裁决全在他一念之间，于是不痛不痒地敷衍陈述起来，以稍稍满足他那色眯眯的好奇心。

“嗯，情况我大致明白了。只要你老老实实地回答，我们也可以行个方便，酌情处理的。”

“谢谢您。请您多多关照。”

我的演技简直称得上出神入化。可惜，这不过是一次对我并无半点益处的全力演出。

天亮后，我被警察署长叫去。这次是正式审问。

敲开门，走进署长室，眼前是位肤色黝黑、感觉刚刚大学毕业的年轻署长。

“唷，是个帅哥嘛！这不是你的错，你妈生出你这么个帅哥来，是她的过错。”

听他突然这样一说，我心中顿觉一阵自怜，仿佛自己是个半边脸长满红痣、模样丑陋的残疾人。

这位像是柔道选手或剑道选手的署长，审问起来相当干脆利落，同那个值班的老警察半夜三更偷偷摸摸刨根问底的好色“审问”比起来，简直是天壤之别。审问结束后，署长一面誊写呈送检察署的材料，一面对我说：“身体不保重不行啊。你好像在咳血，是不是？”

那天早上，我莫名其妙地咳嗽起来。每次咳嗽，我就用手帕捂住嘴，结果手帕上沾满血迹，好像红色雪粒飘洒在上面似的。那不是喉咙里咳出来的血，而是昨晚我搔挤耳朵下面的小脓包流的血。但我突然间意识到，此事似乎不挑明对我更有利，于是我低头垂目，颇为感动似的应了声：“是。”

署长誊写完材料，对我说：“是否会起诉你由检察官决定。不过你最好还是给担保人打个电话或是发份电报，请他今天到横滨地方检察署跑一趟。你应该有监护人或担保人的吧？”

我想起以前经常出入父亲在东京的别墅、专爱溜须拍马的一名书画古董商，名叫涩田，身材矮胖，四十来岁还孑然独身，与我家是同乡，他便是我上学的担保人。那个男人的长相，特别是眼神，像极了一条比目鱼，所以父亲总称呼他为“比目鱼”，我也习惯一直这样叫他。

我向警察借来电话簿，查到“比目鱼”家里的电话号码，给他打过去，请他跑一趟横滨地方检察署。“比目鱼”就像变了个人似的，说起话来简慢傲气，不过最终还是答应了我的请求。

“喂！电话机最好马上消毒一下，他在吐血哩。”

我回到特别看护室，坐下来，署长大声向警察们吩咐的话随之传进我耳朵来。

正午刚过，我身上被缚着细麻绳，外面用外套遮掩着，一名年轻警察紧紧攥住细绳的另一端，两人一同搭乘电车前往横滨。

但我没有稍许的不安，倒觉得警察署的特别看护室，还有那名值班的老警察似乎都令人怀念。呜呼！我到底怎么了？被当作罪犯捆绑起来，反而松了口气，心情平静下来。即使此刻写下手记落笔记述，追忆当时的情景，仍然感觉轻松愉快。

然而，在当时颇值得怀念的记忆中，唯独有一处惨沮的败笔，直令我冷汗三斗、终生难忘。我坐在地方检察署里接受检察官的简单讯问。那名检察官年纪四十岁上下，沉稳干练（如果说自己还算长得相貌俊美，那肯定是带有淫邪之气的俊美，而那名检察官才称得上是充满正气的俊秀，散发着智慧和静心涵泳的气质），而且不像是个鼠肚鸡肠斤斤计较的人，所以我也放松了戒慎，心不在焉地陈述着。这时突然又咳嗽起来，我从袖兜中取出手帕，无意中瞥见上面的血迹，竟一时动起卑鄙的心计来，心想咳嗽或许能派上用场，于是我又夸张地加上两声假咳，然后用手帕掩着嘴，朝检察官瞄了一眼。就在此时，他露出沉稳的微笑问道：“是真的咳嗽吗？”

我登时冷汗直冒。不止如此，即使现在回想起来，我仍旧感觉心慌意乱、手足无措。中学时代，那个傻瓜竹一曾戳着我的后背，说我故意要招，将我一脚踢落地狱深渊。而此刻我的惊慌，毫不夸张地说，较之当时还有过之而无不及。这两件事，是我平生演技中的大败笔。有时我甚至想，与其被检察官不动声色地侮辱，不如被他宣判十年有期徒刑。

最后我被判免于起诉。然而我并没有因此感到高兴，反而心情沮丧，我坐在检察署休息室的长椅上，等候担保人“比目鱼”的到来。

透过背后高高的窗户可以望见满是落霞的天空，海鸥排成一个“女”字形，朝天际飞去。

手记之三

一

竹一的预言，一个中了，一个落空。那个说我会被女人迷上的没什么好光彩的预言成真了，而另一个说我会成为了不起画家的祝福性预言则流为泡影。

我仅成为一名默默无闻的漫画家，为那些粗制滥造的低俗杂志供画而已。

由于镰仓殉情事件，我被学校开除，住到了“比目鱼”家二楼一间三席[1]的屋子里。老家每个月只寄来极其微薄的生活费，而且不直接寄给我，而是暗中通过“比目鱼”之手转给我（这似乎还是老家的哥哥们瞒着父亲偷偷寄来的）。故乡的亲人们就此与我彻底斩断了联系，故而“比目鱼”对我也没有好脸色，即使我主动笑脸相迎，他也不报以一丝笑容。唉，人竟然能够如此轻易地变得如此

1　一席即一张榻榻米的标准尺寸，长180厘米，宽90厘米，折合1.62平方米。三席，即4.86平方米。

面目全非？真是无情又可怜，不，应该说滑稽又可笑才对。

他再三警告我：“别出去！不管怎么样，你不要出门。”

“比目鱼”似乎把我盯得很紧，生怕我自杀，换句话说，他觉得我有追从那名女子再次蹈海之虞，所以对我的外出严加禁止。但我既不能喝酒，又不能抽烟，从早到晚窝在二楼房间的被炉里翻看旧杂志，形同白痴，早已连自杀的力气都没有了。

“比目鱼”的家位于大久保医专附近，门口招牌上书写着“书画古董商”“青龙园”字样，煞有气势，其实不过只占了这栋房子两家住户中的一户，而且店铺的门面相当狭窄，店内落满尘埃，堆放着许多不值钱的破烂（本来“比目鱼”就不是靠着店里的破烂做生意，而每当某个客户将其所谓的“秘藏珍品”转让给另一个客户时，就少不了“比目鱼”活跃的身影，他就是专靠此道渔利的）。他几乎从不呆坐在店里，每天一大清晨便板起脸，急匆匆地出门，只留下一个十七八岁的小伙计照看店面。当然小伙计也负责监视我，但一有闲工夫，他就跑到外面去和邻居家孩子一起玩投球游戏，他似乎将我这个寄居二楼的食客当作傻瓜或疯子看，即使这时也不忘像大人一样对我进行说教，而我生性便不善与人论争，于是垂首俯耳，装作一副唯唯诺诺或衰疲不堪的样子，从不与他顶嘴。这小伙计是涩田的私生子，也不知道因为一些什么样的蹊跷，涩田始终没有与他父子相称，而且他一直独身未娶似乎与此也不无关系。我记得之前就从家里人那儿听到过有关这桩事情的传闻，但我对别人的私事本来就不感兴趣，所以个中的详情我就一概不晓了。这小伙计的眼神确实让人联想到那些鱼的眼睛，所以，或许真的是“比目鱼”的私生子……倘若真是这样，他们父子俩倒也算够凄凉的。夜深人静之时，他们常常瞒着二楼的我，叫来外卖，一声不响地偷吃荞麦面之类。

在“比目鱼”家里，每日餐食都由小伙计负责。给二楼我这个外来食客的饭菜，通常是小伙计盛在托盘里一趟一趟地送上来，而“比目鱼”和小伙计则在楼下四席半大的阴湿房间里用餐，我每次都听见楼下碗碟乒乓磕碰的声响，似乎他们吃得非常匆忙。

三月末的某个黄昏，大概“比目鱼”找到了什么意外的赚钱之道，抑或他另有阴谋（即使这两种猜测都没有错，也可能还有另外好几个我辈想象不到的其他原因），他破例叫我坐在楼下那难得摆上了酒壶的餐桌旁，桌上还有昂贵的金枪鱼生鱼片（不是比目鱼哦），就连款待我的主人家自己仿佛也大受感动，啧啧赞赏，还向我这个茫然不知所措的食客劝起酒来。

“往后你究竟有何打算？”

我没有回答，从碟子里夹起一片沙丁鱼干，凝视着小鱼头上银白色的眼珠子，渐渐感到一股醉意上涌，不由得怀念起昔日四处玩乐的时光，甚至讨厌的堀木也令我感到眷念。我痛切地渴望自由，几乎忍不住低声啜泣起来。

我自住进这个家以后，已经失掉了佯聋诈哑的劲头，只是任凭自己置身于“比目鱼”和小伙计的蔑视之中。“比目鱼”似乎也竭力避免同我进行推心置腹的长谈，当然我也无意主动追着他诉说衷肠，我几乎彻底变成了一个呆头呆脑、行尸走肉的食客。

“所谓免于起诉，应该表示不会留下任何犯罪前科的。所以只要你有信心，就可以重新振作，获得新生。假如你想洗心革面，认真来找我商量的话，我自会帮你出出主意的。”

“比目鱼”的说话方式，不，这世上所有人的说话方式，总是显得转弯抹角，云里雾里混沌不清，带有一种试图逃避责任的微妙的复杂性。对于他们那多此一举的严加防范的戒心以及多到数不胜数的小心眼，我总是感到困惑难解，不知所措，最后便是自暴自弃，或者以扮傻装痴来敷衍蒙混，或者以无言的首肯，听凭对方处置。总之，我采取失败认输的消极态度。

日后我才知道，假使当时“比目鱼”像以下这样简单扼要地将实情告知我，一切便迎刃而解了，但是“比目鱼”多此一举的提防，不，应该是世人那不可理喻的虚荣心和重面子的心态，令我感到万般的阴郁。

其实“比目鱼”当时只须直截了当地告诉我说：

“不管是公立学校还是私立学校，反正从四月份开始，你得进一所学校。只要肯进学校读书，你老家就会给你寄来更多的生活费。”

后来我了解到，事实上，当时的情况就是这样。假如他如实说来，我想我也会乖乖照他所说的去做吧。但是，偏偏“比目鱼”过分小心谨慎，采用那种转弯抹角的说法，使我反倒闹起别扭，以致我的生活方向也就此完全走了样。

“假如你无意认真同我商量的话，那我也就毫无办法了。”

“商量什么？”我真的心中毫无头绪。

“当然是你心中想的事情啦。”

“比如说？”

“怎么反倒问我？就是你今后打算怎么办呀！”

“您的意思是，我应该去找份工作做？”

“不是我想叫你怎么样，是你自己究竟怎么想的？”

“可是，就算我想进学校……”

“当然需要钱。但问题不在钱，问题在于你自己的想法。”

我真的如坠五里雾中。“你老家会给你寄钱过来”——如此简简单单一句话他为何不直截了当说出来呢？仅此一句话，我就会拿定主意的。

“怎么样？你是否对未来抱有什么希望？说实话，照顾一个人有多难，这不是受人照顾者所能明白的。”

“真抱歉。”

“你确实让我很担心呀。既然我答应了照顾你，就不希望你对自己抱有这种随随便便、不负责任的态度，我希望你能展现出重新做人的决心来。比如说，关于你的未来，要是你主动来找我商量，我已经做好了和你一起出出主意的准备。当然，我‘比目鱼’是个穷光蛋，能给予你的资助有限，假如你还奢望过从前那种阔绰的生活，肯定会让你失望。不过，只要你能踏踏实实，制订出一个将来的明确方针，然后来同我商量的话，那我一定会尽我的绵薄之力，帮助你重获新生。我的用心你能明白吗？究竟你今后有何打算啊？”

“假如您不愿意让我继续住二楼，我就去找点活儿做……”

“你是说真的吗？现在这样的世道，就算是帝国大学的毕业生也还……”

“不，我又不是去做什么工薪族。”

“那你打算做什么？”

“当画家。”我顾不得什么，毅然决然说了出来。

“什么？！”

“比目鱼”缩起脖子嗤笑道。他面容下潜藏着某种狡诈嗤笑的那一刻，令我永远难以忘怀。那东西似轻蔑，却又有所不同，倘若将人世间比作大海，在那千丈深的海底就漂摆曳动着那种诡异的面容，仿佛故意露出隙孔，让人一窥成年人生活的深层奥趣似的——就是那种笑。

最后他说道："这样的话，我们就没什么好谈的了。你一点也不脚踏实地。再好好想一想吧，今天晚上你认真考虑考虑。"我就像是被人轰赶似的赶紧爬上二楼。躺在床上，脑海中一片空白，怎么也想不出别的什么办法。挨到黎明时分，我最终从"比目鱼"家逃了出来。

傍晚我一定会回来，我将前往下面所记一位朋友处商讨关于未来的打算，请您不必为我担心。谨向您保证。

我用铅笔在信笺上大大地写下这段话，又写下堀木正雄的姓名和位于浅草的住址，随后悄悄溜出"比目鱼"家。

我并不是因为愤懑不满"比目鱼"的说教才逃离他家，而是确如"比目鱼"所说，我是一个不懂得脚踏实地的男人。对于未来的规划，我心中茫然无知，而倘若继续待在"比目鱼"家吃闲饭的话，对他未免也过意不去。想到万一我发愤图强，立定志向重新做人，还得让并不富裕的"比目鱼"每个月拿出钱来资助我，不禁良心难安、无地自容。

不过，我也并非真的想去找堀木这种人商讨什么"未来的规划"才逃离"比目鱼"家。哪怕片刻也好，我只是希望能让"比目鱼"暂时放下心（不是为了争取在他暂时安心的这段时间里，我可以逃得更远一点，才依照侦探小说中常有的策略写下了那张留言条的——不是，尽管这种念头多少也有一点，但主要还是我害怕自己突然出走会令“比目鱼”过于震惊，以至于惊惶不知所措，这样说或许更加准确。尽管事情迟早要败露，但我害怕直截了当地说出来，所以必定要加以某种掩饰。这正是我可悲的性格之一，虽然它与世人斥之为“撒谎”而鄙弃的性格颇为相似，但我却从来也没有为了替自己牟取利益而这么做，我只是惧怕那种令人败兴的氛围骤变会让我感到窒息般的痛苦，所以即使明知事后对自己不利，但基于“拼死的取悦奉侍精神”，我大多会不由自主地用漂亮的言语加以修饰，纵使这种奉侍精神因扭曲已变得卑弱，甚至显得愚不可及，然而这种习性却常常被世上的所谓“正人君子”大肆利用），所以，就将当时从记忆深处浮现至脑海的堀木的姓名和住址随手写在信笺的一端。

我离开“比目鱼”家，一路步行来到新宿，卖掉揣在怀里的书，最后仍旧走投无路。尽管我对每个人都很和善，却一次也没有真切地体会到那种所谓的“友情”。像堀木这种酒肉玩友另当别论，所有的交往带给我的都只有痛苦，为了排遣痛苦，我拼命扮傻装痴，反而令自己越发精疲力竭。在大街上瞥见熟人，即使只是与熟人相似的面孔，我都会大吃一惊，感觉有股令人眩晕的痛苦的战栗袭遍全身。尽管明白自己受人喜欢，但就爱别人这一点来讲我似乎欠缺这种能力（当然，世上之人是否真的拥有爱别人的能力，对此我是深表怀疑的）。这样的我是不可能拥有所谓“挚友”的。而且，我甚至连走访朋友的能力也不具备。对我来说，他人的家门较之《神曲》中的地狱之门还要阴森可怕。这并非危言耸听，我甚至能真切地感觉到门内潜伏着如恶龙般可怕、浑身散发腥臭的怪兽。

我和谁都没有来往。我没人可以拜访。

堀木。

这正是俗话所说的弄假成真。我决定按照留言条上所写去浅草的堀木家拜访。在这之前，我从未主动造访过堀木家，大都是拍电报叫堀木过来找我。眼下我甚至连筹措电报费也成问题，加上凭我此时的落魄潦倒之身，光一份电报，堀木恐怕是不会来见我的吧。我决定做一次向来视为畏途的“拜访”，于是叹息着坐上了电车。当我心中明白，自己在这世上唯一的救命稻草或许就只有那个堀木时，一股凄凉感袭遍全身，只感觉脊背阴森凝冷。

堀木在家。他的家隐没在一条肮脏的小巷内，是栋两层建筑，二楼仅有一间屋子，约六席见方，全叫堀木占了，他年迈的老父母和三个年轻工匠则在楼下，又是敲敲打打，又是捻带子穿带子，正在制作木屐。

那天，堀木向我展示了他身为都市人不曾显露过的陌生一面，即俗话所说的老奸巨猾。他是一个冷酷而狡诈的自私的家伙，直令我这个乡巴佬错愕不已、瞠目结舌。他可不像我，只是个生性没有主见、摇摆不定的男人。

“你真是让我吃了一惊哪！你家老爷子原谅你了吗？还没有？”

自己是偷偷逃出来的——这事我实在说不出口。

我像往常那样依旧敷衍搪塞，尽管肯定马上会被堀木察觉出来，但我还是选择蒙混。

“这个嘛，总会解决的。”

“喂，这可不是开玩笑的。就算我给你个忠告吧，再怎么傻也该到此收手了。我今天还有事，这阵子简直忙得不可开交哪。”

“有事？什么事？”

“喂！你可别把坐垫的带子弄断啦！”

我一面说话，一面无意识地用指尖捣弄着臀下坐垫的四个角上那缨穗模样的丝条，不知道是坐垫上的缝线还是坐垫上的扎绳，还用力拉扯其中的一根。只要是家里的东西，即使是坐垫上的一根丝条，堀木似乎都爱惜无比，所以他竟然为此横眉竖目地指责起我来，毫不显得难为情。回想起来，在与我交往的日子里，堀木从来就没有吃过什么亏。

堀木的老母亲将两碗红豆汤盛在托盘里端了上来。

“哎呀，您这是……”

堀木俨然一副由衷孝顺的模样，对老母亲显得毕恭毕敬，就连遣词用句都客气得有些不自然。

“真是麻烦您了。是年糕红豆汤吗？真隆重啊。其实您大可不必这样费心的，因为我有点事得马上出去。不过，既然您特意煮了拿手的年糕红豆汤，不喝实在可惜，我就享用了它吧！喂，你也喝一碗，怎么样？这可是我母亲特意做的哦。哎呀，真好喝。太过瘾啦！”

他兴奋得不得了，津津有味地喝着，那模样似乎不像是在演戏。我也啜了一口红豆汤，只闻到一股白开水的味道，又尝了一口年糕，觉得那压根儿就不是年糕，而是一种我说不出来的东西。当然，我绝非瞧不起他们家的贫穷（其实当时我并不觉得难吃，并且他老母亲的心意也令我感动匪浅，尽管我对贫穷心怀恐惧，但从未怀有轻蔑之感）。借由那碗红豆汤和因红豆汤而兴高采烈的堀木，令我清楚地见识了都市人的俭朴本性以及那种内外迥然不同的东京人的真实的家庭生活实态，而唯有我这种蠢蛋内外不分，一直无止无休地试图逃避于人类的生活之外，最终落得个孤立无援的下场，甚至连堀木也对我弃之不顾。在此我只能忠实地落笔记下，当时的我是多么狼狈，我呆呆地举着漆面斑驳的筷子，心中感到无比的落寞惆寂。

“抱歉，我今天还有事，”堀木站起身，一面穿着外套一面说道，“我得走了，真是抱歉！”

就在此时，一位女客人来找堀木，我的际遇也随之瞬间发生急转。

堀木登时精神大振。

“哦，真是对不起。我正想去拜望您哪，可谁知来了这么个不速之客，不过您不用在意他。来，请吧！”

堀木一副手忙脚乱的样子。我将自己坐着的坐垫腾出来翻了个面递过去，他一把夺到手里，又翻了个面放好，然后请那名女客就座。屋子里除了堀木的坐垫之外，为客人准备的坐垫就只有一只。

女子身材高挑清瘦。她将坐垫往旁边挪开，在靠近门口的角落边坐了下来。

我心不在焉地听着他们两人的谈话。那名女子似乎是杂志社的工作人员，好像委托堀木画插图什么的，这会儿是专程来取稿子的。

“因为急着用，所以……”

“已经画好了！早就画好了，在这里，请您过目。”

这时送来一封电报。

堀木看了看，只见他先前兴高采烈的表情一下子变得阴森可怖起来。

"喂！你这是怎么回事？"

原来是"比目鱼"发来的电报。

"总之，你现在就给我回去。我要是能送你回去固然好，可我眼下实在没那工夫。你明明离家出走跑来，竟然还一副满不在乎的样子！"

"您府上在哪儿？"那位女客在旁问我。

"大久保。"我脱口而出应道。

"那离我们社很近呢。"

女子出生在甲州，二十八岁，拖着一个五岁的女儿住在高圆寺的一栋公寓里。她告诉我，她丈夫已经去世，至今三年了。

她对我说："您看起来像是个吃过很多苦成长起来的人。看得出您很机敏，真够可怜的。"

从此我开始过上了小白脸般的生活。静子（就是那个女记者）去位于新宿的杂志社上班时，我就和她那个名叫繁子的五岁女儿一起看家。在此之前，每当母亲外出时，繁子总是在公寓管理员的房间里玩耍，而现在有了一个"机敏"的叔叔陪她玩，她看起来很是高兴。

我在那儿思绪恍惚地待了大约一个星期。公寓窗外不远处的一根电线杆上，有只风筝绊挂在上面，夹裹着尘土的春风将它吹得破烂不堪，但它依旧牢牢地缠在电线上不肯离去，只是迎着风像在频频点头似的。每见此景，我总不禁苦笑、脸红，甚至夜晚做噩梦。

"我需要点钱。"

"……要多少？"

"很多……俗话说'钱在人情在，钱尽缘分断'，可是一点儿也不假啊。”

“你真傻，那不过是一句从前的老话……”

“是吗？不过你是不会明白的，照这样下去，没准我还会逃走的。”

“到底是谁更没有钱呢？到底是谁要逃走呢？你真怪。”

“我要自己挣钱，用挣来的钱买酒，不，是买烟。就拿画画来说，我觉得自己要比堀木这种人画得好多了。”

这种时候，我脑海中情不自禁浮现出来的，便是自己中学生时代所画、被竹一说成是“妖怪的画像”的那几张自画像，我那遗落的杰作。尽管在三番五次的搬迁中不慎将它们丢失，但我始终觉得，唯有它们才称得上妙笔秀骨的逸作。那以后我也画过许许多多画，但都远远及不上记忆中那逸作的水准，以致我总是被一种失落感所折磨，仿佛整个心灵都变得空阒似洞了。

一杯饮剩的苦艾酒。

我暗自在心里用这个词来形容那永远无法消弭填塞的失落感。一提到画，那杯喝剩的苦艾酒就会忽隐忽现地在我的面前晃动。啊，真想把那些画拿给她看看，我要让她相信我的绘画才能！我被这股焦躁折磨得心荡魂销。

“呵呵，画得怎么样？看你一脸正经地开玩笑，真是可爱呀。”

我不是开玩笑，而是真的！啊，真想让她亲眼见识见识那些画。我徒劳无果般独自烦闷地想着，突然心机一转，放弃了原先的念头，“漫画！至少画漫画的话我一定比堀木强。”

这句自欺欺人的敷衍话，想不到竟反而令她信以为真了。“是啊，其实我也觉得这个主意不错。你平时画给繁子看的那些漫画，让我看了都忍不住笑出来呢。你不如就试试看吧，怎么样？我可以在我们总编面前替你当当说客。”

他们那家杂志社出版一本面向儿童的月刊杂志，没有什么名气。

“……一看到你，大多数女人都巴不得为你做点什么……因为你总是一副战战兢兢的样子，可又滑稽得要命……有时候你孤家寡人地独自消沉，不过那模样更加让女人心动。”

静子还说了许多话来给我戴高帽子，可一想那些恰恰是小白脸的卑贱猥琐的特性，我于是越发变得“消沉”，完全提不起劲来做事。我心中暗忖：金钱比女人来得更加重要，无论如何我必须离开静子，自食其力、独立生活。我一心想着逃离她，甚至还有所安排，但结果却是越来越依赖她，包括从“比目鱼”家出走之后的善后了结，几乎全都由这个巾帼不让须眉的甲州女人替我支应，而我面对静子更是不得不愈加“战战兢兢”。

在静子的安排下，“比目鱼”、堀木以及静子三人协商并达成协议：我同老家就此彻底断绝关系，而与静子开始“堂堂正正”的同居生活。在静子的奔走下，我的漫画出乎意料居然也变成作品换回了钱，我用这些钱来买酒和烟，然而我的不安和抑郁却有增无减。意气消沉之至，我在替静子的杂志画每月连载的漫画《金太与太田的冒险》时，情不自禁地思念起故乡来，由于备感凄寂落寞，手中的画笔会戛然停下，有时候还会默默地低头垂泪。

这种时候，能稍稍慰藉我的就只有繁子了。此时，繁子已经毫无抵触地管我叫“爸爸”了。

“爸爸，听说人只要向神祈祷，神明什么都会满足你的，这是真的？”

说起来我倒正需要这样的祈祷哩。

——神啊，请赐予我冷静的意志！请晓谕我“人”的本质！人类相互倾挤排轧，应该不算什么罪过吧。请赐给我愤怒的面具！

“嗯，是呀，对繁子嘛神什么都会答应的，可是对爸爸呢，恐怕就不灵验了。”

我连神明都惧怕。我不相信上天的爱，只相信上天的惩罚。什么信仰，我觉得那不过是迷诱人心甘情愿地俯首跪拜在审判台前，接受神明的惩罚鞭笞而已。我宁愿相信地狱的存在，却怎么也不相信天国的存在。

“为什么不灵验呢？”

“因为爸爸违抗了父母之言。”

“是吗？可大家都说，爸爸是个大好人哪。”

那是因为我欺骗了他们。我知道，这公寓里人人都向我表示好感，然而，天知道我是多么惧怕他们！我越是惧怕他们，越是博得他们喜欢，而越是受到他们喜欢，我就越是惧怕他们，最终不得不远离他们。但是要向繁子解释我这种不幸的病态，实在是件难上加难的事情。

“繁子，你想向神明祈祷些什么呢？”我漫不经心地改变话题。

“繁子想要自己真正的爸爸。”

我吃了一惊，感到一阵天旋地转。敌人！我是繁子的敌人？或者繁子是我的敌人？总之，繁子的表情分明透露出这样一件心事：这里也有一个威胁我的可怕的大人，一个外人，无法理解的外人，尽是秘密的外人。

原本以为只有繁子是个例外，没想到她身上也暗藏着“冷不防鞭毙叮在它肚子上的牛虻”的尾巴。自那以后，我甚至对繁子也变得胆战心惊了。

“色魔！在家吗？”

堀木又开始上门来找我了。我从“比目鱼”家出走那天，他曾经令我深感自己是那样孤单落寞，可现在我却无法拒绝他，只能微笑着迎接他。

“听说你的漫画眼下很受欢迎是吗？像你这样的业余画家，就是个愣头青、傻大胆，不知道天高地厚。不过，你可别掉以轻心哦，你的素描根本就是糟糕透顶！”

他摆出了一副好为人师的态度。倘使我将那些“妖怪的画像”拿给他看，不知他会做何表情？我心头又开始徒劳无果地烦闷不安起来，可嘴上却说道：

“别那么说我嘛，我会受不了叫苦不迭的呢。”

堀木越发得意了：

“要是只有圆滑处世的才能……哼，迟早会露出马脚的。”

圆滑处世的才能……我听了无言以对，只得苦笑。我居然具有圆滑处世的才能！像我这种畏惧人类、一心避犹不及、对别人糊弄蒙混的个性，难道与奉行俗话所说“明哲保身、无事不生非”处世原则的狡黠之徒同属一个种群？唉，人类总是彼此不了解，尽管完全看错对方，却仍自以为互为一心无二的挚友，终生觉察不到，假使对方死了，还会抛泪涕零地为他哭诵悼词之类——难道不是？

堀木毕竟是我从“比目鱼”家出走一事的善后见证人（他一定是在静子的死缠硬磨之下才勉为其难接受这份差使的），所以，他俨然将自己当作了我重新做人的大恩人，又或者自认是我与静子两人的作伐冰人，要么摆出副一本正经的派头，煞有介事地对我进行说教，要么深更半夜喝得醉醺醺地跑来借宿，要么从我这儿借五元钱（每次毫无例外总是五元）。

“不过，你玩女人也该到此为止了吧。再这样下去的话，世人是不会宽容的唷。”

所谓世人，究竟何指？是人的复数吗？这个所谓的“世人”其实体又何在呢？迄今为止，我一直认为它是强悍、严苛、可怕的东西，我就是抱着如此想法活到现在的，如今被堀木这样数落，有句话差一点就脱口而出：

“所谓的世人，不就是你吗？”

但我不想激恼堀木，所以，话到嘴边又吞了回去。

（世人是不会对此宽容的。）

（不是世人，是你不会宽容我这样做吧？）

（假如再不思悔改，世人会让你尝到苦头的！）

（不是世人，而是你吧？）

（走着瞧吧，你马上就会被世人所抛弃！）

（不是被世人，而是被你抛弃吧？）

搞搞清楚你自己有多可怕、古怪、毒辣、狡诈、阴森吧！许多话语在我胸中，无声地交锋，但我只是以手帕拭了拭汗涔涔的脸，赔着笑说道：

“瞧你把我说得冷汗直冒了！”

但自那时候起，我开始萌发了一种姑且称之为“思想”的观念：“所谓的世人，不就是个人吗？”

自从开始觉得“世人就是个人”之后，较之以前，我稍许能够按照自己的意志行事了。借用静子的话来说，我变得有点任性，不再那样战战兢兢了；借用堀木的话来说，我变得出奇地吝啬小气了；而借繁子的话来说则是，我开始不那么疼爱她了。

我变得沉默寡语，脸上也无笑容，每天一面照看繁子，一面继续画《金太与太田的冒险》、明显以现实生活中的悠闲老爸为原型创作的《悠闲和尚》，还有一组连我自己都不知为何取了个莫名其妙的题目叫《急性子阿平》的连载漫画。此外，我还应各家杂志社之约（渐渐地，除了静子所在的杂志社，也有其他杂志社开始向我邀稿了，但那都是些比静子的杂志更低档的所谓三流杂志）画些漫画。说白了，其实我是抱着非常抑郁的心情画这些画的，纯粹为了挣点酒钱，因而画起来总是慢吞吞的（我的运笔速度应当算是相当缓慢）。等到静子从杂志社回到家里，我便立马和她换班跑出家门，来到高圆寺车站附近的路边摊档或是吧台式的小酒馆，喝些廉价而烈性的酒，待心情变得快活之后，再返回公寓里。

“越看越觉得你的长相好古怪。悠闲和尚的造型其实是你从睡相中得到灵感的呢。”

“你睡觉时的模样也很苍老哦，活像个四十岁的男人。”

“还不都是你害的，我都被你榨干了。‘浮萍人生似水流，何苦愁闷川边柳’呀。”

“好了别嚷了，早点休息吧。要不要给你弄点饭吃？”她心平气和地说道，根本没打算理会我。

“要是有酒，我倒想喝。‘浮萍人生似水流，人流似水……’不对，是‘浮萍人生……似水流……’。”

静子一面听着我咕哝，一面替我脱下衣服，我则将脸埋进静子的怀中，昏昏沉沉地进入梦乡。这便是我的日常生活。

日日同样的事重复不息，
只需遵从与昨日无异的惯例。
若能避开炽猛的欢喜，
自然不会有哀痛来袭，
阻碍去路的绊脚石，
蟾蜍会绕道而行。

当读到上田敏翻译的夏尔·克罗的这几行诗句时，我突然暗暗地满脸羞红，炙热如同火烧一般。

蟾蜍。

这就是我。世人对我无所谓宽容与不宽容，也无所谓抛弃与不抛弃，我是只比狗和猫更加劣等的动物——蟾蜍，只会在地上慢吞吞地爬行。

我的酒量越来越大了。不仅在高圆寺车站附近喝，还跑到新宿、银座一带去喝，甚至有时在外夜宿不归。为了避免“遵从与昨日无异的惯例”，我在酒吧里故意装作无赖汉的模样，乱亲女人。换句话说，我又回复到殉情之前的酒鬼样子，不，甚至比那时候更加粗野更加放纵。为钱所困时，我甚至将静子的衣服拿去当掉。

自从我搬来这栋公寓，对着那被风刮得破烂不堪的风筝发出苦涩的微笑，至今已过去一年多。当樱花树开始绽出新绿的时候，我又悄悄拿了静子和服上的腰带和衬衣到当铺去典质，换了钱到银座喝酒，接连两晚外宿不归。到了第三天晚上，我终于感觉不舒服，于是下意识地又回到公寓，蹑手蹑脚走到静子的房门前，听到里面传出静子和繁子的说话声：

“干吗要喝酒？”

“爸爸可不是因为喜欢喝酒才喝的，只因为他人太好了，所以……”

“好人都喝酒吗？”

“倒也不是这样……”

“爸爸没准会吓一大跳的。”

“没准会讨厌呢。瞧，瞧，它从箱子里跳出来了！”

“就像是急性子的阿平一样。”

“是呀。”

我听到静子低低的笑声，似乎是发自内心的幸福笑声。

我将门打开细细一道缝，朝里面觑望，原来是一只小白兔。只见小白兔在房间里窜来窜去，而静子母女俩正追着它玩。

（这母女两人真幸福啊。而我这个浑蛋却闯入她们之间，眼见着将她们的生活搅得乱七八糟。简简单单、质朴无华的幸福，一对好母女。唉，倘若神明肯垂听我这种人的祈祷，就祈求你赐给她们幸福吧，就算一生仅有那么一次也好啊。）

我真想蹲在那里合掌祈祷。但我轻轻地拉上门，又折回银座去了，从此再也没有踏入过那栋公寓。

接着，我又在京桥附近一家吧台式小酒馆的二楼，寄人篱下过起了小白脸的生活。

世人——我似乎也开始隐隐约约明白它究竟是怎么回事了。所谓世人便是人与人之争，而且是随时随地之争，人只需要在其时其地的争斗中胜出即可。人绝不可能服从他人，即使身为奴隶，依然会以奴隶的方式进行卑屈的反噬。所以，人除了借由当场一决胜负之外，更无其他生存之道。尽管世人都在标榜冠冕堂皇的名义，但每个人的努力目标无非是个人，超越个人之后依旧是个人，世人的不可解之难题便是个人的不可解之难题，所谓汪洋大海亦非世人，还是个人。于是，我从对世间这一大海幻影的畏惧中稍觉解脱，不再像先前那样毫无穷尽地事事小心谨慎了。就是说，为了应对眼前的遭逢之需，我多少也学会了厚颜无耻。

离开高圆寺的公寓后，我来到京桥的那家酒馆。

"我和她分手了。"我只对老板娘说了这一句话，但这便已足够，这就意味着，我已经仅凭一击分出了胜负。自那天夜里起，我便毫不客气地住进那家酒馆的二楼。尽管如此，那本该令人十分畏惧的"世人"却并没有对我施以任何伤害，而我也没有向"世人"做任何辩解。只要老板娘包容我，一切的一切都不成为问题。

我既像是这家店的顾客，又像是老板、跑腿的侍从，还有点像店家的亲戚。在旁人眼里，我理应是个来路不明的家伙，但"世人"却没有表现出丝毫的怪讶，店里的常客们一口一声"叶藏、叶藏"地唤我，对我非常友善，甚至请我喝酒。

慢慢地我对世人不再战战兢兢、小心提防，我渐渐觉得所谓"世间"也并非那么可怕了。换言之，先前我的那种畏惧感像是被一种所谓"科学迷信"吓到似的味道，好比担心春风里有成千上万百日咳的病菌，担心澡堂里有成千上万致人眼盲的病菌，担心理发店里有成千上万使人秃头的病菌，担心乡间的电车拉手吊环里蠕动着疥癣虫，担心生鱼片和烤得半熟的猪肉牛肉里必定寄生着绦虫的幼虫、肝蛭或其他什么的虫卵，还有，赤足走路玻璃碎片会从脚掌钻入身体，在体内四处窜动，戳破眼球使人失明……的确，以“科学”的角度来看，成千上万的细菌在空气中游曳或许确有其事，但我同时也开始明白：倘若完全抹杀其存在，它们便成为与我丝毫无涉、可以瞬间消逝得杳无踪迹的“科学幽灵”。吃饭时剩三粒饭在饭盒里，假使一千万人每天都吃剩三粒，便形同每日浪费掉好几袋大米；又假设一千万人每天都节省一张擤鼻涕纸巾，将汇聚成多少纸浆啊——诸如此类的所谓“科学统计”曾经害得我骇恐不安，每当饭盒中吃剩下一粒米，或是擤一次鼻涕，就感觉自己白白浪费了山一般的大米和湖一样的纸浆，这种错觉直令我心情沉重、苦恼不已，仿佛正在犯下不可饶恕的重罪大愆一样。然而这正是科学的谎言、统计的谎言、数学的谎言，三粒米饭是不可能被汇集一起的，即使作为加减乘除的应用题，这也属于最粗浅和低能的题目，就如同计算在黑灯瞎火的便所里人们踩空掉进粪坑的发生概率，或者乘客不小心跌进车门与月台缝隙中的发生概率一样，对这种事件盖然性进行概率统计简直是愚不可及，尽管它的确有可能发生，但真正跌落便所粪坑而致伤的事例却从未有听闻。但这种假设却被当作“科学事实”灌输进我的大脑，对此我信以为真，并自我震吓。这令我不禁同情起过去的自己，忍不住想笑，同时也使我开始渐渐了解世间的真面目了。

但对于人类，我依旧感到恐惧，与店里的客人见面，我必须先一口气喝下一杯才行，因为我眼前毕竟是一种可怕的生物。尽管如此，我还是每晚都出现在店里，就像小孩子见到令他害怕的动物，反而会用手紧紧抓住一样，甚至借着酒醉，向店里的客人们吹嘘我并不高明的艺术论。

漫画家。唉，可惜我只是一个既无大悲也无大喜的无名漫画家。即使日后更大的悲哀紧随而来，我依然渴盼着此刻能放纵地尽享炽猛的巨大的欢乐，虽然内心如此焦灼，但眼下我的快乐却只是与客人说东扯西、谈鬼论禅，喝客人请我喝的酒。

来到京桥后，我已过了近一年如此无聊的生活。我的漫画也不再仅仅刊登于儿童杂志，而开始出现在车站小卖部出售的那些粗俗猥亵的杂志上。我以“上司几太”这个带有戏谑意味的笔名[1]，画了一些龌龊的裸体画，还在当中插入《鲁拜集》[2]中的诗句。

啊，莫做无谓的祈祷，
抛开引人落泪之物，
快浮此一觞罢，唤醒甘芳的记忆，
莫再为那无果的忧烦而苦。

那用不安和恐怖威吓之辈，
惧怕自己制造的弥天罪恶，
为了防备死者的复仇，
终日算计，不得安卧。

昨夜酣饮，我心欢愉，
今朝醒来，唯余凄凉。

---

1 “上司几太”这个名字在日语中与“情死未遂”发音相同。

2 又称《柔巴依》，莪默·伽亚谟（Omar Khayyam，1048—1123）著。以下所引诗句引自堀井梁步译本。

怪哉，一夜之隔，
心的翻覆直是恁般幻变无常！

莫要当报应莫名地乱慌，
像远处传来太鼓的喧击，
微不足道的小事也要治罪，
众庶呀，还有何处可遁避？

说什么正义是人生的指针？
那么，猩血泛浸的战场，
无数暗杀者的刀锋上，
又是何种正义在栖荡？

何处听闻人生的真谛？
何处见过睿智的光赫？
美善、恐惧，便是聚散的浮世，
荏弱的人子哟，背负着不堪的重荷。

只因被播撒了奈何无计的情欲种子，
听到的只有善与恶、罪与罚的禁咒；
能做的只有无计奈何、踌躇彷徨，
只因没有被赐予摧抑它的力量和机筹。

你在何处为何徘徊游荡？
你为何故抨击、琢磨、反省？

嘿，莫非是空的绮梦、幻的影子？
嘿嘿，忘了饮酒，一切都是幻尘。

看啊，这浩然无涯的宇宙哟，
你我不过是漂浮其中的一粟。
争知这地球是为何自转？
自转公转反转又如何？随他去！

到处能触到至高的力量，
一切的国度、一切的民族，
到处能发现相同的人性，
难道唯有我是异端之徒？

世人呀想你们都误读了《圣经》，
要不就是缺乏常识和智慧，
说什么禁绝此身之乐，戒除美酒之欢，
够了，穆斯塔法，我已——深恶痛绝！

此时，却有一个女孩劝我戒酒。她对我说：

“这样不行啊，你每天从中午开始就喝得醉醺醺的。”

她就是酒馆对面那家香烟铺老板的女儿，年纪十七八，名叫由子，肤色雪白，长着一颗虎牙。每当我去买香烟时，她总会笑着给我忠告。

“为什么不行呢？有什么不好呢？‘浮此禁觞千万钟，可以消沉那无常的记忆'，这是古代波斯一个诗人[1]说的。哎呀，不说这么复杂的。他还说过：'清酒可以解昨日的后悔，明日的愁肠'，这你懂吗？"

"不懂。"

"臭丫头，当心我亲你哦。"

"那你亲啊。"

她毫不羞怯地噘起了下唇。

"你这笨丫头，有点贞操观念好不好……！"

但由子的神情里却分明荡漾着一股未被任何人玷污过的处女气息。

开年后某个严寒的夜晚，我喝得踉踉跄跄出去买烟，不小心跌进了香烟铺子前面的下水道窨井洞里。我连声叫着："由子，救救我！"由子使劲将我拉上来，还替我包扎右手胳膊上的伤口。此时的她一笑也不笑，言辞恳切地说道：

"你喝得太多了。"

我对死倒满不在乎，但若是受伤出血以至于落下残废，那我是死活不干的。我一面让由子替我包扎胳膊上的伤口，一面暗自在想，是不是该适可而止真的把酒戒了。

"不喝了！从明天起，我滴酒不沾了！"

"真的？"

"真的，我一定戒。假如我戒了，由子肯嫁给我吗？"

说要娶她的事，其实是一句玩笑话。

"嗯啦。"

1　这里指的应该是留下传世之作《鲁拜集》的诗人莪默·伽亚谟。

所谓“嗯啦”是“当然啦”的省略语。那年头流行各种各样的省略语，例如“摩男”（摩登男子）啦、“摩女”（摩登女子）啦等等。

“那好，我们拉拉钩说定了。我说戒一定就戒！”

可第二天，我又照样从中午起便捏起酒盅来。

傍晚时分，我摇摇晃晃走出酒馆，站在由子家的铺子前。

“由子，对不起，我又喝酒了。”

“哎呀，真讨厌，故意装成一副喝醉的样子。”

我猛然心中咯噔一记，感觉似乎酒也醒了大半。

“不，是真的。我真喝酒了，不是故意装成喝醉的样子。”

“别作弄我，你真坏。”

她对我丝毫没有疑心。

“你一看不就明白了？我今天又从中午开始喝酒了。原谅我！”

“你演戏演得真像。”

“不是演戏，你这个傻丫头！当心我亲你哦。”

“亲呀！”

“不，我没有资格亲你。想娶你的事也只有死心了。你看我的脸，通红通红的是吧？我确实喝了。”

“那是因为夕阳照在脸上的缘故，你骗我也没用的。因为我们昨天说定了，你不可能去喝酒的，我们拉了钩的。说喝了酒，肯定是在骗人、骗人、骗人！”

坐在昏暗店堂内的由子脸上露出嫣然一笑。啊，她白皙的脸蛋，还有那不懂何为污秽的童贞，是如此珍贵，我迄今还从未与比我年轻的处女上过床。我要和她结婚！即使因为这样日后遭逢再大的悲哀也无所谓，我一定要放纵地享受眼前这极度的欢乐，哪怕一生仅有这一次。先前我曾经以为，童贞之美不过是愚昧的诗人天真而伤感的幻觉罢了，不想它真的存在于这世上。结婚后，待到春天来临，两个人可以一起骑自行车去访览那新绿浅黄掩映的瀑布。我当即下定决心，抱着所谓“一决胜负”的信念，毫不犹豫地偷偷摘走这朵鲜花。

不久我们便结婚了，由此而得到的快乐未必如想象中的大，但其后降临的悲哀却非一句凄惨之至所能形容，实在是超乎人的想象。对我而言，“世间”终究是个深不可测的可怕地方，也绝不是仅凭一决胜负便可以决定一切的寻常之所。

二

堀木与我。

相互蔑视却又彼此往来，并由此而共同作践自己。倘若这就是世人所谓“交友之道”的本质，那我与堀木的关系无疑称得上是真正的“朋友”了。

仰承京桥那家小酒馆老板娘的侠义之心（女人的侠义之心，是一个很奇妙的用语，但依据我的经验，至少在都市男女中，女人比男人更拥有可称之为侠义之心的那份东西；男人做起事来大都战战兢兢，只知道装点门面，而且又吝啬小气），那间香烟铺子的由子就此成了我没有名分的妻子。我们在筑地靠近隅田川的一栋木结构两层公寓，租了楼下一个房间居住，我把酒戒了，开始全身心地投入到自己选择的职业漫画创作中。吃过晚饭，我们两人会一起去看电影，回家途中顺路折进咖啡馆坐坐，或是买一钵花。不过，更令我感到快乐的是同这个打心底里由衷信任自己的小新娘待在一起，听她说说话，欣赏她的一颦一笑。正当我心中隐隐升腾起一股甜蜜的思绪，觉得自己越来越像一个真正的人，再也不会以一种悲惨的方式了结此生的时候，堀木却又出现在我的面前。

“嗨，色魔！咦，看你的模样，好像稍稍懂得些人情事理了。我今天是从高圆寺那位女士那儿来做传话使者的。”他开口说道，忽又压低嗓门，朝正在厨房里沏茶的由子的背影努了努下巴，轻声问道，“不要紧吧？”

“没关系，有什么话都可以尽管说。”我平静地回答。

事实上，由子真算得上是信任的天才。我和京桥那家小酒馆的老板娘的关系自不用说，就算告诉她我在镰仓发生的那件事情，她对我与恒子的关系也毫不怀疑。这倒并非因为我撒的谎高明，有时候我甚至用再明白不过的说法直陈其事，可由子似乎仍全当是笑话来听。

“瞧你还是一副很得意的样子啊。其实也没什么大不了的事情，她只是让我转告你，偶尔不妨也到高圆寺那边去坐坐。”

才刚要忘却之际，却有一只怪鸟振翅飞过来，用尖长的喙戳破我记忆的伤口。刹那间，过去那些惭耻与罪恶的记忆登时又清晰地浮现在眼前，一阵禁不住想放声惊叫的恐惧感，使我坐立不安。

“去喝一杯吧！”我说。

“好啊。”堀木应道。

我与堀木。外表上看，我们两人十分相似，有时甚至觉得根本就是一模一样的两个人。当然，那只限于四处玩乐找那种廉价酒喝的时候。不过，只要我们两人一碰面，顷刻就会变成外形和毛色都完全相同的两条狗，一起在下着雪的小巷里往来窜动。

从那天之后，我们又开始重温旧好，还结伴去京桥那家酒馆喝酒。最后，两条醉成烂泥一堆的狗还造访了高圆寺静子的公寓，在那里借宿一晚才离开。

那是个令人难忘的闷热的夏夜。黄昏时分，堀木穿着一件皱巴巴的浴衣，来到我位于筑地的居所。他告诉我，他今天因为有急用，当掉了夏天的衣服，但倘若被他老母亲知道此事的话那可不妙，所以想马上将衣服赎回来，让我借点钱给他。不巧我刚好也手头拮据，于是仍旧照老办法，我吩咐由子拿她的衣服去当铺换点钱回来。借给堀木之后，还剩余点钱，我便叫由子去买来烧酒，爬到公寓的天台上。从隅田川上时不时吹来阵阵夹着臭水沟味的凉风，我们就在臭风中摆起一桌略嫌肮脏的纳凉晚宴。

我们玩起了猜猜是喜剧名词还是悲剧名词的游戏。这是我发明的一种游戏。凡名词皆有阳性、阴性、中性之分，同样，也应该有喜剧和悲剧之分。例如，轮船和火车都是悲剧名词，而市内轻轨电车和公共汽车则属于喜剧名词。假使谁不懂得为何如此区分，便不配奢谈艺术，一个剧作家若是在喜剧中哪怕只夹杂了一个悲剧名词，他就没资格吃这碗饭。悲剧同样如此。

“听好喽——香烟是什么名词？”我问道。

“悲剧。”堀木迅即回答。

“药品呢？”

“药粉还是药丸？”

“针剂。”

“悲剧。”

“是吗？可是也有荷尔蒙针剂啊。”

“不，绝对是悲剧。我问你，首先注射用的针头本身不就是一个不折不扣的悲剧吗？”

“好，就算是我输吧。不过我告诉你，药品和医生出乎意料都属于喜剧呢。接下来，死亡呢？”

“喜剧。牧师与和尚也一样。”

“答得好！那么，生存应该是悲剧了吧？”

“不，生存也是喜剧。”

“不对！这样一来，不是凡事都变成喜剧了吗？我再问你一个，漫画家呢？你不会说这也是喜剧吧？”

“悲剧，悲剧，一个大悲剧名词！”

一旦演变成这样一种低俗的玩笑就很无趣了，但我们却自命不凡地将它看作全世界任何上流聚会都不曾有人玩过的聪明游戏。

当时我还发明了另一种与此类似的游戏，那就是反义词的猜字游戏。例如，黑色的反义词是白色，但白色的反义词却是红色，而红色的反义词是黑色。

“花的反义词呢？”我发问。

堀木撇着嘴巴，想了想答道：

“呃……有家餐馆的名字叫‘花月’，这样说来，应该是月亮吧。”

“不，那可不是反义词啊，倒不如说是它的同义词哩。星星和紫罗兰，不就是同义词吗？那算不上反义词。”

“我明白了。那就是蜜蜂。”

“蜜蜂？！”

“牡丹和……蚂蚁？”

“搞什么呀，那是画题。你可别想蒙混过关。”

“我想起来了：‘丛云遮花’……”

“应该是‘丛云遮月’吧？”

“对了，对了，花配风，是风！花的反义词是风。”

“这也太蹩脚了。那不是浪花调中的句子吗？这下你可彻底露了老底儿了。”

“再不，就是琵琶。”

“这下差得更远了。花的反义词嘛……应该举出这个世界上最不像花的东西才对。”

“那么说……等一下，你搞什么嘛，莫非是女人？”

“顺带问一句，女人的同义词是什么？”

“内脏。”

“你真是个对诗一窍不通的家伙。那么，内脏的反义词呢？”

“是牛奶。”

“这个还有点像话。就照这个思路再来一题：耻辱的反义词是什么？”

“是无耻，就是流行漫画家上司几太。”

“那堀木正雄呢？”

说到这里，我们渐渐再也笑不出来了，转而变得心情沉郁，整个脑袋里仿佛满是玻璃碎片似的，那是喝烧酒喝到酣醉之后特有的感觉。

“你别自以为是、口出狂言！我可没像你一样，蒙受过犯罪被绑的耻辱哦。”

我蓦地一惊。原来在堀木心中，并没有将我当作一个真正的人看待，他只把我视作一个苟活于世、不知羞耻、愚蠢的怪物，也即所谓的“行尸走肉”而已。为了他一己的快乐，他可以最大限度地利用我，他与我仅是止于这种程度的“朋友”。想到此，我心中实在愤懑难禁，但转念一想，堀木那样看待我也情有可原，我从小就根本没有做人的资格，以致遭到堀木这样的人蔑视也是不无道理的。

“罪。罪的反义词是什么？这题很难哦。”我装出若无其事的表情问道。

“法律。”堀木平静地回答。

我抬起头重新打量堀木的脸。附近楼房顶上的霓虹灯闪闪烁烁，照着堀木，使他的脸看上去就如同魔鬼刑警般威仪堂堂。我看得出神，不由得目怔口呆了。

“你说什么？那不是罪的反义词吧？”

竟然说罪的反义词是法律！但或许世人全都像他一样想得如此简单，然后装作若无其事地过日子。他们以为罪恶只会在没有警察的地方蠢蠢欲动。

“不然你说是什么呢？是神吗？因为你身上总有那么一股基督徒的味道，让人倒胃口。”

“别随便下结论，我们两人再想想看吧。不过，这可是一个很耐人寻味的题目，对吧？我觉得，单从一个人对这道题目的答案中，就可以彻彻底底了解一个人。”

“怎么会……罪的反义词是善，善良的市民，也就是像我们这样的人。”

“不要开玩笑。不过，善是恶的反义词，而不是罪的反义词呀。”

“恶与罪难道有什么不一样吗？”

“我想是不一样的。善恶的概念是人创造出来的，是人擅自造出来的道德词语。”

“你真是啰里啰唆的。既然这样，那应该还是神吧？对，是神。把一切都归结为神绝对不会错的。哦，我肚子饿了。”

“由子现在正在楼下煮蚕豆哩。”

“太好了，正是我爱吃的。”

他双手交叉枕在脑后，咣咚一下子很随意地仰面躺在地上。

“你好像对罪完全没有兴趣。”

“那当然，因为我不像你，我可不是罪人。我虽然放荡，但绝不会害女人去死，也不会卷走女人的钱。”

我没有害女人去死！我也没有卷走女人的钱！——我内心深处某个角落里响起微弱的却是竭尽全力的抗议声，但旋即心念一转，习惯性地觉得那一切确实都是自己的罪过。这是我性格当中的顽癖。

我始终无法面对面地与人争辩。我拼命克制着，不让自己的心情因烧酒产生的醉意而变得更加沉郁，我几乎自言自语般地低声嗫嚅道：

“不过，唯独被关进监狱这件事情，不算是我的罪。我觉得，只要弄明白了罪的反义词，就把握住了罪的本质……神、救赎、爱、光明……不过，神本身有撒旦这个反义词，而救赎的反义词应该是苦恼，爱的反义词是恨，光明的反义词是黑暗，善的反义词则是恶。罪与祈祷，罪与忏悔，罪与告白，罪与……啊！全都是同义词，罪的反义词到底是什么啊？！”

“罪的反义词是蜜[1]，像蜂蜜一样甘甜。哎呀，我肚子好饿，去拿点吃的东西来吧。”

“你自己去拿不就得了吗！”

我用充满愤怒的声音回应道，这可以说是我平生以来的第一次。

“好吧，那我就下楼去，和由子一起犯罪吧。与其空谈大论，还不如实地考察哩。罪的反义词是蜜豆，哦不，是蚕豆

1　日语中“罪”的发音颠倒过来读便是“蜜”的发音。

吧？”

他已经喝得酩酊大醉，说话也口齿不清了。

“随你便，你赶快给我消失吧！”

“罪与饥饿，饥饿与蚕豆……不对，这是同义词吧？”

他一面信口胡诌，一面站起身。

罪与罚。陀思妥耶夫斯基。这个灵念一瞬间掠过我脑海一隅，令我猛然醒悟。假使陀思妥耶夫斯基不是将罪与罚作为同义词，而当作是反义词并列在一切的话，那么……罪与罚，两者绝无相通之处，而是冰炭不同器、水火不相容的两样东西。将罪与罚作为反义词的陀氏，他笔下的绿藻、腐臭的水池、杂乱如麻的内心……哦，我开始明白了。不，还没有……正当这些念头如走马灯一般在我脑海中轮番闪现时——

“喂！真他妈叫人难以想象啊！你快来！”

传来了堀木的叫声。他的声音和脸色都大变样了。刚刚摇摇晃晃起身下楼去的，没想到这么一会儿工夫又返回来了。

“怎么啦？”

四周的气氛蓦地变得异样紧张。两个人从楼顶天台走到二楼，再从二楼往底楼我的屋子走去。在楼梯上堀木停住了脚步，用手指着前面小声说道：“你看！”

我家那间屋子上方的小窗户正敞开着，从那儿可以看到里面的光景。只见屋子里亮着电灯，有两只动物正在干着什么。

我登时觉得头晕目眩、呼吸急促，但同时心里却在暗自低语——这也算是一出人间粉戏吧，这也算是人类的本性吧，没什么好大惊小怪的——我甚至忘记了出手去解救由子，只是久久地呆立在楼梯中间。

堀木大声干咳。我则像逃命似的一个人又冲回到天台，躺在地上，仰望含满雨气的夏日夜空。此时，袭遍我全身的情感不是愤怒，也不是厌恶，更不是悲伤，而是极度的恐惧。那不是面对墓地中诸多幽灵时的恐惧，倒更像是在神社的杉树林间，撞见身着白衣的神明时的那种来自太古的、凶暴恶戾的、令人噤默失语般的恐惧。从那晚起，我开始少年白头，我越发对世间所有的一切失去信心，越发对人产生无止境的怀疑，从此诀别了对人世生活所抱有的全部期待、喜悦、共鸣。事实上，这也是我整个人生中起到决定性作用的一个事件，仿佛被人迎面一刀砍中眉间，日后无论我与任何人接触，那伤口便会隐隐作痛。

“尽管我很同情你，不过这样一来，你也该稍微地有所领教了吧。我再也不会到你这儿来了，这里简直就像地狱……不过，对由子嘛，你就原谅她吧，因为你自己也不是一个什么正经家伙。我告辞了！”

堀木绝不是傻瓜，他不会在这种令人尴尬的地方久待的。

我站起身来，独自喝着烧酒，然后“嗷——嗷——”地号啕而泣，一直痛哭不止。

不知什么时候，由子一脸茫然地站在我身后，手里端着盛满蚕豆的盘子。

“告诉我，你不会怪我什么的……”

“好啦好啦，什么都别说了！你根本就不知道怀疑别人。坐下吧，一起吃蚕豆。”

我们并排坐着吃蚕豆。呜呼，难道信任别人也是罪过？！对方是个三十岁左右的矮个男人，一个十足不学无术的商人，每次请我给他画漫画，总是装模作样，摆起一副臭架子，其实只不过撂下很少一点点钱便拍屁股走人。

那个商人后来终究不敢再来了。说不清楚为什么，比起那个商人，我对堀木的憎恨与愤怒更加甚之。他起先看到那景象时，却什么都没有做——例如故意大声咳嗽——而是任听事情发生，只折回到屋顶天台来告诉我。想到这些，每每在一个个辗转难眠之夜，我心中的憎恨与愤怒便无法遏止地升腾起来。

对由子，我谈不上原谅或不原谅。由子是一个信任的天才，她不懂得怀疑他人。正因为如此，才会酿成惨剧。

我问神明：难道信任也是一种罪过？！

对我来说，较之由子的身体遭到玷污，倒是由子对他人的信任遭到玷污这件事情，才是造成日后很长一段岁月我几乎无法活下去的苦恼的根源。像我这样一个惹人嫌弃、畏畏缩缩，总是看别人脸色行事，对他人的信任之心已经瓜剖豆分、土崩瓦解的家伙，由子那种纯真无垢的信任就如同新绿丛中的早春瀑布一般清新怡人，谁知它却在一夜之间化为黄浊的污水。这不，自从那一晚之后，由子甚至对我的一举一动都开始十分在意起来。

“喂！”

每当我唤她时，她总是身体冷不丁一哆嗦，视线也不知道该投向哪里好。无论我再怎么装痴装疯胡言乱语以逗她一笑，她都一副茫然不知所措、坐立不安、战战兢兢的样子，和我说话时还心不在焉地乱用敬语。

纯真无垢的信任之心，难道真是罪恶之源吗？！

我四处搜罗那些描写妻子被人奸污的书来看，但我觉得没有一个女子遭受的奸污比由子更加悲惨。这绝对是无法缀成故事，再现出来的。或许，在那个小个子商人与由子之间，假使存在哪怕一缕一丝近似恋爱般的情感，我的心情倒反而会好受些。然而事实上，除了那个夏日的夜晚，由子轻信了对方，其后便再无下文，但其代价却是害我被人迎面一刀砍中眉间，变得声音喑哑、年少头白，而由子则不得不从此过着小心翼翼的日子。大部分这类故事都着眼于丈夫是否原谅妻子那种“行为”，而这一点对我来说，却并非那么令人痛苦的重大问题。原谅与不原谅，唯有拥有这种权利的丈夫或许才是幸运的，倘若觉得实在无法原谅妻子，也无须大吵大闹，不如即刻与妻子断绝关系，另娶新妻；假使做不到这样，那就只能“原谅”妻子，忍辱含垢；甚至我觉得，不管怎样，所有方方面面的事情最终都是可以平息的，关键全在乎做丈夫的一念之间。换句话说，这种事情对于丈夫确实是一个巨大打击，但也仅止于“打击”而已，毕竟不同于那种此伏彼起、一波接一波永无止息地扑向海岸的怒涛，拥有原谅与否的权利的丈夫只需妥切地驾驭愤怒，终能处理这类问题。但以我的情形来说，身为丈夫却不享有任何权利，一想到此事便觉得是自己的过错，不要说发怒了，甚至连一句怨言也吐不出口。妻子则是因为她拥有那种罕见的美丽特质，才会遭人侵犯，而那种美丽特质正是丈夫素来所憧憬的、令人怜之爱之不忍释之的纯真无垢的信任。

纯真无垢的信任算是罪过吗？

我甚至对这种唯一信赖的美丽特质也产生了怀疑，所有的一切全都变得莫名其妙，心之所许、可以对其敞开心扉的只剩下酒精。我变得面目可憎，清早起来就烧酒不离手，牙齿也脱落得残缺不齐，所画的漫画也近乎于猥亵的淫画了。不，坦白说，我从那时候起开始仿制春宫画并私下贩卖，因为我需要钱买酒喝。每当我注视着总是不敢正眼看我、一副惴惴不安模样的由子时，就情不自禁心生狐疑：这傻瓜根本不知道提防别人，莫非她和那个商人之间不止那一次？会不会跟堀木……不，搞不好，她与我不认识的其他男人也有那种关系？疑心生暗鬼，越想越觉可疑，然而我终究鼓不起勇气当面质问她，以至于被那惯有的不安和恐惧纠缠得回肠百转般痛苦不堪，只敢在喝醉酒之后，战战兢兢地采用卑屈的诱导性审讯一样的方式，试着一探究竟。尽管内心像傻子似的亦喜亦忧，忽而高兴忽而沮丧，但表面上我却拼命诈痴佯呆、尽力哄弄，对由子施以令人作呕的肉麻爱抚之后，如同一摊烂泥似的酣然入睡。

那一年的年末，我喝得烂醉如泥，半夜三更才回家。我想喝杯糖水，可由子好像已经熟睡，所以只好自己动手去厨房找白糖罐。打开盖子一瞧，里面没有半点白糖，却放了一个细长的黑色小纸盒。我随手拿在手里，一看盒子上贴的标签，不禁愕然。虽说标签已经被人用指甲刮去一大半，但标有英文的部分仍残留着，上面清清楚楚写着：DIAL[1]。

巴比妥！那段时期我全是喝烧酒，而不使用安眠药助眠，不过失眠宛若旧友似的早已成了我的积疴，所以我对大部分安眠药相当熟知。这一盒巴比妥足以让人丧命了。纸盒尚未拆封，但她一定是打算什么时候拿来使用的，才会将药盒藏在这种地方，并且为了掩人耳目而刮掉上面的标签。真可怜，因为她看不懂标签上的英文，所以只用指甲刮掉其中一半，以为这样一来就不会被发现了。（你本是无辜的。）

1　DIAL，用于镇静及安眠的药物。

我蹑手蹑脚地倒满一杯水，然后慢慢撕开纸盒，一口气将药全部送进口中，冷静地喝光杯子里的水，随即灭了灯，悄然躺下。

后来听说我整整昏睡了三天三夜，就跟死了一样。医生认定是误服安眠药所致，所以没有报警。据说我醒来后说的第一句梦呓般的话是“回家”，我口中的“家”究竟是哪里，连我自己也不清楚。反正，据说我说完后，还号啕大哭起来。

眼前的雾翳渐渐地散开，我定睛一看，“比目鱼”哭丧着脸坐在我的枕边。

“上一次也是发生在年末，这种时候大家伙都忙得团团转哩，可他偏偏老是挑准年末来干这种事，我这把老骨头真是受不了折腾啊！”

在一旁听着“比目鱼”发牢骚的，是京桥那家小酒馆的老板娘。

“夫人……”我唤道。

“嗯，什么事？你醒啦？”

老板娘一面说着，一面将她那张笑脸俯下来，好像要将我的脸盖住似的。

我禁不住潸然泪涌。

“我想和由子分手！”

脱口而出的竟是这样一句出乎我自己意料的话。

老板娘直起身，轻轻叹了口气。

接下来我又失言了，而且实在是大大出人意表，简直无法形容到底是滑稽还是愚蠢：

“我要到没有女人的地方去。”

“哈哈哈哈！”

“比目鱼”率先大声笑了出来，接着老板娘也哧哧笑出声，最后连我自己也羞红了脸，一面流着泪，一面露出苦笑。

“嗯，还是这样好，”“比目鱼”一直猥琐鄙俗地笑个不停，他接着说道，“最好去一个没有女人的地方，只要有女人，你怎么着都没辙。到没有女人的地方去，这是个好主意。”

没有女人的地方。谁会料到，我这愚蠢可笑的呓语，日后竟然惨凄地成为了现实。

由子似乎觉得我是替她吞毒寻死的，因而在我面前变得更加谨小慎微、心悸胆寒，无论我说什么，她都不苟言笑，也不主动同我搭腔。我觉得待在房间里实在郁闷烦忧，于是忍不住又跑出去，照例用价廉质次的烧酒来慰藉自己。但自从那起安眠药事件之后，我的身体明显消瘦，四肢也变得酸软无力，画漫画也时常精神开小差，提不起劲头来。此时，“比目鱼”前来探视并留下一笔钱作为慰问金（“比目鱼”说“这是我的小小一点心意”，似乎钱是他从自己荷包里掏出来的一样，可事实上这也是老家的哥哥们寄来的。那时候我已经不是当初逃离“比目鱼”家时的我了，隐隐约约看透了“比目鱼”装模作样的表演，于是我也狡猾地佯装不知就里的样子，向“比目鱼”道谢。但是，“比目鱼”等人为什么非要处心积虑这样绕大个圈子，我实在是似懂非懂，仿佛骨鲠在喉，令我心里有种说不出的异样感觉）。我狠了狠心，用那笔钱独自一个人跑去南伊豆温泉，然而我的性格注定不能享受这漫长假期，优游地做一番温泉乡之旅，一想到由子，我便感到无比落寞，因而我根本无法保持闲逸的心境，从旅馆房间远眺群山，欣赏美景。我连棉袍都没顾得上更换，也没有泡一把温泉澡，而是冲出旅馆，来到一家肮脏的小茶馆，拼命地灌酒，将身体弄得越发糟糕，然后便返回了东京。

那一晚，东京大雪纷飞。我拖着醉步漫无目的地走到银座后面一条小巷，口里反复低声哼唱着：“离井背乡来到此，家山一望几百里？离井背乡来到此，家山一望几百里……”一面哼一面用鞋尖猛踹飘降堆积的雪团。蓦地，我吐了。那是我第一次咳血。只见雪地上蔓开一面大大的太阳旗。我在地上蹲了半晌，然后双手捧起旁边没有染血的白雪，在脸上搓洗着，同时忍不住啜泣起来。

这儿是何方的小道？

这儿是何方的小道？

恍若幻听一般，从远处隐隐约约传来一个女童哀婉的歌声。不幸。这个世上有着各色各样的不幸之人，不，就算说世上全是不幸之人也绝非夸张。但是，他们遭遇不幸却可以堂而皇之地向世间发出抗议，并且世人也很容易理解和同情他们的抗议，而我的不幸则全部缘于自己的罪恶，因而无从向任何人抗议。倘若我结结巴巴说出一句哪怕稍稍带有抗议色彩的话，不仅是“比目鱼”，世上所有的人一定都会因此而大为震惊：“你居然说得出这种话？！”我自己都弄不明白，究竟是我像俗话所说的那样任性放肆？还是完全相反，是我太怯懦了？不管怎么说，似乎我就是罪孽的聚合体，所以，我只会越发令自己陷入永无止境的不幸，却毫无办法阻止和防范。

我站起来，琢磨着应该去弄点什么药调养一下，于是走进附近的一家药房。就在我与药房老板娘照面的一瞬间，她好像被镁光灯的闪光照得发了怔，抬起头圆睁着双眼，呆呆地伫立在那里。那双睁圆的眼睛里既没有惊愕也没有厌恶，而是流露出像是求救又像是充满了渴慕般的目光。唉，她一定也是个不幸的人，因为不幸的人总是对别人的不幸感受特别敏锐。我正如此想着，猛然注意到老板娘原来是手撑拐杖、颤巍巍地勉强站立的，我遏制住自己抢步朝她跑过去的念头，只是和她对望着，此时我的泪水禁不住涌出眼眶，她那双睁得大大的眼睛里，也洒下了两行泪。

随后，我一语不发走出药房，踉踉跄跄回到公寓，让由子冲了杯盐水给我喝下，然后默默地睡下。第二天我谎称有点感冒，在床上躺了一整天。到了晚上，我对自己咳血的事情实在感到不安，于是爬起来，又去了那家药房。这次我面带微笑，一五一十将自己的身体状况告诉了老板娘，向她咨询。

“你必须戒酒。”

我们就像是一家人似的坦率不客套。

“我大概是得了酒精依存症了，就这会儿我还想喝酒哩。”

“不可以！我丈夫就是，明明得了结核病，却偏说要用酒来杀菌，成天都泡在酒里，结果自己缩短了自己的寿命。”

“我真的很担心，我已经害怕得不行了。”

“我这就拿药给你。不过，唯独这酒，你必须得戒掉。”

老板娘（她是个寡妇，膝下有一个男孩，考上了千叶还是什么地方的医科大学，但没过不久就患上和他父亲同样的病，现在休学待在医院，家里还躺着个中风的公公，而她自己五岁上下时因为患小儿麻痹症，有一条腿完全无法站立）撑着丁字拐，在地上发出咚咚的响声，翻箱倒柜地为我找出各种药品来。

这是造血剂。

这是维生素注射液，注射器在这里。

这个是钙片。这是淀粉酶，可以帮助消化，改善肠胃不适。

这是……这个是……

她充满爱心地向我介绍了五六种药物的功效。然而这位不幸的夫人，她的爱心对我来说过于沉重了。最后她对我说："要是你忍不住、实在想喝酒的时候，就用这个药。"说罢，迅速将一小盒药用纸包了起来。

原来是吗啡注射液。

老板娘告诉我说，这药的危害至少没有酒来得厉害。我对此深信不疑，加之当时我自己对酗酒产生了一种肮脏感，倘若能够摆脱酒精这个恶魔的长期纠缠自然不亦乐乎，于是毫不踌躇便将吗啡注射进了自己的手臂。不安、焦躁、羞臊等等，全都一扫而空，我摇身一变成了性情开朗、喜欢高谈阔论的男人。只要注射一针，我登时就会忘掉身体的衰弱，全身心地投入到工作中，一面作着漫画，一面思如泉涌，脑子里不断闪现出各种稀奇古怪的创意。

先是一天注射一针，后来渐渐变为两针，最后增加到一天四针，而一旦缺少了它，我便无法工作了。

"这样不行啊！要是上了瘾，那就不得了啦！"

听药房老板娘这么说，我登时觉得自己已经变成了重度瘾君子（我这个人生性脆弱，极易受到别人暗示。例如有人说，就算我告诉你这笔钱花不得，那也无济于事，因为这毕竟是你自己的事呀……听到这话，我登时会产生一种奇妙的错觉，似乎不花掉这笔钱反倒有错，反倒会辜负对方的期待，于是必定要很快将它花掉）。基于对上瘾的害怕不安，我对药物的需渴变得越发厉害。

“求求你，再给我一盒！月底我一定会付钱的。”

“钱嘛，什么时候付倒都没关系，只是警察管得很紧呢。”

哦，原来我四周始终围裹着某种浑浊而灰暗的、见不得人的可疑气氛。

“那就请你无论如何帮我搪塞过去，求求你，夫人。让我吻你一下！”

老板娘登时羞红了脸。

我赶紧趁势央求：“假如没有这药的话，我就完全没法像模像样地工作了。对我来说，那就像是强精提欲的激素一样。”

“那还不如直接注射荷尔蒙好了。”

“你别拿我寻开心了。反正我要么借助酒，没酒的话就得靠那种药，否则我真的没法工作。”

“酒可不行。”

“所以说嘛！自打我用了那种药，就一直滴酒未沾啊。多亏了它，我现在身体状况好得不得了哩。我可不想自己永远只能画那些下三流的漫画，从今往后，我一定彻底把酒戒了，调养好身体，发奋钻研，一定要成为一个伟大的画家！眼下正是最关键的时刻，所以拜托你，当我求你啦。让我吻你一下吧！”

老板娘扑哧笑了起来：

“你真让我为难。要是真上了瘾，我可不管哦。”

她咚咚咚地撑着拐杖，从药品架上取下那药，说道：

“不能给你一整盒，你会马上用完的。给你一半吧。”

“真小气。算了，就一半吧。”

回到家里，我立即注射了一针。

“不痛吗？”由子战战兢兢地问我。

“当然痛喽。不过，为了提高工作效率，就算不情愿也得这样做啊。我这阵子精神不错吧？好了，开始工作了！工作、工作！”我兴奋地嚷着。

有几次，我还深更半夜跑去药房叩门。老板娘身上裹着睡衣，咚咚咚地撑着拐杖出来开门。我猛地扑上去，抱住她，吻她，同时还装出一副痛苦欲绝的涕泣状。

老板娘不发一语，默默地递给我一盒药。

药品与烧酒一样，不，甚至是比烧酒更可恨更肮脏的东西——当我深切体会到这一点的时候，已经变成一个彻头彻尾的瘾君子了。真是无耻之尤。为了得到那药，我重又开始仿制春宫画，并且与那家药房的残疾老板娘建立了一种真正称得上丑恶的关系。

我想死。比任何时候都更想去死。我已经回不了头了。无论我做什么，无论我怎样做，都是徒劳的，只会丑上加丑，避了坑反而落了井。我已不配奢望骑自行车去瀑布游玩之类的事情，唯有在污秽的罪恶上不断堆叠卑劣的罪恶，让苦恼越来越多，越来越强烈。我想死，我只有死路一条，苟活下去便是万恶之根源。——尽管我仿佛钻进了牛角尖，无论如何都摆脱不掉这种念头，却依旧身不由己地频频往返于公寓与药房之间，活脱脱一副半狂半疯的模样。

无论我怎样拼命工作，由于药物用量也随之增大，积欠的药费已经高得吓人。老板娘每次看到我就会眼中泛泪，我自己也禁不住潸然泪下。

地狱。

我想到一个挣脱出地狱的最后手段。假使连这个方法也归于失败的话，我便只有勒颈上吊一条路了。我想赌一赌看这世上神明是否真的存在，于是抱定决心，洋洋洒洒写了封长信寄给老家的父亲，向他告白，坦承自己的所有实情（有关女人的事，终究还是无法落笔）。

不想结果更惨，我引颈期盼，左等右等却一直杳无音信。焦灼与不安反而更使我加大了用药剂量。

今夜，索性一口气注射十针，然后跳进大河里，一了百了——就在我暗下决意的那天下午，“比目鱼”就像凭借恶魔的直觉嗅到了什么似的，带着堀木出现在我面前。

“听说你咳血了？”

堀木盘腿坐在我面前，问我。他脸上荡漾起一种我从未见过的充满柔情的微笑。那温煦柔善的微笑使我既感激又兴奋，我情不自禁地背过脸潸然泪下。仅仅因为他那温柔的微笑，我便被彻底击败，然后便被强行从这人世间沉埋。

我被送上汽车。你必须先得住院治疗，后续的事情交给我们来办就是了——“比目鱼”用平静的口吻规劝我（那口吻平静得我甚至想用“慈悲满怀”来形容）。我俨然像一个毫无意志、毫无判断力的人，只知道嘤嘤啜泣，最终还是唯唯诺诺地听从他们两人的安排。连同由子在内，我们四人坐在汽车上颠簸了许久，直到四周天色有些昏暗的时候，才抵达一座位于森林中的大医院门口。

我以为这是一所结核病疗养院。

我接受了一名年轻医生极为温柔而周到的检查，然后他略带腼腆地微笑着对我说：

“好了，你就在这里静养一阵子吧。”

“比目鱼”、堀木和由子撇下我一个人回去了。走之前由子递给我一个装有换洗衣服的包袱，又一声不响从腰带间取出注射器和没有用完的药塞给我。看来她还真的以为那是强精提欲的激素呢。

“不，我已经不需要了。”

这绝对是一件难得的事。说是我生平以来唯一的一次拒绝别人的劝诱，也一点不为过。我的不幸，是因为没有拒绝的能力，因此一旦别人劝诱，我便觉得假如拒绝的话，会在对方的心里和自己的心里都留下一道显而易见、永远也无法修补的裂痕。我已习惯畏服于这种恐惧。但当时，我却极其自然地拒绝了曾经令我疯狂渴求的吗啡，或许是被由子那种“如神明般的无知”打动了吧。那一瞬间，我应该已经摆脱掉毒瘾的纠缠了吧？

很快，我被那名挂着腼腆微笑的年轻医生领着，进入一栋病房，随即大门被哐啷一声上了锁。这里是疯人院。

“到没有女人的地方去”，我在服用巴比妥后说出来的愚痴的呓语竟然奇妙地变成了现实。这栋病房里全都是男性精神病患者，连看护也是男的，没有一个女人。

如今我非但是一个罪人，还成了一个疯子。不，我绝对没有发疯！即使是瞬间片刻，我也不曾疯过。但是，听说所有疯子都会这样说自己的。换句话说，凡是被关进这所医院的人全是疯子，而没被关进来的则是正常人。

我问神明：难道不抵抗也是罪过吗？

面对堀木那不可思议的美丽微笑，我感激涕零，失去了判断，毫无反抗，坐上汽车被带进这里，从而变成了一个疯子。即使从这里出去，我还是会被人在额头烙上“疯子”的印记，不，是“废人”的印记。

我已丧失做人的资格。

我已经彻底变成一个非人了。

进到这里来的时候，还是初夏时节，从镶有铁格子的窗户望出去，可以看到医院庭院的小池塘里摇曳着红色的睡莲。过了三个月，庭院里的波斯菊开始绽放了。令人意想不到的是，此时老家的大哥带着“比目鱼”前来接我出院了。大哥用他惯有的那种一本正经又略带紧张的口吻告诉我，父亲上个月月底因患胃溃疡过世了，我们对你的事情既往不咎，也不会让你为生活操心费神，你什么事不做也可以，不过前提条件是你必须离开东京，尽管你可能会有些眷恋不舍，但你还是得到乡下去疗养，你在东京惹出来的祸，涩田先生应该帮你都了结得差不多了，你不必惦记。

蓦地，故乡的山水栩栩如生地浮现在我眼前。于是我轻轻点了点头。

真是一个废人。

得知父亲的死讯后，我变得越发窝囊了。父亲已经不在了，那个一刻也不曾离开我心田、既熟悉又可怕的存在，已经倏尔消失了，我感觉自己那装满苦恼的心壶也登时变得空空荡荡的。我甚至心想，自己之前那苦恼的心壶之所以如此沉重，莫非都是由于父亲的缘故？想到此，我就像一个泄了气的皮球，甚至连苦恼的能力也丧失殆尽。

大哥不折不扣履行了对我的诺言。从我出生长大的小镇搭乘火车南下四五个小时，有一个在东北地区非常少见的温暖似春的海滨温泉乡。大哥买下了村边的一处茅屋，房间倒不少，共有五间，不过已经老旧不堪，墙面剥落，柱子也被虫蛀了，几乎无法修缮。大哥把它送给我，还外带一个年近六十、长着一头红发的丑女人给我做帮佣。

那以后又过去了三年的光阴。

其间，我数次遭到那个名叫阿哲的老女佣方式古怪的侵犯，有时也会发生像夫妻吵架似的事情。我的肺病时好时坏，身体则忽胖忽瘦，甚至还咳出血痰。昨天我叫阿哲去村里的药铺买点安眠药卡莫丁，结果她买回来一盒与我平时服用的药盒形状不太一样的卡莫丁，对此我也没有特别留意，睡前我吞了十片，却仍旧无法入睡。正当我心里纳闷时，肚子开始七上八下的，急忙跑进便所，结果是狂泻不止，之后又接连去了三趟便所。我觉得好生奇怪，仔细看了看药盒，原来是一种名叫“海诺莫丁”的强力泻药。

我仰面躺在床上，肚子上放了只热水袋，忍不住想对阿哲发一通牢骚：

“喂，这不是卡莫丁，而是海诺莫丁呀！”

刚欲开口，就嘿嘿笑了出来。

“废人”，这倒似乎像是一个喜剧名词。本想助眠，却误吃了泻药，而泻药的名字则叫作海诺莫丁。

如今的我，算不上幸福，也说不上不幸福。

只是一切都将过去。

在这个我有生以来仿佛置身十八层地狱般一直痛苦不堪地生

活其中的人类世界里，唯一可以视为真理的东西，唯此而已。

一切都将过去。

我今年才将满二十七岁，但由于满头白发的缘故，人们大都以为我已经四十有余了。

后记

我虽不认识写下这份手记的狂人，但我却与另一个人有几分稔熟，而她可能就是手记中出现的京桥那家小酒馆的老板娘。她身材娇小，气色欠佳，细眼吊眉，鼻梁高挺，气质端严不苟，给人感觉与其说是美女，不如说更像一个俊美男生。这三篇手记中反映的主要是昭和五年至七年[1]那段时期的东京风情，而我在朋友带领下有两三次顺道去京桥那家酒馆喝冰苏打威士忌，则已经是昭和十年前后的事情了，也就是日本的军部即将肆无忌惮地嚣张于世之时，因此，我不可能见到写下这份手记的那个男人。

今年二月，我去拜访了疏散到千叶县船桥市躲避空袭的一位朋友，他是我大学时代的校友，现在某女子大学担任讲师。事实上，我之前曾拜托这位朋友帮我的一个亲戚说媒，因为这层原因，加上打算顺便采买一些新鲜的海产品给家里人尝鲜，于是我背起背包，向船桥市出发了。

船桥是个濒海大城市，只是海水中浮满泥浆。由于我的友人

1　即1930年至1932年。昭和，自1926年始至1989年止。

是新近才搬来的住户，尽管我报出地址和门牌号，但无论怎么向人打听，却都问不出个名堂来。天气阴冷，加上我背着背包的肩膀也早已酸痛，于是我被近旁一阵从唱片里流出的提琴声吸引，推开了一家咖啡馆的门。

咖啡馆的老板娘似曾相识，一问，她竟然就是十年前京桥那家小酒馆的老板娘。她似乎也马上记起了我，两人都大吃一惊，但随即相视而笑。这种时候，按照惯例，彼此一定会互相询问一番遭遇空袭、房子被烧不得不避难在外的经历，我们却顾不得，而是颇为得意地倾谈起来：

“哎呀，你可一点儿都没变哪！”

“不不，都成老太婆了，身子骨也都快散架喽。倒是你，还这么年轻啊。”

“哪里哪里，孩子都三个了，今天就是为了他们才出来买东西的。”

久别重逢，我们彼此寒暄，互致了一通历久不变的客套话，然后打听起我们共同的朋友疏隔之后的音信。聊着聊着，老板娘突然话锋一转，问我：“你认得叶藏吗？”我回答：“不认得。”老板娘起身走到里面，拿出三本笔记本，还有三张照片，交到我手里，说：“这说不定可以成为小说的素材呢。”

按我的个性，不习惯用别人硬塞给我的材料来加工写成小说，所以我本想当场退还给她，却被那些照片吸引（关于那三张照片之怪异，我在前言中已经提及），于是决定姑且代为保管照片和笔记本。我又向她打听：“我回东京之前还会顺道过来一次的。对了，你知道住在某某町某号的某某吗？他是在女子大学当老师的。”毕竟同为新近搬来的住户，一问她倒认识。她告诉我，我那位朋友有时也会光顾这家咖啡馆，他家就在附近。

那天夜里，我同我的朋友喝了点小酒，后来决定留宿在他家。结果我一夜未眠，埋头阅读那三篇手记，情不自禁地沉浸其中。

手记所述虽然都是过去的事，但即使是今天的人们，读来也肯定会饶有兴致。于是我心想，与其妄添秽笔，倒不如原样不动，拜托哪家杂志社发表出来，可能会更有意思。

给孩子带的海产品，我只买了些干货交差。我背起背包，辞别友人，又折回那家咖啡馆。

“昨天真是太感谢你了。不过……”我马上直奔主题说道，“这些笔记本能不能借给我一段时间？”

“可以啊，你就拿去吧。”

“不知道这个人是不是还活着？”

“哎呀，这可完全不好说了。大概十年前，有个邮包寄到了我在京桥的店里，里面就装着这些笔记本和照片。寄件人肯定是叶藏，不过邮包上没有写叶藏的住址，连名字都没有。空袭时，这些东西和其他东西混在一起，居然完好无损，真是不可思议。我也是前一阵子才刚把它全部看完……”

“你哭了？”

“不，与其说是哭……没救了，人一旦变成那个样子，就彻底没救了呀。”

“到现在又过了十年，这样说起来，也许他已经不在这个世上了，这些东西我想他是为了对你表示感谢才寄给你的吧，尽管有些地方写得言过其实，不过他也好像确实让你受了相当大的伤害。假如手记里写的全都是事实的话，或者假如我是他的朋友，说不定我也会带他去疯人院哩。”

“都是他父亲不好。”

她若无其事地淡淡说道。

“我们认识的叶藏，又直爽又乖巧，要是不那么喝酒的话，不，即使是喝酒……也还是个像神一样的好孩子呢。”

微明

薄明

位于东京三鹰的家遭轰炸被毁，于是全家搬到妻子的老家甲府市去住。妻子的娘家，现在只剩妻子的妹妹一个人居住着。

那是昭和二十年的四月上旬。盟军的轰炸机时常从甲府市上空飞过，不过几乎从未投下过炸弹，整座城市的氛围也不像东京那样充满战场硝烟。一家人终于可以脱下防空服睡个觉，在东京已经许久没能这样子了。其时我已年届三十七岁，妻子三十四岁，长女五岁，长子是前一年的八月出生的，刚刚两岁。之前一家人的生活虽谈不上惬快，但总算没病没灾地过来了。我有时想，好不容易挨过艰辛活下来，一定得努力活下去，亲眼看看这个世界会变成个什么样子。当然，另一种想法更为强烈，那就是万万不可让妻子和孩子们早于我而死，留下我孤身一人。这种情形，单单想象一下，就会让人无法忍受，尤其是我绝不能让妻子遭灾遇难。为此，按理必须早做打算，采取万全的措施，可我没有钱。虽然偶尔也会赚到一笔钱，但我很快就会拿着钱跑去喝酒，因为我有酒癖这个不同寻常的毛病。在当时，酒可算得上是价格昂贵的奢侈品，可只要家中有朋友造访，我便忍不住像从前一样和朋友们一起吆五喝六地出去喝酒，不这样就觉得坐卧不宁。如此一来，不要说万全措施，就是其他什么事情也做不成。眼看许多人携家带口远远地疏散到农村去，我只能艳羡，却因为没有钱，还有一个原因则是我的懒惰，结果磨磨蹭蹭就这么一直拖了下来。直到三鹰遭受空袭，不敢再在东京待下去，一家人只得转移到妻子的娘家。将近一百天，终于可以脱掉防空服睡觉，想到至少这阵子再也不用在寒冷的夜晚将孩子们叫醒，心急慌忙地躲进防空壕。虽明知今后还将面临各种各样的困难，但总算可以轻舒一口气放下心来了。

然而我们这家人毕竟“失去了自己的家”，诸多事情都与之前情形有所不同了。我虽说跟大多数人一样，也算经历过生活的艰辛，但带着两个年幼的孩子寄宿在别人家，尽管是妻子的娘家，算是关系很近的亲戚，却还是前所未有的头一遭，因而体验到了各种别样的甘苦。妻子的娘家，父母亲已经双双亡故，姐姐们也都出嫁了，最小的孩子是个男孩，他如今是户主，两三年前大学一毕业就参加了海军，眼下只剩一个女儿住在甲府市的家里，是这男孩的小姐姐、我妻子的妹妹，年纪二十六七岁。这个女儿似乎经常和那个海军弟弟通信，有关家里的事情无论巨细都与他商量。对这二人来说，我算是他们的哥哥了，但我这个哥哥对于甲府家里的任何事情毫无发言权。非但没有指手画脚的权力，事实上，我自结婚以来给这一家人添了不少麻烦，换句话说，我是个靠不上的男人，所以弟弟妹妹们从来不就家里的事情来同我商量也就理所当然了。另一方面，就我来说，我对他们家的家产之类压根儿没有兴趣，这一点互相之间心照不宣，因此“不相为谋”。然而，妻妹（今年二十六岁还是二十七岁，又或者是二十八岁，反正没有一本正经问过，所以我也弄不清）独自一人操持的家里，三十七岁的姐夫和三十四岁的姐姐带着两个孩子突然闯了进来，没准什么时候瞒着妹妹和身在远方的年轻海军将家里的财产……想必不会有人如此胡乱猜疑，但作为年长的一方，却生怕在无意识中伤害到他们的自尊心。就我当时的切实感受来说，就像庭院里长满柔嫩的绿苔，为了不蹂躏这些绿苔，我不得不小心翼翼地踩着踏脚石，轻手轻脚地一步一步往前走。我甚至巴望，这家里要是有一位更加年长、通晓人情世故的男人就好了，那样我们就可以轻松自在一些。这种消极的忧虑实在是棘手又费劲的事情。

我将家里对着后院的一间六席大的屋子借了做工作室兼卧室，又借了间六席带佛龛的屋子给妻子他们住，照一般行情商定好了房租，伙食费及其他方面尽量考虑周全，不让妻子娘家人吃亏，我有客人来访的时候也不使用客厅，而是直接领到我的工作室。不过，我是个贪恋酒杯的人，加之总免不了有点从东京来此游玩的心态，因此尽管心里十分尊重妻子娘家人的权利，却仍时常造成失礼的后果。妻妹倒是对我们一家客客气气，还经常帮着照看两个孩子，从未与我们发生过正面冲突。但我们因失去自己的家，心理上难免有些乖僻，老是如履薄冰似的谨小慎微，过分介意。虽说是亲戚，但结果却因为疏散这件事令双方都失张失志，十分疲惫。我们的处境在所有疏散者中尚算是好的，至于其他疏散者的遭遇那就可想而知了。

“千万不要疏散！最好坚持待在东京，除非家里给烧个一干二净。”

记得当时，我还曾给全家一直留在东京的某个熟稔的友人写信去说过这样的话呢。

搬来甲府是在四月，季候仍略带寒气，这里的樱花也比东京晚开很多，此时刚刚漫天遍野地绽放开。接下来的五六月份，盆地特有的闷热开始袭来，石榴树浓绿的叶子变得油亮亮的，在烈日照射下骤然冒出朵朵火红的花，葡萄藤上青色的小粒果实也日渐丰满，终于结成一条条沉甸甸的葡萄串，就在这时候，整个甲府市却骚然一片，传来了盟军的空袭即将向中小城市扩展、甲府很快也会被炸弹夷平的消息。市民人心惶惶，纷纷外逃，将家财物什等装上车，一家老小逃往深山，嘈杂的人声和车马声深更半夜也不绝于耳。我心里虽然明白甲府早晚也会遭受空袭，但是好不容易夜晚可以脱掉防空服睡觉，刚偷得一点安稳，又要打点行装，赶着车，带着妻子孩子疏散至山中不知何处安家，实在备感吃力，提不起这个劲头。

——坚持一下看看情形再说吧！等烧夷弹落下来了，妻子背着小的，大的已经五岁可以自己跑了，妻子牵着她的手三人一同向远离市区的乡村逃跑，我则和妻妹留守在家，尽全力扑灭火势，保住这个家。即使烧毁了也不怕，我们齐心合力在被烧毁的废墟上再造新的房子嘛！

我表明了自己的看法，全家人也同意这么做，于是挖洞，将粮食埋了进去，还有锅碗瓢盆、伞、鞋子、化妆品、镜子、针线等等最低限度的生活必需品全都埋在土中，总之，即使房子全部烧毁也不让自己陷入束手无策的窘境。

“这个也埋进去吧！”

五岁的女儿把自己那双红色的木屐拿了过来。

“哦，好的，好的！”我一面说一面接过来，费劲地将它塞进洞穴的角落里。蓦地，忽然有一种像是在埋葬谁似的感受。

“这下我们全家人总算想到一块儿了。”妻妹在一旁说道。

对她来说，这也许便是所谓死亡前夜那种不可思议的淡寂的幸福感吧。

四五天之后，空袭比我的预感早了一个月来临，家瞬间就被炸弹彻底烧毁。

而在大约十天前，两个孩子不约而同得了眼疾，去看了医生，结论是流行性结膜炎。小的那个倒不要紧，女儿却一天比一天严重，空袭前两三天已经到了完全失明的状态，眼皮肿得让整张脸都变了样，用手使劲翻开眼皮朝里面看，只见眼球都糜烂了，几乎像死鱼的眼珠子一样。我心想，或许不是结膜炎这么简单，而是恶性病菌侵入所致，要想治好看样子为时已晚了吧？赶紧另外找别的医生给看了，结果也说是结膜炎，虽然彻底康复需要相当长的时间，但并非已到绝望的地步。然而我却觉得，医生看走眼也是常有的事情，不，绝大多数场合是看走眼的——我对医生的话生性不太信得过。

啊，让她的眼睛早点好起来，重新看得见吧！我用酒灌自己也没能使自己从担忧中解脱。在外面喝完酒，回家途中有时候大吐，有时候则停下站在路旁合掌祈祷，希望一回到家就能看到女儿睁开眼睛。这天走到家门口，就听见女儿天真无邪的歌声，啊，太好了，眼睛重新睁开了！我飞跑进屋子一看，女儿无精打采地站在昏暗的屋子中间，低着头在唱歌。

我实在不忍看下去，转身又走了出去。我觉得，一切都是我的责任，我是个穷困的酒徒，才会使得孩子眼睛失明，假如之前努力做个好市民规规矩矩过日子的话，也许就不会发生这种不幸。这就是大人的因果在孩子身上得到了报应，这就是天罚。假如这孩子一生就此再也看不见了，文学也好，声名也罢，对我又有何意义？我决意抛弃这一切，永远守在这孩子身边。

“囡囡的脚脚在哪里啊？手手在哪里啊？”

看到她有时候心情高兴，摸摸索索着同弟弟玩耍的样子，我就会想，要是这副光景空袭来临该怎么办？想到这里便禁不住栗然。妻子背着小儿子、我背着她一起逃难，可是妻妹一个人怎么保护得住这个家呀？只能眼睁睁看着家被烧毁，放弃坚守而逃命。再看之前东京的情形就不得不做好思想准备，盟军的空袭肯定是覆盖甲府全范围的，女儿看病的医院还有其他医院肯定也会被烧毁，整个甲府肯定连一个医生都跑得不剩，若真是那样，这孩子失明的眼睛怎么办？岂不万事皆休？！

“不要紧的。总之，再挨一个月情况就应该会好起来的。”

这天，吃晚饭的时候，我笑着对全家人说道。谁知就在这一晚，随着空袭警报响起，传来了巨大的爆炸声，四下里立刻变得一片通明，烧夷弹的投弹又开始了。妻妹开始将锅碗瓢盆等往屋前的小水池中扔下去，顿时激起噼里啪啦的声响。

最险恶的时刻到了！我立即背上失明的女儿，妻子背上年幼的儿子，两人各抱着一床褥子，撒腿朝外面跑去，路上还在路边的水沟里躲了两三回，大约跑出一公里，终于跑进一片农田。将褥子铺在刚刚收割完麦子的农田里，一家人躺下来，刚休息了片刻，头顶上火焰忽然像雨点似的泻了下来。

“快把褥子遮在头上！”

我对妻子喊道，自己也随即抱起女儿将褥子顶在头上，趴在农田里。要是弹片直接落到身上，那可不得了。

所幸没有挨到弹片。可是掀开褥子支起上半身一看，只见周围已成了一片火海。

“喂！快起来！快起来扑火！”我大声叫道，不仅是妻子，也想让附近趴伏着的人们全都听见，与此同时，扯起褥子从边上开始猛扑火焰。真是滑稽，火很快便被扑灭了。背上的孩子，虽然眼睛看不见，但也可能感受到了不同寻常的事态，不哭不闹，默不作声，只是紧紧地抓着我的肩膀不松手。

“没有伤着吧？”

火势渐渐熄灭后，我赶紧走近妻子身边问。

“没事。”她沉静地答道，“要是就这样过去倒也罢。”

比起烧夷弹来，妻子更加害怕轰炸弹。

一家人随着众人转移到别处，休息了一阵，头顶上又飘落起火焰雨来。不仅是我们一家人，所有逃到农田来避难的人全都毫发无损，没有任何烧伤，听起来也许不可思议，得以生存下来的人头上仿佛总有一片神性笼罩着似的。大伙儿各自用褥子或者土块朝身边仍在燃烧的黏糊糊的油状东西扑打着，将其彻底扑灭，然后重新躺下来休息。

妻妹担心我们明天的食物，从甲府出发前往一里半以外的山中远亲家张罗吃的东西。我们全家则将一床褥子铺在地上，另一床褥子四个人一起盖，决定就在这儿过一夜。我累得够呛，不想再背着孩子到处逃遁了。孩子们从父母背上爬下来，被放在褥子上，已经甜甜地睡去，大人则愣愣怔怔地远眺着甲府上空升腾起的火光。飞机的轰鸣声渐渐听不到了。

“差不多快要结束了吧？”

“是啊，也该完了吧。”

“家里大概也烧了吧？”

“谁知道呢，要是能留下来就好了。”

说到底肯定是没救的了，但是心里却仍然抱着一缕希望：要是出现奇迹，家还好好地挺立在那儿，会让人多么高兴啊。

“应该没希望了……”

“也许是吧。”

然而，心里那一缕希望依旧不愿彻底丢弃掉。

眼前有一户农家噼里啪啦地在燃烧，从开始烧起来到全部烧毁经过了好长时间，因为同屋顶、柱子等一起化作了灰烬的还有这户人家的历史。

夜空渐渐发白，天边现出微明。

我和妻子背着孩子来到村边一个没被彻底烧毁的国民学校，在二楼的教室里暂作休息。孩子们慢慢睁开眼睛醒来了。说是睁眼，女儿的眼皮仍旧肿得抬不起来，只能靠摸索着在讲坛爬上爬下。她对自己身上的变化，似乎还不懂得在意。

我把妻子和孩子们留在教室，自己跑出学校，想回去确认一下家中的情形究竟如何。道路两旁的房屋仍在燃烧，又是热气又是烟雾，走路也成了桩十分痛苦的事，我深一脚浅一脚地走着，一路上不停改道，绕了很多路才终于接近自家所在的地区。要是还留着，多么令人高兴呀。不，可是这种事情是绝对不可能的啊，不要再抱期望了。——我自己劝说着自己，可脑海深处仍旧在不停祈祷，期愿万一之事的发生。

看见那黑色的板墙了。

啊，家还在！

可是，家已经只剩四面板墙，屋子等全都烧光了。废墟上，妻妹面色铁黑，呆呆地立在那儿。

“姐夫，孩子们呢？”

“都没事！”

“他们在哪儿？”

“在学校。”

“我这儿有饭团子，我只顾拼命跑，给你们带吃的来呢。”

“谢谢。”

“振作点嘛。对了，这儿土中埋的东西应该没什么要紧的，我们还有这么多东西，可以过好长时间都不用发愁了！”

“唉，要是再多埋点就好啦。”

“可以啦。有这么多东西，以后不管到哪儿哪怕受人照顾也完全不必自卑了，简直棒极了呢。我现在就拿吃的到学校去给他们吃，姐夫你就在这儿休息一会儿吧。喏，这是饭团，多吃点吧。”

一个二十七八岁的女子，却拥有比四十岁男人——不，或许四十还不止哩——更加老成的一面，此时此刻显得非常沉得住气，而且可以指望得上。年届三十七却依旧毫不中用的姐夫，从烧焦的板墙上拆下一块木板，垫在屋后的空地上，一屁股盘腿坐下，大口吞咽起妻妹留下来的饭团子，全然束手无策。不知道是我脑子不好使，还是我生性不懂得忧虑，对于一家人今后的安身之计我竟几乎想也不去想，只有一件事情让我十分担忧，就是女儿的眼疾接下去怎么治才会好？

不久，妻子背着儿子，妻妹牵着女儿的手，一同回到废墟。

“是自己走来的吗？”我问低头向下的女儿。

“嗯。”她点点头。

“是吗？真是了不起，走了这么远的路哪。看，家里被烧了。”

“嗯。”又是点头。

我转身对妻子说道：“医生恐怕都不在了，她的眼睛可麻烦了。”

“早上用药水给洗了洗。”

“在哪儿洗的？”

“在学校，医生巡诊刚好去到学校。”

“哦，那太好了。”

“不过，护士好像只是敷衍了事……”

“噢。”

这一天，我们在甲府郊外妻妹的一个同学家休歇下来。从废墟下面洞穴中挖出来的食物以及锅碗瓢盆等，全家人一起将它们搬到这户人家里，我一面笑，一面从裤子口袋里掏出一只怀表说道：“幸好这个还在。本来放在桌子上的，出来的时候我把它塞进口袋才跑出来的。”

这是那个海军弟弟的表，我之前借了来放在我工作室桌子上的。

“太好了，”妻妹也笑了，“对姐夫来说，这可是一大功劳不是吗？多亏了姐夫，我们家的财产又多了一件。”

“对吧？”我顿时得意扬扬起来，“没有表，总是感觉不怎么方便哪。嗨，这是表呢，”我说着，让女儿握住怀表，“放在耳朵边听听看，是不是嘀嗒嘀嗒在说话？瞧，这个还可以当作眼睛看不见的孩子的玩具哩。”

女儿将表贴住耳朵，歪着头仔细听了一会儿，忽然脱手掉在了地上。“啪嗒！”清脆的一声响，玻璃表面摔得粉碎。这下完了，修也没法子修，玻璃表面这玩意儿哪儿都没得卖哪。

“怎么，摔坏了？！”

我一下子垂头丧气。

“真是的。”妻妹自言自语似的轻声嘀咕了一句，不过，她好像对瞬间失去这件称得上是唯一家产的事并没有特别在意，我于是稍稍松了口气。

我们在这户人家的庭院角落里煮饭吃，傍晚时分，全家人便拥挤在一间六席大的屋子里早早睡觉，妻子和妻妹虽然疲惫不堪却毫无睡意，两人小声地在商量下一步的打算。

“没什么可担心的，大不了全家人一块儿回我的老家去，总会有办法的。”我忍不住插嘴说道。

妻子和妻妹都不接口。不管我提出什么样的建议，从来就不被她们当回事儿。两个人各自想着事情，谁都没有作声。

“看起来你们都信不过我，”我苦笑道，“可是求你们了，事到如今，你们哪怕就听我这一次吧！”

妻妹在黑暗中吃吃地笑了，仿佛是在回敬我：“呵呵，你再怎么说也没用的。”随后又和妻子商量起别的事情来。

“那好，你们就随便吧！”我只好赔着笑说，“反正我说什么你们都听不进，我也没办法。”

“那可不是吗，”妻子突然一本正经地说道，“你老是说些根本不靠谱的话，也不知道你是在说真的还是在开玩笑，所以我们听不进也是理所当然的呀。就像现在到了这样的时候，你脑子里肯定还是就想着喝酒呢。”

“什么呀，那还不至于吧？”

“可今天晚上要是有酒的话，你一定会喝对吧？”

“嗯，也许……会喝。”

最终两个人商议停当，无论如何不能给这户人家再添麻烦，明天就去另外找别的人家。第二天，我们将洞穴里挖出来的家什装上排子车[1]，前去投奔妻妹的另一个熟人。这户人家房子十分宽敞，约莫五十岁的男主人看上去就是个人格高尚的长者。我们借了靠后面一间十席大的屋子住下。医院也有了下落。

听这家的女主人说，县立医院被烧毁，搬迁到了郊外一栋没有被烧掉的建筑物里，于是我和妻子各背上一个孩子，立刻就出发。抄近路穿过一座桑园中的小路，走了十多分钟，山脚下便是临时搬迁过来的县立医院。

眼科医生是位女医生。

“这孩子的眼睛一点儿都睁不开了，真是急坏我们了。本来还想疏散到乡下老家去，可是坐火车长途旅行期间要是病情恶化就不得了了，所以现在的情况就是只要她眼睛不好起来，我们哪儿都不能去，这可怎么办？”我一面擦拭着汗，一面唠唠叨叨一个劲地诉说着病情，试图让女医生尽量处置得更加亲切详尽些。

女医生对我轻快地说道：“呵呵，眼睛很快就能睁开来了！”

“真的吗？”

“因为眼球上一点儿也没问题，所以再来看四五次，应该就可以旅行了！”

“打针什么的……”妻子在一旁忍不住插嘴道，“不需要吗？”

---

1 一种木制两轮人力运货车。

“这个嘛，当然也可以打针呀。”

“那就请您给她打针吧！谢谢医生！”妻子言辞恳切地向医生表示感谢。

也许是注射起了作用，也可能自然到了痊愈的时机，又或者是别的什么原因，上县立医院看过病的第二天下午，女儿终于可以睁开眼睛了。

我高兴得不知如何是好，嘴里一个劲地叫道：“太好了！太好了！”然后急不可耐地带她去看被烧毁的家。

“你看，家被烧掉了是不是呀？”

“嗯，烧掉了。”孩子微笑着说。

“小兔子、鞋子，还有小田桐家、茅野家、附近所有的人家全都烧掉了哩。”

“嗯，全都烧掉了。”女儿答道，脸上仍旧挂着微笑。

斜阳

斜陽

一

早晨，母亲在餐厅里动作轻敏地啜了一匙子汤，突然发出轻轻一声叫：“啊！”

“有头发？”

我以为汤里有什么脏东西。

“不。”

母亲好像什么事情也没有，轻敏地再将一匙子汤送入口中，然后转脸望着厨房窗户，视线投向窗外盛开的山樱，侧着的脸一动未动，又将一匙子汤轻敏地送进娇小的双唇之间。

用“轻敏”这个词来形容我母亲，绝非夸张。她的用餐方式同妇女杂志上介绍的迥然不同。弟弟直治有次就曾一边抿着酒，一边对我这个当姐姐的说过这样的话：

“不是说有了爵位就能够称为贵族的。有的人虽然没有爵位，但拥有天爵一样的优秀品质，也称得上是了不起的贵族哩，而有的人虽然像我们一样拥有爵位，可非但不像个贵族，倒跟贱民没什么两样。像岩岛那种人（直治举了他同学当中一个伯爵的名字），给人的感觉简直比新宿妓馆门口拉皮条的领班还要下流。前些日子，在柳井（弟弟又举出一个子爵同学的次子的名字）哥哥的婚礼上，那畜生居然穿了件晚礼服来……有什么必要穿晚礼服？这且不去说它，席间致辞的时候，那家伙用的敬语真叫狗屁不通哪！听了实在恶心。什么叫附庸风雅？就是他这种跟高雅品位完全沾不上边的装腔作势。以前在本乡一带，常常可以看到写着‘高级寓馆’的招牌，其实所谓华族，大部分简直就可以称作‘高级乞丐’。真正的贵族绝对不会像岩岛那样装腔作势出丑的。拿我们这个家族来说，真正的贵族可能也就只有妈妈一个人吧？她才是名副其实的贵族啊，她身上有些东西是谁都学不来的。”

拿喝汤来说，像我们的话，都是在盘子前面略微低下头去，横握着匙子将汤舀起来，然后横着将匙子送到嘴边喝的，但母亲却是将左手素指轻轻地放在餐桌边上，挺直上身，扬着脸，瞧也不瞧眼前的盘子，横握着匙子，轻轻抄起一匙汤，然后像燕子那样——我实在想用这个字眼来形容——轻巧而优美地将匙子尖成直角对着嘴，汤便顺着匙尖流进双唇之间。她一面随意地左顾右盼，一面极其轻巧地操着匙子，匙子在她手里简直像一双鸟翅那样轻盈地移动，不要说汤一滴不会洒出来，就连啜吸的声音或匙子碰汤盘的声音也绝不会发出一声。这种吃法或许不符合所谓的正式礼法，可是在我看来却非常精巧可爱，好像这才是正统的吃法。并且事实上，喝汤的时候让它从匙尖流淌进口，味道似乎会鲜美许多，真有点不可思议。然而，我正是直治所说的那种高级乞丐，所以做不到像母亲那样既轻巧又自然毫不造作地使用匙子，没法子，只好死了那份心，冲着盘子弯下身子，一如所谓的正式礼法那样，闷闷地喝汤。

不只是喝汤，母亲的用餐方式也大不合礼法。例如吃肉，她会先使用刀和叉子将肉全部切成小块，然后丢开刀，右手持叉将肉叉起来，一块一块愉快地慢慢享用。至于吃带骨的鸡肉，我们担心把盘子碰得叮叮当当，还在费尽心思将鸡肉从骨头上切下来分开的时候，母亲已经满不在乎地用指尖轻拈骨头整个拎起来，随后用嘴将肉和骨头撕开，若无其事地吃起来了。那样粗犷豪放的吃法，只要母亲做起来，看着岂止招人爱，甚至是显得很迷人，名副其实的贵族毕竟与众不同啊。不仅吃带骨的鸡肉时这样，吃西餐时，碰到火腿或红肠之类，母亲有时也是用手轻巧地拈起来吃。

“你们知道饭团子为什么好吃吗？因为那是用手指捏着做成的呀。”母亲还曾这样说过。

我也想过，用手抓着吃或许真的很好吃吧，可是我又觉得，若是像我这种高级乞丐笨手笨脚地依样学葫芦，就真变成名副其实的乞丐了，所以还是忍住了没学她。

连弟弟直治都说学不了母亲那样，至于我，则是更加切身地体会到要学母亲那样非常困难，甚至是不可能的。有一次，记得是个初秋的月夜，在位于西片町的我家后院，我和母亲坐在池旁亭子里一面赏月，一面嬉笑着谈论狐狸招亲和老鼠招亲时的嫁妆有什么不一样，忽然间母亲腾地站起身，闪入亭子旁边茂密的胡枝子丛里，又从胡枝子的小白花中间露出她白净娇艳的脸，微笑着问我：“和子，你猜猜看，妈妈现在在干吗？”

“在折花。”我回答说。

母亲轻轻笑出了声，随后道：“我在小便呢！”

她身子一点也不蹲下，这让我颇感惊讶，不过我从心底觉得这样倒也很可爱，而这正是我这种人怎么也无法模仿的。

虽然从今早喝汤的事扯得太远了，不过我之前读到一本书，才知道法国路易王朝时的贵妇人都是满不在乎地在宫殿庭院或者走廊角落里小便的，这种纯真无邪着实令我感到可爱。因此我在想，像我母亲这样的人或许是最后一个地地道道的贵妇人了吧？

早晨母亲喝了一匙汤，啊地轻轻叫了一声。我问她："有头发？"她却回答说："不。"

"是不是太咸了？"

今早的汤，我是用前些时候配给到的美国罐装青豆滤过之后做成的浓汤。对于做菜我本就没有自信，所以即使听到母亲说"不"，我心里还是惴惴不安，于是又问了一声。

"不，做得很好。"母亲很认真地回答道。她喝完了汤，用手抓起紫菜裹的饭团子吃起来。

我从小就不爱吃早饭，不到十点钟左右肚子是不知道饿的，所以这时候汤是勉强喝下去了，但不想吃饭，便将饭团子放在碟子里，用筷子捣得七零八碎，然后用筷子夹起一小块，像母亲喝汤时操匙子那样，让筷子尖成直角对着嘴巴，就像给小鸟喂食一样送入口中，然后慢腾腾地嚼着。这时候母亲已经吃好饭，她轻轻站起离开座位，背靠在朝阳照射着的墙上，默默地看着我吃饭，隔了一会儿她说道：

"和子，你还是不行啊。你得变得把早饭看成最好吃的东西才行哪。"

"妈妈您呢？您觉得好吃吗？"

"那还用说，我已经不是病人了。"

"和子也不是病人啦。"

"不行，不行！"

母亲发愁似的笑着，摇了摇头。

五年前我得过肺病，好长一段时间卧床休养，可我知道那只是一种富贵病。倒是前不久母亲生的病才叫人担心和难过，但是母亲却只顾着担心我的事情。

“啊！”我猛地轻轻叫了一声。

“怎么啦？”这回是母亲朝我发问。

两人对视了一下，好像彼此完全会到对方意中似的，我吃吃地笑起来，随后母亲也微微一笑。

一个人脑海中倏尔间飘闪浮起某件羞惭得无地自容的事情时，会情不自禁地轻轻发出这种奇怪的啊的声音。我此刻突然清楚地想起了六年前离婚时的事情，所以禁不住喊了一声：“啊！”可是母亲刚才也啊了一声，那又是为什么呢？她绝不会有我这种使人害臊的往事——不，或许她有什么……

“妈妈，刚才您也想起什么事了吗？是什么事情啊？”

“我忘了。”

“是我的事吧？”

“不是。”

“是直治的事？”

“是呀，”母亲刚张口，却随即歪着头道，“也许是吧。”

弟弟直治在大学读书时恰逢征兵，被派去南方的某个岛上，此后就杳无音信，一直到停战仍旧下落不明。母亲说她已经做好精神准备，这辈子再也见不到直治了，可是我一次也没有做过这种“精神准备”，我坚信一定能够重逢。

“我以为我已经想开了，可是一喝到这么美味的汤，就想起直治来了，心里好难受。我们过去待他好点就好了。”

直治进高中之后就极度热衷文学，日常生活混乱不堪，简直像个不良少年，不知叫母亲操了多少心。尽管这样，母亲还是喝着汤就想起直治，不由得“啊”地叫一声。我将饭塞进口中，眼角却微微发热。

“没事的，直治不会有问题的，您放心吧！像他那样的无赖，不会那么容易就死的，死的一定都是那些又老实、又帅气、又和善的人。直治那种人你用棍子打他都死不掉呢！”

母亲听了笑起来，跟我开玩笑道：“这么说，和子你是属于早死的一类人了？”

“哎呀，为什么？我既是个无赖，额骨又长得突出，活到八十岁肯定没问题。”

“真的吗？那妈妈一定能活到九十岁了。”

“是呀。”

我刚开口就感到有点说不下去。无赖命长，美人命短，而妈妈偏偏是个漂亮的人。但是我又真心希望她长寿。我一下子有点不知所措了。

“您故意难为人哪！”

说罢，我只觉得下唇颤抖起来，泪水夺眶而出。

说说关于蛇的事情吧。在那之前四五天的一个下午，附近几个孩子在我家庭院篱笆下的竹丛里发现了十来个蛇蛋。

“这是蝮蛇蛋！”孩子们跑到我跟前，一口断定。

我想竹丛里要是孵出十条蝮蛇来，哪里还敢随随便便到院子里去？于是对他们说：

“把它们烧掉吧！”

孩子们都乐得跳起来，跟在我身后。

我们在竹丛附近堆起木柴和树叶，生起火来，将蛇蛋一个个扔进火中，但是蛇蛋怎么也烧不起来。孩子们又往火上添加树枝和树叶，使火烧得更旺，蛇蛋仍旧没有一点点燃烧起来的样子。

“你们在做什么呀？”坡下一户农家的女儿隔着篱笆笑着朝里面问道。

“烧蝮蛇蛋。要是孵出蝮蛇来，那多可怕呀。”

“蛋有多大？”

“有鹌鹑蛋那么大，都是雪白的。”

“哦，那只是普通的蛇蛋，应该不是蝮蛇蛋。再说，生的蛋是怎么也烧不起来的。”姑娘感到滑稽，便笑着走开了。

烧了近半小时蛇蛋还是烧不起来，于是我叫孩子们从火中把蛇蛋拾起来埋在梅树下，我找来一些小石子做了个墓标。

“来，大家都来拜一拜吧！”

我蹲下身子双手合掌拜了拜，孩子们也都顺从地蹲在我背后合起掌来。然后我离开孩子们，独自慢慢地登上石阶，只见母亲站在石阶上紫藤架的背阴处。她对我说：“你老是爱做残忍的事。”

“我以为是蝮蛇蛋呢，原来只不过是普通的蛇蛋。不过没关系，已经把它们埋葬了。”

我嘴上虽然这么说，但心里却觉得这事被母亲看见好像不太好。

母亲不是一个迷信的人，可自从十年前父亲在西片町的老宅去世以来，她就非常怕蛇。父亲临终前，母亲在他枕边看到一条细细的黑绳子，随手想将它拾起来，却发觉是条蛇，蛇很快溜出房间向走廊逃去，然后就不见了。这事只有母亲跟和田舅舅两人看见，他俩不由得面面相觑，可为了不使屋内的客人慌乱，都忍着一声不响。所以虽然我们当时也在场，却一点也不知道蛇的事情。

然而父亲去世的那天傍晚，庭院水池旁的每棵树都有蛇盘绕其上，那情景是我亲眼看见的。我如今是二十九岁的阿姨，十年前父亲去世时我已经十九岁，不是小孩子了，所以即使十年后的今天仍然记忆犹新，绝对不会弄错。我想剪几枝花上供用，便向庭院池子方向走去，在池边的杜鹃花旁停下脚步，无意中发现杜鹃花的枝梢上有条小蛇盘绕着。我吃了一惊，便想去折另一株棣棠花的花枝，可那花枝上也盘绕着一条蛇。在它旁边的桂花、长着嫩叶的三角槭、金雀花、紫藤和樱树……不论哪儿，也不论哪棵树，都盘绕着蛇。然而我当时并不感到怎么可怕，只觉得蛇也和我一样，为父亲的去世感到悲伤，才从洞穴中爬出来叩拜父亲的亡灵的吧？我将此事悄悄地告诉母亲，她听了却十分镇定，微微侧首，似乎在想什么，可是什么话都没有说。

但这两次蛇的事件使母亲从此非常讨厌蛇却是事实。与其说是讨厌，不如说是敬畏，换句话说，她好像由此产生了畏惧。

我想母亲看见我烧蛇蛋一定认为不吉利，于是突然觉得烧蛇蛋是件非常可怕的事情，说不定会给母亲带来什么灾祸，所以老是放心不下，到第二天、第三天都无法忘掉，而今天早晨又在餐厅无意中说漏了嘴，胡言乱语地说什么美人命短，结果怎么也不能自圆其说，自己也控制不住，竟然哭起来。吃完早饭我一面收拾碗碟，一面却觉得好像有条折母亲寿的可怕的小蛇钻进了自己胸口里，心情实在糟糕透了。

那天，我在庭院里又看见蛇了。那天是个和煦的日子，天气晴朗，我干完厨房里的活，打算搬一把藤椅到庭院的草坪上坐在那里打毛线。不料我拿着藤椅刚走下台阶，就在园中点景石旁的小竹子丛间看到一条蛇。呀，真讨厌！我心里只是这么想着，也没有往更深处去想，拿了藤椅就往回走，来到檐廊将藤椅放下，坐下来开始打毛线。过了正午，我想到庭院角落的佛堂里去从藏书中拿一本洛朗桑的画册出来，可是走下台阶，又看见草坪上有一条蛇在慢腾腾地游动。还是早上那条蛇，体形细长，动作似乎很优雅。我猜想这是条雌蛇。它静悄悄地穿过草坪，游到野蔷薇的背阴处停下，抬起头颤动着纤细的火焰般的长舌，接下来又昂首向四周张望，隔了一会儿便垂下头无精打采地蜷缩不动了。这让我再次强烈感觉它是条美丽的蛇。我从佛堂里取出画册，回来时向刚才蛇待的地方偷偷瞄了一眼，它却已经不在了。

将近傍晚时，我和母亲在中国式的起居间里一面喝茶，一面眺望着庭院，这时早上那条蛇又在石阶的第三级悄然出现了。

母亲也看见了。

“那条蛇是……？”

说着，她便起身疾步走到我身旁，握住我的手就呆立不动了。经母亲一提，我也忽然猜想到了，于是脱口道：“是蛇蛋的母亲吧？”

“是的，一定是的。”母亲的声音变得有些嘶哑。

我们彼此牵住手，屏息静气，默默地注视着那条蛇。垂头丧气地蜷缩在石阶上的蛇此时又摇摇晃晃地游动起来，无力地蹒跚穿过台阶，钻入燕子花丛中了。

“从早晨起它就在庭院里爬来爬去了。”我低声说。

母亲叹了一口气，仿佛精疲力竭似的坐到椅子上，用沉郁的声音说道："是吗？它在寻找蛇蛋啊。怪可怜的。"

我无言以对，只得赔上两声讪笑。

夕阳照在母亲脸上，她的眼睛里发出近似绿莹莹的光。那张幽幽的微带愠怒的脸显得尤其美丽，使人禁不住想扑上去抱拥她。我心中暗忖：啊，母亲这张脸与刚才那条悲伤的蛇似乎有几分相像。可不知为什么，我心中又有一种说不出来的感觉：钻进我胸中东游西逛的那条像蝮蛇似的丑恶的蛇，说不定早晚会把这条深深陷入悲伤的异常美丽的母蛇咬死。

我将手放在母亲柔软纤弱的肩膀上，莫名其妙地难过了好一阵子。

我们放弃了东京西片町的老宅，搬到位于伊豆的这座中国式山庄来，是在日本无条件投降那年的十二月初。自从父亲去世，我们一家的经济全由母亲的弟弟、现在成了母亲唯一至亲的和田舅舅照料着。战后的世道似乎完全变了样，和田舅舅也向母亲提议，照这样下去家里生计无法维持了，不如卖掉房屋，把女佣辞退，母女俩在乡下买一栋干净整洁的房子，过过称心自在的日子。金钱方面的事，母亲比小孩子更无知，听和田舅舅这么一说，便拜托他帮我们多多费心。

十一月底，舅舅寄来一封快件，信中说，骏豆铁路沿线河田子爵有一栋别墅要出让，房子建筑在高地上，景致绝佳，还有大约一百坪[1]的田地。那一带是赏梅的胜地，而且冬暖夏凉，我想你

1　日本度量衡的面积单位，用于丈量房屋和宅地，一坪约为3.306平方米。

们住到那儿一定会喜欢上的。因为须跟对方直接面谈，所以务必请明天到我位于银座的办公室来一趟。

“妈妈，您去吗？”我问她。

她脸上露出异常凄凉的神色，笑着回答说：“当然啦，是我托舅舅帮忙的嘛。”

第二天母亲请从前的司机松山先生陪同，刚过中午就离开家，晚上八点多由松山先生送了回来。

“决定了！”母亲走进我的房间，双手扶着桌子，仿佛要倒下去似的一坐下就说了这么一句。

“决定了什么？”

“什么都决定了。”

“可是，”我吃了一惊，“什么样的房子，看都没看就……”

母亲在桌子上支起一只胳膊肘，手轻轻地托着前额，微微地叹了口气说道：“和田舅舅说了是个好地方嘛。我觉得，我就这样闭着眼睛搬过去都没问题的啦。”

她说罢，扬起脸来微微一笑。那张脸有点憔悴，却很美。

“是啊，”母亲对和田舅舅令人羡慕的信任使我无法反驳，只好附和道，“那么，我也把眼睛闭起来好了。”

两人都哈哈地放声笑起来，笑过之后，却感觉异常凄凉。

此后，每天有搬运工到家里来做搬家打包的准备。和田舅舅也过来帮着安排诸事，把该卖的东西都卖了。我和女佣阿君一道又是整理衣物，又是到院子里焚烧破烂，忙得不可开交。母亲既不吩咐做什么，也不帮忙整理东西，每天只是躲在房间里磨磨蹭蹭的，不知在干什么。

“怎么啦？您不愿意去伊豆了吗？”我狠一狠心，用略带尖刻的口吻问她。

她一脸茫然，简短地回答道："不是的。"

花了十天左右时间全部整理完毕。黄昏时分，我和阿君两人在庭院里烧纸屑和麦秆，母亲走出房间，站在檐廊上默默地看着我们点燃的火堆。一阵阴冷的西风吹来，烟贴着地面匍匐掠过。我不经意地抬起头朝母亲看了一眼，只见她面色惨白，我从未见过她面色这样吓人，不由得惊叫起来："妈妈，您的脸色不好哇！"

"没什么。"母亲淡淡一笑，又平静地回到房里去了。

那天晚上，由于被褥都已包起来了，阿君就睡在二楼西式房间的沙发上，母亲和我则将一床向邻居借来的被褥铺开，两人一同睡在母亲的房间里。

母亲突然用苍老而有气无力的声音说了句大大出乎我意料的话来："因为有和子你，因为和子你和我在一起，我才决定去伊豆的。就是因为有你在哪。"

母亲的声音把我吓了一跳，我情不自禁反问道："假使没有我呢？"

母亲一下子哭出来："那还不如死的好！妈妈也真想死在你爸爸去世的这间屋子里呀。"

她说得断断续续，哭得越发伤心了。

母亲从来没有向我说过如此泄气的话，也从未让我看见她哭得这么厉害过。父亲去世的时候，我出嫁的时候，我肚子里怀着孩子回到她身边的时候，孩子在医院出生却发现是个死胎的时候，我生病卧床不起的时候，还有直治干了坏事的时候，母亲都没有露出过这种示弱的态度。父亲去世后的十年间，母亲依旧心神恬然、和蔼可亲，同父亲在世时一模一样。在母亲的嘘呵关爱下，我们也心情爽朗、自由自在地长大起来。可是母亲现在床头金尽、囊无孔方了，全都是为了我们，为了我和直治，她毫不吝惜，将钱都花出去了，如今不得不离开这栋住惯了的宅子，搬到伊豆的小山庄去，跟我两个人过起清冷孤寂的生活来。假如母亲是个心地不那么善良的吝啬鬼，老是叱责我们，同时只顾想方设法暗藏私房钱的话，不管世道如何改变，她都不至于像现在这样心生伤感，甚至想到死吧？唉，千金散尽是件多么可怕而凄惨的事情啊，就像掉进了不可施救的地狱一样。我有生以来第一次切身体会到这一点，不由得悲痛难抑，因为过于痛苦，想哭也哭不出来。所谓人生严峻，大概就是指这种情况下的感觉吧？我只感觉浑身都动弹不得，仰面朝天，像块石头似的躺着，一动也不动。

第二天母亲的面色还是不好，而且不知为什么依旧磨磨蹭蹭的，似乎想尽可能在这所老宅里哪怕多待一会儿也好。可是和田舅舅来了，说包裹行李已经差不多都搬送过去了，今天就该搬往伊豆了。于是母亲只得勉勉强强地穿上大衣，对前来道别的阿君和平日经常来往的人默默地点头行礼，然后跟舅舅和我三个人一起走出了西片町老宅。

火车上很空，三个人都坐了下来。一路上舅舅兴高采烈地哼唱着歌谣，母亲则脸色苍白，始终低着头，似乎很怕冷的样子。在三岛换乘骏豆铁路，到伊豆长冈站下车，再改乘汽车，大约又坐了十五分钟。下汽车后，沿着一条较平缓的坡道往山的方向走上去，到达一个小村，小村尽头就是那幢算得上蛮精致的中国式山庄。

“妈妈，这地方比我想象的好。”我喘着气说。

“是啊。”妈妈站在山庄门口，眼睛里一瞬间也闪出高兴的神情。

“首先是空气好，这儿的空气清净。”舅舅得意地说道。

“真的呢，”妈妈微微笑着道，“好新鲜啊，这里的空气真新鲜。”我们三个人都笑起来。

进门一看，从东京寄出的行李都送到了，从玄关堆到了房间里。

“还有啊，从房间看出去景致非常好。”

舅舅高兴地将我们都拉到和式房间让我们坐下。

这时是午后三点钟左右，初冬的太阳和煦地照在庭院草坪上，从草坪走下石阶，那里有一个小池子，池畔种着许多梅树。庭院下面则是一片柑橘地，再过去是一条村路，路的那边是水田，再往远处是松树林，松树林后面就是大海。坐在房间里看去，大海的水平线差不多和我的胸口齐平。

“景色很美啊。”母亲无精打采地说道。

“大概是空气的关系吧？阳光跟东京的完全不一样，光线好像用绢滤过似的。”我却由衷感到欢欣。

山庄一共有一间十席和一间六席的和式房间，还有间中式的起居室，宽敞的玄关足有三席，浴室旁还有间三席的小间，另外有餐厅和厨房，二楼则是一大间西式客房，摆放着一张大床供来客用。房间虽只有这么几间，可是对我们两个人来说，不，即使直治回来我们三个人也不会令人感到局促窄仄。

村里仅有一家旅店，舅舅去这家旅店商谈晚饭的事，隔不久便当盒饭就送到了。舅舅在屋子里打开盒饭，喝着他带来的威士忌，聊起他同这山庄以前的主人河田子爵在中国旅行时遇到的一些糗事，显得异常兴致勃勃。母亲的筷子只稍微夹了几口便停下不吃了，天刚微微的灰蒙下来她就轻声说："好了，让我躺一会儿吧。"

我打开行李取出被褥，铺好铺盖让她躺下来，但心里总觉得放心不下，便从包裹中找出体温表给她一量，居然有三十九摄氏度。

舅舅似乎也吃了一惊，急急忙忙到坡下村里去找医生。

"妈妈！妈妈！"我使劲叫着母亲，可她却迷迷糊糊的，没什么反应。

我握住母亲纤小的手，抽抽搭搭啜泣起来。我只觉得母亲实在太可怜太可怜了，不，我们两个都太可怜太可怜了，我哭了许久都停不下来。一面哭，我一面心里在想，就这样和母亲一同死去算了。我们什么都不渴求，因为我们的人生在走出西片町老宅的那一刻，就已经结束了。

过了大约两小时，舅舅领着村里一位医生回来。医生看上去年纪相当大，身着仙台绸制的筒式套袴，脚上穿一双白色的传统布袜。

"会转成肺炎也说不定哪。不过，即使转成肺炎也无须担心。"

医生诊察之后，模棱两可地说了这么一句，打了一针就回去了。

第二天母亲的体温还是没有退下来。和田舅舅给我留下两千块钱，嘱咐说，万一需要住院就赶紧拍电报通知他，当天他就回东京去了。

我从行李里取出必要的炊具，熬点粥给母亲吃。母亲躺着吃下三汤匙，就摇摇头不肯再吃了。

将近中午时，村里的医生又来了。这回他没有穿套袴，但脚上依旧穿着白布袜。

“是不是住院……”我向他建议道。

“不，我看无此必要吧。我今天给她注射一针强效针，体温应该就能降下来。”

他的回答照旧不置可否，随后给母亲打了一针所谓的强效针，便告辞返回了。

或许真是那强效针奏了奇效，那天中午过后母亲便满脸通红，还出了一身大汗。母亲一面换贴身衬衣一面笑着说：

“说不定人家是位名医呢。”

体温降到了三十七摄氏度。我高兴极了，拔腿就奔到村子里仅有的那家旅店去，央女掌柜给了我十个鸡蛋，回家立即煮成半生不熟的给母亲吃。母亲吃了三个，另外还喝下半碗粥。

第二天，村里那位名医又穿着白布袜来了。我对他昨天注射强效针表示感谢，他深深点了点头，脸上露出理所当然见效的神色，然后仔细地为母亲诊察一番，回转身来对我说道：“令堂大人已经痊愈，从现在起，无论进什么食做什么事情都无碍了。”

他说话古里古怪的，我拼了命才忍住没有当场扑哧笑出来。

我把医生送到门口，回到房里，只见母亲已经起身坐在床上。她显得非常高兴，出神似的自言自语道：“真是名医呀，我已经没病了！”

“妈妈，我把拉门拉开好吗？外面在下雪哩。”

大片的雪像花瓣似的轻轻飘落下来。我拉开纸糊拉门，坐在母亲身旁，透过玻璃窗凭眺伊豆的雪景。

“我已经没有病了，”母亲又自言自语似的说，“这样坐着，就觉得过去的事情全都像做梦一样。说实话，快要搬家的时候，我是怎么也不愿意来伊豆的，说什么都不愿意，真想在西片町那老屋里多待待呀，哪怕一天半天也好。坐上火车的时候，我已经觉得自己半死不活了，到这里时心情稍微愉快了一点，可是天一暗就怀念起东京来，难过得胸口像火烧火燎似的，然后就失去了知觉。这可不是普通的生病呢，这是神灵召唤我去死然后再让我重生，并且把我变成跟昨天不同的另一个人哪。”

从那以后，只有我们两人相依相伴的山庄生活，也总算平安无事，一直到今天。村里的人待我们也都很亲切。搬到这里来是去年的十二月，过了一月、二月、三月，现在是四月，除了一日三餐，我们每天大都坐在檐廊编织东西，或在中式起居室里看书、喝茶，过着几乎与世隔绝的生活。二月梅花怒放，整个村子都掩映在梅花之中。到了三月，多数日子也都风和日丽，盛开的梅花一点也不凋萎，直到三月底依旧美丽绽放。不管是清晨、白天、黄昏或是夜间，梅花都开得那样美艳，简直叫人唏嘘不已。只要打开檐廊的玻璃窗，屋子里永远都能闻到飘进来的梅花香气。三月底，每天傍晚刮起风，我在黄昏的餐厅里摆碗筷的时候，梅花瓣不时从窗口随风飘进来，落在碗里，变成了浣花。到了四月，我和母亲坐在檐廊下一面编织东西一面闲话家常，两人的话题离不开犁田种地的计划。母亲说她也要帮忙弄。哦，写到这里，感觉我们似乎当真像母亲说的那样，死过一次，又重生变成了跟过去完全不同的人。然而像耶稣那样的复活，人类毕竟是做不到的，母亲虽然嘴上那么说，可是啜一口汤仍旧会想起直治，不由得轻轻叫一声：“啊！”至于我，过往的伤痕实际上也一点不曾除愈。

啊，我真想毫不隐瞒地把一切全都写下来。有的时候我甚至觉得，这山庄的安静只是表面的，全都是虚假的。即便这是神赐予我们母女短暂的休憩时间，但我心里总会情不自禁地感觉，在这平静和安宁的生活里，一种不祥的阴影正悄悄地逼近。母亲表面上装出幸福的样子，身体却是日渐衰弱，而我因为有一条蝮蛇寄宿在胸中，甚至不惜牺牲母亲却只顾自己发胖，尽管拼命控制，还是一味地发胖。啊，但愿这只是由于季节的缘故。近来我常常觉得，这种生活实在令人无法忍受，之所以会做出烧蛇蛋之类卑猥的行为，准是这种烦躁不安心理的外现，其结果却徒使母亲的悲伤越发加深，使母亲的身体愈加衰弱而已。

写到爱这个字，我便什么也写不下去了。

二

发生蛇蛋事件之后大约十天，又发生了一件不祥的事，越发使母亲悲伤，也愈加摧折了她的寿命。

我差点儿引起了一场火灾。

我竟会引起火灾——我生命中会发生如此可怕的事情，这是我从小到大连做梦都未想到过的。

对火烛疏忽大意就会引发火灾，我居然连这个理所当然的道理都忽视了，难道我是那种不识人间烟火的所谓“白痴公主”吗？

半夜里，我爬起来上洗手间，走到玄关隔扇屏风旁边时，发现浴室那边很亮堂。不经意地朝那边看了一眼，只见浴室的玻璃窗通红通红的，还听到噼噼啪啪的响声。我赶忙小跑着奔过去打开浴室的便门，赤脚走到外面一看，原来是堆在洗澡炉子旁的柴堆正在燃烧，升腾起猛烈的火势。

我立刻跑到与庭院连着的下面一户农家，拼命敲门，连声叫喊：

“中井先生！请快起来，失火啦！”

中井先生好像睡着了，不过他还是应声答道：“好的，我马上就过去！”

我一个劲地央求着：“请您帮帮忙！快点！请帮帮忙！”

正喊着，中井先生穿着睡觉的浴衣就从家里飞奔出来了。

两个人跑到失火的地方，用水桶从庭院池中取了水朝火泼去。这时，我听到起居室走廊那边传来母亲的惊叫声。我丢下水桶，从庭院跑到走廊上，抱住了眼看要倒下的母亲，对她说道：“妈妈，不用担心，不要紧的，您回去休息吧！”我扶她上床躺下，再跑回失火的地方。这回我取澡盆里的水递给中井先生，中井先生接过去往柴堆里泼，但火势太猛，两人无论如何也扑灭不了火。

“着火啦！着火啦！别墅着火了！”

从下面传来一阵喊叫声，很快就有四五个村民推倒篱笆跳了进来，他们用水桶从篱笆下方的水渠中取水，然后像接力赛跑一样传递上来，两三分钟就把火浇灭了。再晚一点，火势就要蔓延到浴室的屋脊了。

刚刚安下心来心想还好，蓦地我想到了失火的原因，不由得吓了一跳。说真的，我直到这时才意识到，这场火是因我傍晚时将烧剩的柴火从洗澡炉子里抽出来，以为火苗已经熄灭了，于是将它放在柴堆旁而引起的。想到这里，我不由自主地呆立在原地一动不动，差点哭了出来。正在这时候，我听见前面西山先生家的媳妇在篱笆外大声说着：浴室烧光啦，是洗澡炉子不小心引起的。

村长藤田先生、巡警二宫先生和警防团团长大内先生等人都来了。藤田先生像平常一样面带笑容，和气地问道：

“吓坏了吧，怎么回事啊？”

“都是我不好。我把柴火放在……我以为火苗熄灭了……”

刚刚说上两句，忽然觉得此时的自己凄惶不已，眼泪便一下子流出来，于是低下头什么也说不下去了。一瞬间我还以为会被警察带走，成为罪犯了。想到这里，我对自己只穿睡衣、光着脚的惊慌失措样子感到十分害臊，痛切地觉得自己落魄倒霉到了极点。

“明白了。你母亲怎么样？”藤田先生用安慰的口气柔缓地问道。

“我让她在屋子里休息。她吓坏了……”

“不过，”年轻的二宫先生也安慰我说，“幸亏火没烧到房子，还算好啊。”

这时候，与庭院相连的隔壁家的中井先生回去换好衣服又跑来了：“什么呀，只是柴火着了一点点火嘛，连小火灾都算不上！”他气喘吁吁地替我的愚蠢行为辩护着。

“是吗？我已经清楚了。”

村长藤田先生也连连点着头，随后同二宫巡警小声地商量起什么来，隔了片刻回头说道：

“那么我们就回去啦。请代我们向你母亲问好！”

说罢，村长转身就跟警防团长大内先生和其他人一起离开了。

只有二宫先生留下来，他走到我跟前，用几乎像呼吸似的压得极低的声音对我说：“那个……今天晚上的事我就不呈报了。”

二宫先生走了之后，中井先生用紧张的声调问道：“二宫先生怎么说？”他显得非常担心。

“他说不呈报了。”我回答说。

篱笆附近还集聚着几位邻居，他们好像也听到了我的回答：

“噢，这就好啦！这就好啦！”说着慢慢散开回家去了。

“你也回去休息吧。”中井先生向我叮嘱一声后，也告辞回家了。我独自一人呆呆地站在着过火的柴堆旁，泪汪汪地仰望天空，这才意识到天已快亮了。

我走进浴室，洗了把脸，又把手和脚洗了洗，可总有点害怕跟母亲照面，于是在浴室旁的小间里梳理头发，磨蹭了半天，然后走进厨房，去整理那些用不着整理的碗筷什么的，一直弄到天大亮。

天亮后，我蹑手蹑脚来到母亲房间一看，她早已换好衣裳，精疲力竭地坐在中式起居室的椅子上，见到我，朝我微微一笑，面色苍白得让人吃惊。

然而我笑不起来，只是默默地站在母亲椅子背后。

沉默了一会儿，母亲开口说道：“没什么大不了的事嘛，柴火本来就是用来烧的呀。”

我忽然觉得心情快活起来，嘻嘻地笑了。“一句话说得合宜，就如金苹果在银网子里”，我想起《圣经》上这句箴言，不由得由衷感谢上帝，因为自己拥有这样一位贤淑慈祥的母亲是何等幸福啊。昨夜的事情已经过去了，不要再想不开而闷闷不乐。想到这里，我透过玻璃窗凭眺起伊豆清晨的大海，站在母亲背后久久不忍离去，渐渐地，我的呼吸与母亲那平静的呼吸完全合契为一了。

简单地吃过早饭，我开始收拾着过火的柴堆。村里唯一的旅店的女掌柜阿咲推开庭院的栅栏门急步走来，一面走一面急切地问：“怎么搞的？怎么搞的？我刚刚才听说。哎呀，昨天晚上到底怎么回事嘛？”她说话的时候眼睛里还闪着泪花。

“真对不起！”我低声道歉。

“说什么对得起对不起的！小姐，重要的是警察那边怎么样？”

“说是不要紧。”

“啊，那太好啦！”她脸上露出由衷的喜色。

我同阿咲商量以什么方式向村里人表示感谢和致歉，阿咲说还是送钱好，并且告诉我该上哪些人家去送钱道歉。

“要是小姐不愿意一个人跑的话，我可以陪你去。”

“一个人去比较好吧？”

“你自己一个人行吗？如果行当然是一个人去好喽。”

“那我还是一个人去吧。”

然后，阿咲又帮着我收拾了一下被火烧过的地方。

收拾完，我向母亲要了钱，用美浓纸包一些小封包，每包放一张百元纸币，封包上写上“歉忱”两个字。

首先去了村公所。村长藤田先生不在，我将纸包交给接待我的姑娘，同时向她道歉：“昨天晚上我真是闯了祸了，今后我一定会注意的，还请你们多多原谅！请代我向村长先生致歉。”

随后去警防团团长大内先生的家，大内先生亲自迎到门口，他望着我一声不响，难过地微笑着。不知怎么的，我突然间几乎哭出来。

“昨晚实在对不起！”

我好不容易才挤出这句话，然后急忙告辞。一路上泪水忍不住流下来，弄得脸都花了，只好回家到盥洗室先洗把脸，再重新化妆。正在玄关穿鞋想出门的时候，母亲从房间里出来问我：“你还得去跑吗？”

“是啊，才刚开了个头呢！”我头也不抬回答道。

“辛苦你啦！”母亲恳切地说。

受到母爱的鼓舞，这回我没有哭，挨家挨户该跑的都跑遍了。

到了区长家，区长不在，出来的是他儿媳妇，一见到我对方反而眼睛里噙满了泪。而在巡警家，二宫先生一个劲地宽慰我“还好啦还好啦”，他们待我都很和善。接着又挨家走访另外几户邻居，得到的同样是大家的同情和安慰。唯独有一个人将我叱责了一通，就是对面西山先生家的儿媳妇——说是儿媳妇，实际上已是四十左右的大婶了。

“以后可得小心点儿啦！我不管你们是皇族还是什么族的，但你们那种小孩子过家家似的生活方式，我看着早就替你们提心吊胆了，就像两个小孩子在一起过日子，之前没发生火灾倒叫人不可思议呢。真的，以后可得多留加小心啊！就说昨晚，要是风再大一点，这村子整个都要烧掉啦！”

发生火情时，坡下的中井先生特地跑到村长先生和二宫巡警面前替我讲好话，说连小火灾都算不上，而正是这位西山先生的儿媳妇却在篱笆外边大声说：浴室烧光啦，是洗澡炉子不小心引起的。但是，我觉得西山先生儿媳的责备倒是实情，事情的确如此，所以我一点儿也不记恨西山先生的儿媳妇。虽然母亲也说过柴火本来就是用来烧的，以此来宽慰我，可当时如果风大的话，说不定真像西山先生的儿媳妇所说的，整个村子都要烧毁了。倘使那样，即使我以死来致歉也来不及了。我一死，母亲大概也活不下去，并且无异于玷污了已故父亲的名声。虽说现在已经不时兴什么皇族啦华族什么的，但既然注定要衰亡，那就索性痛痛快快、衰亡得壮烈华丽些吧。但假使因为酿成火灾谢罪而死，这种悲惨的死法真的让人死不瞑目啊。无论如何，从今往后我必须振作起来，好好地过日子才行。

第二天起，我开始卖力地干起田里的活儿，住在坡下的中井先生家的女儿也常常来帮忙。自从差点引发火灾而出丑之后，不知怎么的，我总觉得自己身体内的血似乎有点变成暗红色了，之前已经有条心怀叵测的蝮蛇寄生在心中，现在连血的颜色都发生了变化，所以越发觉得自己正在变成一个粗野的乡下姑娘，即使和母亲一起坐在檐廊上打毛线，也会令我感到窒息难受，倒不如在田里翻翻土干些粗活，反而会让我感到舒坦些。

这就是所谓体力劳动吧？这种力气活对我来说也不是第一次了。战争期间我曾经被征去劳动，甚至还干过打夯的活儿，现在下田干活时穿的这双胶底短布袜就是那时候军队配给的。当时，我有生以来第一次穿上胶底短布袜，禁不住吃了一惊，不敢相信原来它穿起来竟那样舒服。我穿着它在庭院中走了走，心里高兴得不得了，仿佛自己能够体会到飞禽走兽光着脚在地上走该是多么轻松愉快呀。战争中令人愉快的回忆似乎唯有这一个，回想起来，战争实在是件毫无意义的事情。

去年，什么事情都没发生。
前年，什么事情都没发生。
大前年，也没发生过任何事情。

刚停战不久，某家报纸上刊出这样一首风趣的诗。真的，如今回想起来，似乎发生过各种各样的事情，另一方面也确实未曾发生过什么了不起的事情。有关战争的回忆，我既不愿讲，也不愿听，尽管战争中死了不少人，可听上去依然既陈腐又无聊。是我太自私，只考虑个人的感受吗？唯有穿着胶底短布袜被征去打夯这件事我却并不觉得陈腐。虽然打夯的经历回想起来也相当痛苦，但托打夯的福，我的身体却着实变得健壮了，以至现在我有时还会盘算，假使真的为生活所困时，我大不了再去干打夯的活儿，也能够挨过苦日子的。

那是战局已经临近绝望的时候，一名身穿军装似的制服的男人来到西片町我们的老宅，递给我一张征召通知和一张写有劳动日程表的纸。一看日程表，从明天起我每隔一日就必须前往立川的深山里去劳动，我情不自禁地眼泪滚了下来。

“请人代工可以吗？”

我眼泪怎么也止不住，终于啜泣起来了。

“军队征召的是你啊，必须你本人去！”那男人斩钉截铁地回答。

我下定决心去。

第二天下雨，我们在立川山脚下列好队，先听一个军官训话。

“这场战争我们一定能取胜！”军官首先展示了一番信心，接着说道，“战争一定会胜利，但是如果大家不按照军队的命令工作，就会妨碍作战，就会发生冲绳那样的后果。因此大家必须完全照吩咐的去做。另外，这山里也可能有特务混入，你们都要互相警惕。今后你们会像士兵一样进入阵地工作，有关阵地的情况绝对不能告诉他人，大家务必充分留意。”

山中烟雨茫茫，将近五百名男女队员淋着雨站在那里，恭听军官的训话。队员中还混杂着国民学校的男女学生，所有人都又冷又怕，哭丧着脸，几乎哭出来。雨水透过我的雨衣湿透了上衣，过了一会儿连贴身衬衣也濡湿了。

那天一整天都是挑畚箕装运土石。在回家的电车上我不由自主掉下了眼泪。第二次干的是拉绳子打夯，我觉得这活儿最有意思。

上山去了两三次，我发觉国民学校的男学生老是奇怪地盯着我看。有一天我正在挑畚箕，两三个男生跟我擦肩而过，我听见其中一个小声在说："她就是特务吧？"

我吓了一大跳。

"他们为什么要那样说？"我问同我并肩挑畚箕的一位年轻姑娘。

"因为你像外国人嘛。"年轻姑娘一本正经地回答。

"你也觉得我是特务吗？"

"不。"这回她脸上稍露笑容。

"我可是个日本人哪。"

说出这句话，连我自己都觉得这话简直无聊又愚蠢极了，于是一个人吃吃地笑起来。

一个天气晴朗的日子，我从早晨起就跟男人们一道搬运圆木，轮值负责监视的年轻军官双眉紧皱，用手指着我说："喂，你！到这儿来！"

说罢他朝松树林方向快步走去，我只得跟在他后面走，心却因为不安和恐怖而扑通扑通直跳。丛林深处堆放着刚从木材厂送来的木板，军官在木板堆前停下脚步，突然转过身子对我说："每天干这活够苦的吧？今天你就负责看守这些木材好了。"

他露着雪白的牙笑了。

"就站在这里看守吗？"

“这里又凉快又安静，你还可以在木板上睡个午觉。假如觉得无聊，这个也许可以给你读读，”他说着从上衣口袋中掏出一册袖珍文库本，腼腆地将它扔在木板上，“没有其他的，这个就凑合着读吧。”

书皮上印着《三套车》几个字。

我拿起书，说道：“多谢您啦。我家也有喜欢看书的，不过他现在去了南方。”

“噢，是吗，是你先生吧？南方现在可是够呛啊！”他似乎理解错了我的话，摇着头悄声说道，“总之，你今天就在这里当看守。你的饭，一会儿我会给你送过来的，你好好休息吧。”

说罢，军官快步往回走去。

我在木材上坐下看起书来，大约看了一半，响起笃笃笃的皮靴声，那位军官走来了：“饭给你拿过来了。一个人觉得很无聊吧？”

他说着把饭盒子放在草地上，又急急忙忙赶回去了。

吃过饭我便爬到木材堆的顶上躺下来看书，看完后顺势就迷迷糊糊地睡着了。

醒来已经是下午三点过后。我忽然觉得那位年轻军官以前在什么地方见过，却怎么也想不起来。我从木材堆上下来，理了理头发，这时又传来笃笃笃的脚步声。

“哎呀，今天辛苦啦。你可以回去了。”

我跑到军官跟前，把书还给他。本想说句感谢的话，可是却说不出来，只是抬头默默地凝视着军官的脸。当两个人视线碰在一起时，我的热泪簌簌地往下落，那位军官的眼睛里也闪烁着泪光。

两个人就这样默默地分别了，那位年轻军官此后再也没有在我们干活的地方出现过。我也只轻松惬意了那么一天，过后还是照样每隔一天在立川的山中从事艰苦的体力劳动。母亲十分担心我的身体，可是我反倒越来越强壮了，如今我对干打夯之类的力气活充满信心，干地里活儿也不觉得怎么苦了。

我说过我不愿讲也不愿听有关战争的事情，可是不知不觉却说出了自己的“宝贵经历”。不过在我的战争回忆中唯一稍稍愿意提起的，简略说来也就这么一件事了，除此以外就像那首诗里所说的一样：

> 去年，什么事情都没发生。
> 前年，什么事情都没发生。
> 大前年，也没发生过任何事情。

一切仿佛都无所凭依，像是无常的幻影一样，如今我身边留下来的就只有这双胶底短布袜了。

从胶底短布袜引出来，不知不觉说了这么些离题的废话。现在我正是穿着这双可说是战争唯一纪念品的胶底短布袜，每天下田劳作，借以排遣潜藏在心底的不安和焦躁，而母亲近来看上去却日益明显地衰弱了。

蛇蛋。

火灾。

从那时候起，我发现母亲明显显出了病人之态，而我恰好相反，我感觉自己正渐渐变成一个粗野而卑贱的女人。不知道为什么，我总觉得我是不断吮吸着母亲身上的活力日渐胖壮起来的。

发生火情时，母亲开玩笑说柴火本来就是用来烧的，而从那以后，她一次都不提着火的事，并且时时处处怜恤我，但我知道她内心遭受的打击肯定比我还大十倍。那场火事之后，母亲不时会在半夜发出呻吟，风高夜黑之时她甚至假装上厕所，半夜三更好几次从床上偷偷爬起来在家里到处巡视。此外，她脸色也失去了以往的精神气，老是无精打采的，有时甚至走路都显得很吃力。之前她说过想帮我一道干点田里的活儿，有一次她硬是不听我劝阻，提着大水桶打了五六次井水浇地，第二天就说肩膀疼痛得气都透不过来，整整躺了一天没有下床，自那以后，她对田里的活似乎彻底死心了，偶尔到田里来，也只是远远地在一旁看着我干活而已。

“听说谁喜欢夏天的花就会在夏天死去，你说这是真的吗？”

今天母亲也像往常一样看着我干活，忽然间却说了这么一句。我一声不响地给茄子浇水。哦，对了，现在已经是初夏了。

“我喜欢合欢花，可这庭院里一棵也没有。”母亲继续平静地说。

“不是有很多夹竹桃吗？”我故意话里带着刺地回应道。

“夹竹桃我可不喜欢。夏天的花我大都喜欢，可是夹竹桃给人的感觉好像有点轻佻。”

“我喜欢蔷薇。不过它四季都开花，难道喜欢蔷薇的人就得春天里死，夏天里死，秋天里死，冬天里死，得反反复复死四次不成？”

说罢，两个人都笑起来。

“休息一会儿吧？”母亲笑着继续说，“今天妈妈有件事想跟你商量商量呢。”

“什么事啊？关于死的事情就请免了吧。”

我跟着母亲走到紫藤架下，并排坐在长凳上。紫藤花已经凋谢，午后和煦的阳光透过紫藤叶照在我们膝上，将我们的膝盖染成了绿色。

“这件事我早就想跟你说了，不过想在两个人都心情愉快的时候说，所以之前一直在等这样的机会呢。反正这不是件好事情，不过今天我感觉能痛痛快快讲出来了，希望你也耐心地听我讲完——其实哪，直治他还活着！”

我感觉自己浑身都僵住了。

“五六天前，和田舅舅来信说，有个从前在他公司里工作的人最近从南方回来去看他，聊到后来说起来，原来那个人碰巧和直治同一个部队，他说直治平安无事，应该用不了多久就能回来了。不过却有件伤脑筋的事……据那人讲，直治鸦片中毒好像很厉害……”

“又来了！”

我仿佛吞了什么苦果似的，嘴巴都扭歪了。直治读高中的时候就因仿效一位小说家，结果吸食麻醉药品上了瘾，为此欠下药房一大笔钱，母亲为了向药房还清这笔债款整整花了两年工夫。

“是呀，好像又开始胡来了。不过那人也说了，在没戒掉之前是不会获准回来的，所以他一定能戒了回来。舅舅在信中还说，即使他戒了鸦片回来，像他那种品行的人不可能马上让他出去工作，如今在这混乱的东京工作，连正常人都会觉得有点失常，何况一个刚刚戒掉毒瘾的半病人呢，他会立刻发疯的，谁知道他会出点什么事啊。所以直治一回来马上要把他领到伊豆这山庄，什么地方也别让他去，在这里静养一阵子比较好。这是一。

还有，和子，舅舅信中还嘱咐了另一件事情。舅舅说我们已经没什么钱了，如今又是冻结存款，又是财产税什么的，舅舅再像以前那样寄钱给我们就有困难了。加上直治回来后，妈妈我、直治和你三个人都不做事，全靠舅舅一个人想办法落实生活费的话他就会非常辛苦，所以舅舅说不如趁现在要么给和子找个婆家，要么找个人家去做佣工。”

“做佣工，不就是当女佣人吗？”

“不，舅舅倒是提到了，喏，就是住在驹场的那家，”母亲举了一家皇族的名字，然后继续说道，“舅舅说那家皇族和我们有亲缘，和子上他家做小姐的家庭教师，兼做佣工，应该不会感到拘束和孤单的。”

“就没有别的活儿吗？”

“舅舅说，别的职业和子恐怕干不了吧。”

“为什么干不了？您说说看，为什么我干不了？”

母亲惨然地微微笑着，一句话都没回答。

“这件事，我可不同意！”

我也意识到自己不该脱口说这样的话，可是怎么也停不住。

“我穿着这胶底布袜，这胶底布袜……”刚一开口，我的眼泪就夺眶而出，禁不住哇的一声哭了起来。我扬着头，一面用手背擦眼泪，一面心想：不可以这样对母亲说话，不可以，可是无情的言语却好像完全脱离了我的肉体无意识地一口气迸了出来，“您之前不是说过吗？您不是说过，因为有和子在，因为有和子和您在一道，所以您才来伊豆的？您不是还说，没有和子您就不活下去了吗？所以我什么地方也不去，一直待在妈妈身边，像这样穿着胶底短布袜在田里干活，好让妈妈尝到新鲜好吃的蔬菜。

可是您一听说直治要回来，就突然把我当作累赘，居然叫我去给皇族当女佣人，这样太过分了，太过分了！”

虽然自己也觉得话说得实在太重了，可是这串言语就像另一个有生命的东西似的，我完全控制不住它。

“穷了，没钱了，把我们的衣物卖掉不行吗？还有这房子，卖掉不行吗？我什么都能干。我到村公所当个女办事员什么的都可以，要是村公所不肯用我，我还去打夯！穷根本算不了什么。我本来还在想，只要妈妈疼我爱我，我甘愿一辈子都待在妈妈身边，可是看来妈妈更喜欢直治。那么我走，我离开这儿好啦！反正我跟直治一向性情合不来，三个人在一起过大家都会感到痛苦的。我和妈妈已经两个人一起生活了很长时间，没什么好遗憾的了，今后就让直治和妈妈母子俩一起亲密无间地生活吧，让直治来给您多尽点孝吧。我也厌倦了，从前的生活我已经厌倦了，我走，我今天就走！我有地方去！”

我站了起来。

“和子！”

母亲厉声喊道，脸上充满了我从未见过的严厉神色，她腾地站立起身，眼睛直视着我。面对面和我站在一起的母亲看上去身材似乎比我还要高出一点。

我本想马上说一声对不起，却怎么也说不出来，反倒又说出别的话来了。

“您骗了我，妈妈您骗了我！直治回来以前，您一直都在利用我呢。我是您的女佣人，现在不需要了，就把我赶到皇族那儿去。”

我站在那里，哇的一声尽情地哭起来。

“你真傻呀！”母亲低声说，她的声音因为愤怒而颤抖了。

“是的，我是傻，正因为傻才会受骗，因为傻才被人当作累赘。我离开就好了是不是？穷，是怎么回事情？钱，又是怎么回事？我弄不懂，我只相信爱，从小到大一直到今天，我相信的只有妈妈的爱！”

我又说了这些不该说的蠢话。

母亲突然将脸背了过去，她在哭。我真想对母亲说声对不起，然后扑上去抱她，可是双手干活弄脏了。我稍稍迟疑了片刻，不知怎么的又变得心灰意冷，情不自禁地丢出一句：“只要我走开就行了，对不对？我可以走，我有地方去！”

说罢，我疾步跑开，来到浴室，抽抽搭搭地哭起来。一面哭，一面洗了洗脸和手脚，然后回到房间里换上西式服装，这时禁不住又哇的一声大哭起来。我想索性尽情地痛哭一场，于是跑到二楼的西式房间，身子重重地横在床上，用毛毯蒙住头，放声大哭，整个人都几乎哭瘦了。哭着哭着渐渐神思恍惚，脑海中浮现出一个人，啊，想他呀，真想念他啊，真想见他一面，真想听听他的声音！我产生了一种异样的感觉，仿佛自己双脚足底被滚烫的灸火烧灼着，而我一动不动地忍受着灼痛。

快到傍晚时分，母亲悄悄走进二楼的西式房间，吧嗒一声打开电灯，随后来到床边，非常亲切地唤了一声：“和子！”

“嗯。”

我爬起来坐在床上，双手捋着散乱的头发，随后望着母亲的脸，吃吃地笑了起来。

母亲也轻轻笑了，她坐到窗边的沙发上，将身子深深埋了进去，说道：“我有生以来第一次没有听从和田舅舅的安排……妈妈刚才给舅舅写了封回信，我告诉他孩子们的事让我自己来安排。和子，我们把衣服卖掉吧，把两个人的衣服一点点全卖掉，然后好好挥霍一下，过过舒服的日子。我再也不让你干庄稼活了，我们买贵一点的蔬菜来吃又怎么样呢？每天干那种农活，对你来说太委屈了。”

事实上，每天下田干活我已开始感觉有点力不从心了。刚才之所以发了疯似的大哭大闹，恰恰是因为干农活的疲累同悲伤的心情混杂在一起，因此对所有事情都产生了厌烦和怨恨。

我坐在床上低着头，默不作声。

“和子……”

“嗳。”

“你说你有地方去，是哪里呀？”

我感到自己脸一直红到了脖子根。

“是细田先生那儿吗？”

我不响。

母亲重重叹了一口气，问道：“可以提提往事吗？”

“您说吧。”我小声回答。

“当你离开山木先生家回到西片町家来的时候，妈妈并没有说过什么责怪你的话，只说了一句：‘你辜负了妈妈的期望啊！’你记得吗？你听了就哭起来……我也知道当时不该说出那么重的话来……”

然而，当时听到母亲那样说，我反倒很感激她，我是高兴得哭起来的呀。

“妈妈那时候说你辜负了我，不是指你离开山木先生家，而是因为山木先生告诉我，实际上和子和细田先生两人陷入了恋爱，当时听他那样说，我真感到自己的脸色都变了。你想，细田先生早就是有妇之夫，还有孩子，不管你对他怎样爱慕都是也不可能的……”

“什么陷入恋爱，纯粹是捕风捉影！那不过是山木先生瞎猜的。”

“真的吗？我想你不会还在想念那位细田先生吧？你说要去的地方是哪儿？”

“反正不是细田先生那儿。”

“是吗？那是什么地方？”

“妈妈，我在想，人与其他动物的完全不同之处究竟是什么？语言也好，智慧也好，思考能力也好，还有社会秩序也好，尽管程度上大有差距，但是这些，其他动物身上也都有的，您说对吗？说不定动物也有信仰呢。人总是自以为了不起，说自己是万物之灵，但跟其他动物根本就没什么本质上的差别。可是妈妈，其实我发现还是有一点差别的，您猜不出来吧？有一样东西是其他动物绝对没有，只有人才拥有的，那就是人有秘密。您说对不对？”

母亲脸上微微泛出一点红，笑得很美丽，说道：“啊，和子的秘密能够结出美好的果实就好啦，妈妈每天早上都在向爸爸祈祷：赐给和子幸福吧。”

我的脑海里忽地浮现出和父亲开车去那须野游玩，途中下车时看到的秋天的山野景色，山野到处盛开着胡枝子、石竹子、龙胆草和黄花龙牙等秋天的花草，野葡萄还没有熟。

然后我和父亲乘汽艇游琵琶湖。我跳进湖里，栖息在水藻中的小鱼儿在我腿上冲来突去的，湖底清晰地映出我两条腿的影子，它们不停地划动。

——这些情景前后毫无关联地在我脑海中忽而浮现，又倏尔消失。

我从床上滑下来，抱住母亲的双膝，终于说了出来：

“妈妈，刚才是我对不起您！”

回想起来，那些日子是我们母女俩幸福的回光返照，接着直治从南方归来，我们真正地狱般的生活便开始了。

三

心里没着没落，感觉好像无所凭依，似乎怎么也活不下去了——这就是所谓的不安心情吧。胸口仿佛一阵阵痛苦的浪潮在拍打、涌来，就好像黄昏时分骤雨初歇，而后天空匆匆掠过一片片白云似的，使我心脏忽而收紧，忽而松弛，脉搏失常无规律，呼吸也变得困难，眼前发黑，全身的力气仿佛从十指尖上溜掉了一样，毛线都打不下去。

近来阴雨绵绵，不论做什么事都无精打采。今天，我将藤椅搬到檐廊上，想把今年春天开始动手打却一直丢着没有完的毛衣打下去。浅牡丹色的毛线颜色已经暗沉，我打算配上鲜艳的瓷蓝色毛线，打成一件毛线上衣。这些浅牡丹色毛线来自二十年前我上初级小学时母亲给我打的一条围巾，那条围巾的一端当头巾用，我把它戴在头上在镜子里照了照，简直像个小妖魔。加上它和其他同学的围巾颜色完全不一样，我实在不喜欢它。一个关西纳税大户家的同学曾经用小大人的口吻称赞我说："你的围巾很漂亮嘛！"我听了反而愈加感到害臊，之后就再也没有围过，一直丢弃在一边。今年春天，出于废物利用的想法，我将它拆了，想重新打成一件毛衣，但是那暗沉的颜色总让我不称心，结果打了一半又停下，今天实在因为无所事事，于是又将它拿出来，慢腾腾地打了起来。

打着打着，我无意中发现，这浅牡丹色的毛线同雨后的灰色天空交沁在了一起，混融成一种无法形容的既柔和又温秀的色调。而我不知道，服装必须考虑到同天空的颜色调和，这样重要的道理我之前居然不知道。啊，我不由得有点茫然发怔，调和是多么美好而绝妙的事情呀，雨后的灰色天空同浅牡丹色毛线相配，两者都会显得生气勃勃，这真不可思议。我觉得手上的毛线忽然变得暖和起来，冷冰冰的雨空也变得像天鹅绒一般柔和。接着，我还想起了莫奈油画笔下的雾中教堂。借由毛线的颜色，我感觉自己似乎第一次认识到“搭配”的意义。母亲其实颇具品位，她懂得飘雪的冬季天空与这种浅牡丹色搭配在一起有多么美丽，因而特地为我挑选了这种毛线，可我由于无知不喜欢，但是母亲对身为孩子的我并没有强制，而是随我高兴，而且对这种颜色的妙谛丝毫不做解释，装作不知道的样子，直到我自己悟得这种颜色的美丽，这二十年来她一直默不作声。我禁不住由衷地感到她是一位好母亲，与此同时，心中又涌起一股不堪负荷的恐怖和不安的乌云，因为就是如此的好母亲，我和直治两人却都老是欺负她，为难她，使得她日渐疲衰，说不定过不了多久就会使她丧命！我心中异常混乱，游思妄想，越想越觉得前途堪畏，人生尽是异常可怕的厄难，这种不安甚至让我觉得几乎没有勇气活下去，登时手指尖气泄力消，于是将绒线针放在膝上，重重叹了口气，抬起头，闭上眼睛，情不自禁喊了一声：“妈妈！”

母亲正靠在房间一角的桌子上看书，她稍显诧异地应道：

“什么事？”

我一下子狼狈得不知所措，便故意提高嗓门大声说：“蔷薇终于开了！妈妈，您知道吗？我刚刚才发现，它总算开花了。”

记不清是法国还是英国了，反正屋前檐廊下的蔷薇是和田舅舅从遥远的国外带回来的，两三个月前，舅舅将把它移植到这山庄庭院里来，到今天早晨才开了一朵花。我当然早就注意到了，可为了掩饰自己的窘态，我假装刚发现一样大声叫嚷道。这朵紫绛色的花，仿佛具有一副凛然傲骨和一种坚强的性格。

“我知道了，”母亲平静地说，“这种事情你还大惊小怪的，好像什么大事似的。”

“也许是吧。您觉得可怜吗？”

“不，我只是说你有这种癖好，就比如在厨房的火柴盒上贴列那尔的画呀，给人偶做手帕呀，你好像喜欢做这些事。再有，庭院里的蔷薇，从你的嘴里说出来，就好像在说一个活着的人一样。”

“因为我没有孩子呀！”

自己都始料未及的话竟然脱口而出，话说出口，自己也吃了一惊，心里觉得很不好意思，便不停地摆弄着膝上的毛线。

——你已经二十九岁了。

我仿佛清楚地听见一个男人的声音响起，照例是用电话中常听到的那种窘涩的低音说道，我不由得一阵羞臊，顿时感到双颊滚烫，像火烧一样。

母亲没有作声，继续看她的书。这几天母亲一直戴着纱布口罩，大概是由于这个缘故，她近来变得不爱说话了。这口罩是听从直治的建议戴上的。

大约十天前，直治带着一张黝黑的脸从南方的岛屿归来了。

他事先一点没有通知，在夏日的傍晚从后门走进庭院：“哎呀呀，真是糟透了，这个家一点品位都没有。不如在门口挂个招牌吧：‘来来轩，出售烧卖！’”

这就是直治和我打照面时说的第一句话。

在这两三天前，母亲因为舌头有毛病卧床了。外表看不出什么病症，可是她说舌尖一动就痛，所以除了喝点稀粥连饭也不想吃。我劝她请医生给看看，她摇摇头苦笑着说：“会给人笑话的。”

我给她涂了点复方碘溶液，但好像完全不管用，这让我心里异常焦虑不安。

就在这当口儿，直治回来了。

直治在母亲枕边坐下，说了声“我回来啦”，说罢点头鞠了个躬，紧接着便站起来，将狭小的屋子到处看个遍，我则一直跟在他身后。

“怎么样？妈妈变了吗？”

“变了，变了，憔悴得不得了，不如早点死了好。妈妈这样的人，在这种社会里是根本活不下去的。太惨啦，叫人不忍心看哪！”

“我呢？”

“变得下流了，看你的面孔像是有两三个男人似的。有酒吗？今天晚上我要好好喝一顿！”

我到村子里唯一一家旅店去，求女掌柜阿咲说：弟弟回来了，给我一点酒吧。阿咲回答，不凑巧，酒刚好卖断货了。我回来告诉直治，他脸色骤变，仿佛变了个人似的说道：“哼，你连打交道都不会，所以人家说有才怪哩！”他向我问明旅店所在的地方，便趿拉着庭院里穿的木屐飞快地跑了出去，左等右等也不见他回家来。

我做了直治爱吃的烤苹果，还有鸡蛋料理，餐厅也换上了明亮的灯泡。等了许久，阿咲忽然从厨房后门走进来：

“哎，你说不会要紧吧？他在我那儿喝烧酒呢……”

阿咲将本来就像鲤鱼一样滚圆滚圆的眼睛睁得大大的，仿佛出了什么大事似的压低声音说道。

“烧酒，就是甲醇吗？”

“不，不是甲醇……”

“不会喝出病来吧？”

“当然不会，不过……”

“那你就让他喝吧！”

阿咲咽下一口唾沫，点了点头，回去了。

我去到母亲跟前告诉她：“听说他在阿咲那里喝酒呢。”

母亲听后略微撇了撇嘴笑了，说：“哦？他鸦片大概戒掉了吧？你先吃吧。对了，今天晚上我们三个人都在这房间里睡，把直治的被褥铺在当中。”

我真想哭。

夜阑人静，直治踏着粗重的脚步回家了。和式房间里，三个人钻进一顶蚊帐。

“跟妈妈讲讲南方的事情吧？”我一面躺下一面说道。

“没什么好讲的，没什么好讲的。全都忘了。回到日本，上了火车，透过车窗看到的水田真是又美丽又壮观。就这些。快点关灯吧，开着灯睡不着啊！”

我关了电灯。

夏夜的月光像洪水一样充溢了整个蚊帐。

第二天早晨，直治趴在被褥上，吸着烟，朝大海远眺。

“说是您舌头痛？”他好像刚刚才注意到母亲身体不适似的问。

母亲只是微微地笑了笑。

“那一定是心理作用引起的，晚上准是张着嘴睡觉的吧，真不雅观。戴个口罩吧，用纱布浸一点利凡诺尔溶液，把它塞在口罩里就行啦！”

我听了忍不住扑哧笑出来：“这叫什么疗法？”

“叫美学疗法！”

“可是妈妈一定不喜欢戴口罩。”

不只是口罩，母亲连眼罩啦眼镜啦这些东西统统都讨厌，一向不喜欢戴在脸上。

“妈妈，您戴口罩吗？”我问。

“戴！”母亲声音虽低却很认真地回答，我不禁吃了一惊。看来直治不论说什么，她都相信并且照办。

早饭后，我照直治刚才说的，将纱布放在利凡诺尔溶液里浸过，备好口罩，拿到母亲房间去。母亲一声不响地躺着接了过去，然后老老实实地将口罩带子套到两只耳朵上。那模样真像个小女孩，我看了觉得一阵悲哀。

中午过后，直治说他要去东京同朋友见面，还要拜会文学恩师等，于是换上西装，向母亲要了两千块钱，就上东京去了。这以后近十天直治都没有回来，母亲却每天戴着口罩等他。

“利凡诺尔真是好药哇，戴上这口罩，舌头就不痛啦。”母亲笑着说。

我总觉得母亲在说谎。说是不要紧了，并且已经能够下床了，但胃口还是很差，而且不想说话，所以我非常担心。唉，直治在东京干什么呢？准是同那位小说家上原先生一起遍游东京，陷入了东京那股疯狂的旋涡中。我越想越感到痛苦和难受，出其不意地和母亲说起蔷薇的事，还脱口而出“因为我没有孩子呀”这种连自己也大感意外的话，眼看越来越控制不住自己，于是我“啊”了一声，腾身站立起来。可是上哪里去呢？我自己都没想清楚，最后，摇摇晃晃上了楼梯，走进二楼那间西式大屋子。

这间屋子准备做直治的房间。四五天前，我和母亲商量后请坡下的中井先生来帮忙，将直治的衣橱、书橱、桌子，还有五六只塞满了书和笔记本的木箱子，总之，将从前西片町老宅直治房间里的所有东西都搬进了这间屋子，打算等直治从东京回来再按他的喜好将它们分别整理到位，而在他回来以前，就暂时先胡乱堆放着，所以屋子里满地都是东西，几乎无处插足。我从脚边的木箱子里随手取出一册笔记本翻看起来，只见封面上题写着：《葫芦花日记》。

里面胡乱地写着不少东西，看来这是直治为麻醉药品中毒所苦的时候写下的手记。

感觉就像被活活烧死。虽然痛苦，却一句半句也呼叫不得，这旷古未有、史无先例、无边无底的地狱的景象休要花遮柳掩。

思想？是谎言！主义？是谎言！理想？是谎言！秩序？是谎言！诚实？真理？纯洁？……全都是谎言！据

称牛岛的藤树龄千载，熊野的藤有数百年岁，其花大如穗，前者最长九尺，后者五尺有余。哦，我只为那花穗而雀跃倾心。

那也是人之子。活生生的人子呀。

情理，归根结底只是对情理的爱，不是对活着的人的爱。

金钱和女人。情理便羞怯地急忙溜走了。

历史、哲学、教育、宗教、法律、政治、经济、社会……一个处女的微笑比这些学问更加高贵，浮士德博士勇敢地证实了。

学问是虚荣的别名，是人成为非人的一种努力。

向歌德我也敢发誓：我可以写得比它们不知好多少！通篇结构严谨，加上适度的幽默风趣和令读者哭到眼球结膜充血的悲凄，抑或是读来令人所谓正襟危坐、肃然起敬的完美无瑕的小说，假使朗读起来简直像银幕上的解说词——真叫人汗颜，难道要我写这种玩意儿？！那种成天妄想写出传世之作的杰作意识本身就是贻笑大方、人所不齿的。读小说读到正襟危坐，那是疯子的所为。那样的话，索性让作家身穿礼服写作不就行了？越是好的作品越是应该没有装模作样的感觉吧？我只因为想看一下朋友发自内心的由衷笑容，才故意将一篇小说写得很糟糕，写得非常拙劣，还装出一副垂头丧气的样子。啊，瞧瞧朋友当时那模样，简直高兴得不得了！

文不擅名、人不成器之辈，拿着玩具喇叭来吹吹打打，请君且听取：我乃全日本第一傻子，你尚在我之上哩，祝你健在！——这种祝愿之情谊，究竟算得上什么？

朋友得意扬扬地讲着怪话：这就是那家伙的坏毛病，真叫人感到可惜呀，别人有情有谊他竟不知不觉。

品行端良的人有没有呢？

真是无聊的念头。

我需要钱。

不然的话，就让我在睡梦中无疾而终吧！

欠了药房近一千元的债。今天把当铺掌柜悄悄带到家里，直接进到我房间，对他说，这屋里有没有值钱可当的东西，有就拿去，我急需钱用。掌柜不屑细看一眼就回道："算了吧，又不是你的家具。""好，那就只把我用自己的零用钱买来的东西拿走吧！"我精神气十足地说罢，立刻把一些破烂东西凑拢起来，可是没有一件值得当的东西。

先说那单臂石膏像。这是维纳斯的右臂，像天竺牡丹花一样的手臂，雪白雪白的手臂，它被孤孑突兀地安放在台座上。可是只要仔细看几眼就会悟到：这是维纳斯被男人看到她全裸的身子，羞怯万分，惊惧不已，却又无处避躲，只得拼命扭动着因羞臊而血气上冲、浑身发烫、肌肤变成浅红色的身子时的姿势，维纳斯那几乎喘不过气来的裸身之羞，凭借着指尖无指纹、掌上无掌心纹的一截雪白娇嫩的手臂而表达得淋漓尽致，让观赏的人也会油然心生悲郁之感。然而这终究是一种不实用的破烂东西，掌柜估价为五毛钱。

其他还有巴黎近郊大地图、直径将近一尺的人工象牙制成的陀螺、能写出比丝线还细的字的特制笔尖，当初无一不是当作意外收获买来的，可是掌柜却笑着表示不想再看了。“等一等！”我拦住他，结果又让掌柜背了一大摞书回去，得款五元整。我书架上的书大都是廉价的文库本，而且是从旧书店买来的，所以当的价钱自然也只能这么便宜了。

想还一千元的债，结果仅得五元。我在这世上的价值大致也就如此了。这可不是闹着玩的事啊！

颓废的人？可是不这样就活不下去。与其这样非难我，我倒是情愿被人当着面叱责：“去死吧！”这样挨骂反而让人感觉痛快。然而几乎没有人会对我说：“去死吧！”都是些胸无大志而又谨小慎微的伪君子。

正义？所谓阶级斗争的本质并不在于此。人道？开玩笑！我可知道，那就是为了自己的幸福而把对方打倒，把对方消灭，这不是宣告“去死吧”又是什么？有什么好掩饰的。

可是，我们这个阶级也一样，没什么像样的人，有的尽是白痴、幽灵、守财奴、疯狗、吹牛专家、假装斯文、居高临下目中无人的家伙。

连“去死吧”这话都不值得向他们去说。

战争。日本的战争是恼羞成怒的大发作。

被卷进这种恼羞成怒的发作中而死，我不干。还不如独自去死的好。

人说谎时必定会假装成一脸正经。近来那些领导人那一本正经的样子……哼！

我希望跟不想受人尊敬的人交往。

可是那样的好人却不愿跟我交往。

我假装早熟，人们就传说我早熟。我假装懒汉，人们就传说我是懒汉。我假装写不出小说，人们就传说我不会写小说。我假装说谎，人们就传说我说谎。我假装有钱人，人们就传说我是有钱人。我假装冷淡，人们就传说我冷淡。可是，当我当真痛苦到不由自主发出呻吟时，人们却传说我是假装成痛苦。

实在是……卯不对榫啊。

归根结底，除了自杀大概没有别的办法了吧？

痛苦如此，终究不过是以自杀了结，想到这里，我便不由得放声大哭起来。

据说春日的早晨，朝阳照耀在两三朵花蕾绽开的梅树枝头，有个海德堡的年轻学生直挺挺地吊死了。

“妈妈！你骂我吧！”

“怎么骂呢？”

“胆小鬼，懦夫！”

“是吗？懦夫……行了吧？”

妈妈真是慈爱无比。一想起妈妈我就想哭。为了向妈妈致歉，我也得死。

请原谅我吧！请原谅我这一次吧！

月月复年年，
盲鹤哺育劳劬劬，
眼看雏子成大鸟，
哀苦共若许。

——元旦试作

吗啡 艾特洛莫 那可邦 潘托邦 可待因酮 鸦片全碱 阿托品

何谓自尊心？自尊心是什么？

“我比别人强！”“我有很多优点！”一个人，不，一个男人，难道不这么想就不能活下去吗？

既厌嫌别人，同时也被别人厌嫌。

比比智慧谁高谁下吧。

严肃=愚蠢

总而言之，人只要还活着，肯定在做骗人的勾当。

一封借钱的信：

“望回复。

请尽快给我回复，

我期盼着带给我的一定是个好消息。

我能够想象到将蒙受种种屈辱，为此我暗自呻吟。

这不是在演戏。绝对不是。

求您了。

我快要羞耻得活不下去了，

这不是夸张。

日复一日地等候回音，白天黑夜我都在战栗中度过。

请不要将我推倒在地。

夜深了，听着隔墙传来低低的窃笑声，我在床上辗转难眠。

请别再让我受辱吧。

姐姐！”

读到这里，我合上那本《葫芦花日记》，放回木箱里，然后朝窗口走去，把窗户全打开，俯视着在烟雨中显得一片白茫茫的庭院，回想当时的往事。

已经过去六年了。直治的麻醉药品中毒是我离婚的原因——不，不能那样说，即使直治没有染上吸食药品的毒瘾，总有一天我也会因为别的什么原因而离婚，我觉得这似乎是我生来就注定的事情。直治还不上药房的欠款时，就时常会死乞白赖地问我要钱。那时我刚嫁到山木家，不可能随心所欲地花钱，加上我总觉得，用婆家的钱偷偷接济娘家弟弟不合适，于是便同从娘家陪嫁过来的女佣阿关商量，将自己的手镯、项链和衣服卖了换钱。

弟弟给我寄信要钱，并且还说："我现在只觉得既痛苦又害臊，没脸见姐姐，甚至不敢在电话里跟你说，所以请你吩咐阿关把钱送到京桥×町×丁目茅野公寓小说家上原二郎先生（姐姐想必知道他的名字）那里去。上原先生被社会上看作是个道德败坏的人，其实绝不是那样的，所以可以放心把钱送到他那里。上原先生拿到钱，会马上打电话告诉我的，请务必照此办法做。我不想让妈妈知道我这次吸毒，我打算趁妈妈还没发觉时，想尽一切办法将它戒掉。我收到姐姐的钱，就用它还清药房的债，然后去盐原别墅接受治疗，等身体彻底恢复康复后再回来，这是真的。欠药房的债一还清，我决心当即就不再服用麻醉药了，我可以向上帝发誓，请相信我。请不要让妈妈知道，叫阿关交给茅野公寓的上原先生。切切！"

我照他信上写的，让阿关偷偷将钱送到上原先生的公寓去了。然而，弟弟在信中的发誓全是谎言，他没有去盐原别墅，毒瘾反而越来越加重了。可是他写来要钱的信的语句又充满了痛苦，近乎哀求，并且信誓旦旦地表示这回无论如何一定戒掉，叫人不由得背过脸去不忍心读下去，我一面想着这说不定又是撒谎，一面却情不自禁又叫阿关将我的胸针之类卖掉，把钱送到上原先生的公寓。

"上原先生是个什么样的人？"

"个头矮小，脸色很难看，待人也很冷淡，"阿关回答说，"不过他很少在公寓里，基本上就他太太同一个六七岁的女孩儿在家。这位太太人不怎么漂亮，不过倒是很和气，看样子也很能干。把钱交给这位太太，倒是可以放心了。”

那时候的我同现在的我比较起来简直像另外一个人——不，甚至根本无法做比较——我那时是个不懂得忧衣虑食、只会浑浑噩噩过日子的人，但尽管如此，经不住弟弟接二连三地来要钱，而且金额越来越大，我终于担起心来。有一天观赏完能乐[1]回来，到了银座就让汽车先回去，然后一个人步行去京桥造访茅野公寓。

上原先生独自坐在房间里看报。他身穿条纹夹和服，外面罩一件藏青地碎白花纹的翻领褂子，看上去既像老年人又像年轻人，像只见所未见的奇兽——这就是他第一次给我的古怪印象。

“我老婆……刚好和孩子一起……去领配给食品了……”

他略带鼻音断断续续地对我说，看来他把我当作了妻子的朋友。我说告诉他我是直治的姐姐，上原先生听罢，哼了一声笑了。说不出为什么，我突然打了个寒战。

“到外边去吧！”

说着他已经披上外套，从木屐箱里取出一双新木屐穿上，动作麻利地穿过公寓走廊往外面走去。

初冬日暮时分，外面朔风凛冽，感觉像是从隅田川河上吹来的风。上原先生略微耸起右肩，顶着寒风，朝筑地方向默默走着，我则几乎是一路小跑地跟在他后面。

我们来到东京剧场后面一幢楼房的地下室。二十席大小的狭长房间里，有四五组客人对坐在桌子两旁，静静地喝着酒。

上原先生用玻璃杯喝酒。他另外拿了只杯子，给我也倒上

1　日本传统戏剧形式之一。

酒。我喝了两杯，一点也没有感觉。

上原先生一面喝酒，一面吸着烟，就是一句话也不说。我有生以来第一次来这种地方，不过感觉很放松，心情也很安适。

“喝点酒就好啦，可是……”

“啊？”

“不，我是说你弟弟。他改喝酒就好了。从前我也吸食麻醉药上过瘾，人们对麻醉药中毒总觉得有些可怕，其实酒精也没什么两样，可是人们对于酒精却出乎意外地宽容。我把你弟弟改造成一个酒鬼，你不反对吧？”

“酒鬼我也见到过一次。新年的时候我刚要出门，我家司机的一个熟人像恶鬼似的满脸通红，坐在车子的副驾驶席上呼噜呼噜睡大觉。我吓了一跳，情不自禁地叫起来，司机说这人是个酒鬼，拿他没办法，然后把他从车上拉下来，扛在肩上，不知送到什么地方去了。那人就像没有骨架子似的，身子瘫软着，可嘴里还不停地嘟囔着。那次是我第一次看到酒鬼，倒觉得蛮有趣的。”

“我也是个酒鬼。”

“是吗？不过，您不一样吧？”

“你也是酒鬼。”

“没有的事。我见过酒鬼，完全不一样啊。”

上原先生这才快活地笑了，说道：“你弟弟也许不会成为酒鬼，但不管怎样，让他变成一个爱喝酒的人总归没坏处。我们走吧。太晚了你会不方便吧？”

“不，不要紧的。”

“说实话，其实是我不喜欢这里，太局促太狭窄了，气都喘不过来。服务员，结账！”

“是不是很贵啊？钱不多的话，我有……”

“是吗？那么就你来付账吧。”

“不知道够不够呢。”

我瞧了瞧手提包里面，告诉上原先生有多少钱。

“有这些个钱，足够再喝两三家的哩。你在跟我开玩笑！”上原先生皱紧眉头说道，随后又笑了。

“您还要上什么地方再去喝吗？”

听我这样问，上原先生一本正经地摇着头说：“不，已经够了。我替你叫辆出租汽车，你回去吧！”

我们踏着地下室昏暗的楼梯走上去。走到大约一半时，前面的上原先生唰地回过身来，迅速地亲了我一下。我双唇紧闭，接受了他的吻。

我并不怎么喜欢上原先生，不过自从那之后，我心里却开始萌生了那种“秘密”。上原先生咯笃咯笃小跑着上了楼梯，我怀着一种莫名其妙的清澈的心情慢慢走上楼梯，来到楼房外，河风吹在双颊上，感觉非常舒爽。

上原先生替我叫了辆出租汽车，我们一语不发默默地分了手。

乘在左右摇晃的车内，我忽然间感到这世界一下子变得像大海那样宽阔了。

“我有情人呢！”有一天受到丈夫责骂，感觉心情孤凄悲凉，于是猛地冒出了这样一句话。

“我知道。是细田吧？你无论如何也不肯断了那份念想？”

我默不作声。

以后每当夫妇间因某件琐事发生争吵时，我们必定会扯到这个话题。这样下去可不行——我暗自想。好像剪裁衣服的时候弄错了衣料，便不可能再将它缝制成合心的衣服了，唯有丢弃掉，重新另选一幅合适的衣料剪裁。

“莫非……那个……你肚子里的孩子？”

有天晚上，丈夫竟这样发问道。我当时觉得可怕极了，浑身止不住战栗。如今想起来，我和丈夫那时候都还太年轻，我不知道什么是恋，甚至不懂得什么叫爱，我因为痴迷细田先生作的画，以至在谁面前都毫不忌讳地宣扬：“要是能够成为细田先生的夫人，那日常生活该会是多么美满呀。不同那样品位高雅的人结婚，结婚简直就毫无意义。”我因此而被大家误会了，虽说我根本不懂得恋啦爱啦什么的，却满不在乎地公然表示自己喜欢细田先生，并且也不试图解释，于是事情乱了套，连我腹中的小宝宝也成了丈夫的怀疑对象。尽管双方谁也没有公开说要离婚，但不知不觉中周围人的异样眼光越来越明显，于是我同陪嫁的女佣阿关一起干脆回了娘家，后来生下死胎，接着又一病不起，跟山木的关系也从此彻底断绝。

对于我的离婚，直治似乎也感觉到负有责任似的，他说了句：“我去死好啦！”说罢便哇哇大哭起来，脸上满是悲观沮丧的神情。我问弟弟一共欠了药房多少债，结果那数额之大吓了我一跳。而且后来才知道，这个数目还是假的，因为弟弟不敢说出实际数额来，实际总的欠债是弟弟当时告诉我的大约三倍。

“我和上原先生见过面了，他是个好人。以后你就同上原先生一块儿喝喝酒、清闲清闲吧，怎么样？酒的话反正不贵，酒钱我随时可以给你。还药房欠债的事你也不用担心，总会有办法解决的。”

听说我和上原先生见过面，还说他是个好人，似乎让弟弟感到非常高兴。那天晚上，弟弟一接过我给他的钱，马上就到上原先生那儿找他消闲去了。

吸食药品上瘾也许是一种精神上的病吧。我称赞上原先生几句，还向弟弟借上原先生写的小说看，看过后直说他了不起。弟弟听了道："姐姐你能理解得了吗？"不过他仍然显得非常高兴，"你读读这个吧。"又拿了上原先生的其他作品给我看。渐渐地，我还当真认认真真读起上原先生的小说来了，并和弟弟两人常常谈论上原先生。弟弟几乎每天晚上大摇大摆地去找上原先生玩，看来他是照着上原先生的计划，兴趣逐渐转移到喝酒方面去了。

关于药房还债的事情，我偷偷找母亲商量。母亲一只手蒙住脸，一动不动呆定了许久，然后抬起头来，神情凄惨地笑着说："怎么想也想不出什么好办法。也不知道需要还几年，不过我们还是每个月给人家还一点吧！"

如今，那些事情已经过去六年了。

葫芦花。啊，想必弟弟也感到非常痛苦。而且，前路阻塞、人生迷惘，该做什么事情，如何去做，直到现在恐怕他都还没有琢磨明白吧？每天每天，他大概都是揣着死的念头沉溺在酒中吧？

索性横下心来回归本性，做个品行不端的人会怎么样？这样一来，弟弟也许反倒会感到轻松吧？

"品行端良的人有没有呢？"那笔记本里写有这样一句话。照此来看的话，我觉得自己也是个品行不端的人，舅舅也是个品行不端的人，甚至觉得母亲好像品行也不端。所谓品行不端，大概是指人的性情温厚典雅吧？

四

给您写信还是不给您写信，我犹豫了很久。今天早晨，忽然想起耶稣的话：要像鸽子一般温厚驯良，像蛇一般敏慧灵巧。于是我顿时来了精神，决定还是给您写信。我是直治的姐姐。也许您已经淡忘了吧，假使忘记了就请回想一下吧。

前段时间直治又来打搅您，给您添了不少麻烦，实在很抱歉。（其实直治的事情就应该是直治的事情，我多此一举向您道歉，似乎毫无道理。）我今天不是为了直治的事而是为了我自己的事有求于您。听直治说，您在京桥的公寓受灾之后搬到现在的住址来了，我很想直接上东京郊外您的府上拜访您，可是母亲最近身体不大舒服，我无论如何不可能撇下母亲跑到东京去，所以决定给您写这封信。

我有个问题想向您请教。

我要请教的问题，如果站在以往“女大学”[1]的立场来看，或许非常奸诈、非常肮脏，甚至是一种恶劣的犯罪行为，但是我——不，是我们——如果照现在这样子下去就无法继续生存，所以恳请您这个世上最令我弟弟直治尊敬的人听听我毫不掩饰的想法，并不吝指教。

现在的生活让我无法忍受。这不是喜欢不喜欢的问题，而是照旧不变的话，我们母子三人真的不知道该怎样活下去。

昨天我又感到有点不适，身子烧得厉害，喘气也困难，我自己束手无策。中午稍过，坡下一户农家的姑娘冒雨扛着米给我送来了。我按照约定，把衣服送给她抵米钱。姑娘在餐厅和我面对面坐下，一面喝茶，一面用非常现实的口气问我：“您靠卖东西过日子，今后能维持多久啊？”

“大概一年半载吧。”我回答道，然后用右手遮住半边脸，继续说，“我老是犯困，困得不得了。”

“您累啦。大概得了神经衰弱吧，所以老是犯困？”

“也许是吧。”

我眼泪差点儿夺眶而出，这时我脑海中忽然浮起了现实主义和浪漫主义这两个字眼。对我来说，现实主义是不存在的，一想到眼前的处境，不知道还能不能活下去，浑身就不寒而栗。母亲是个半病人，时卧时起，

1 即《女大学宝箱》，江户中后期流传甚广的女子修养规诫书。后也泛指社会对于女子的种种封建规诫。

而弟弟呢，您知道的，他精神上得重病。他在家的时候，每天不落地到附近一家兼做旅店的餐馆去报到，喝烧酒，而每隔三天就要带着我们卖衣服换来的钱上东京去游玩。不过，让我深感痛苦的倒不是这些。我只是清晰地预感到，我的生命将在这样的日常生活中一点点腐烂，一点点终结，就像芭蕉叶不等凋落便腐烂掉一样。这种预感让我害怕，我实在无法承受。所以，就算违背“女大学”的训道，我也要摆脱现在这种生活。

所以，我才来向您请教。

现在我想明确地告诉母亲和弟弟，说我早就爱上一个人，并且想明确地告诉他们我打算做他的情人，和他一起生活。这个人您应该也认识，他名字拼音的首字母是M·C。很久以来，我心里一有委屈，一感觉痛苦，就想飞到M·C先生那儿去，对他的思念真的像患了相思病一样。

M·C先生和您一样，也有夫人和孩子，好像还有比我更漂亮更年轻的女朋友。但我觉得，除了去到他身边，我已经没有别的活路了。我虽然没有见过M·C先生的夫人，但听说她待人非常和善，是个好人。想到那位夫人，我便觉得自己是个可怕的女人。然而，我目前的生活似乎比这个更加可怕，所以不能不将生存下去的希望寄托在M·C先生身上，我期望自己温厚驯良像鸽子，敏慧灵巧像蛇那样去成就我的爱情。不过妈妈、弟弟以及所有的世人，肯定谁都不会赞成我这样做的。不知您觉得如何？总之，我除了独自思考独自行动之外，没有别的办法了，想到此我的眼泪便禁不住夺眶而出，因为我有生以来第一次做这样困难的决定。这件困难重重的事，难道就没有什么办法在人们的祝福中实现吗？像思考一道非常复杂的代数因式分解题一样，我费尽心思前思后想，似乎终于找到一个头绪，可以干净利落地解开答案似的，我一下子变得快活起来。

但最要紧的是，M·C先生会怎样看我？想到这一点，我又非常沮丧。说起来，我是主动送上门的……怎么说呢，我不能说自己是主动送上门的妻子，那就说是主动送上门的情人吧，说白了就是这么回事，所以只要他一声不愿意，事情就彻底没戏了。因此，我想拜托您，可否请您出面问问他？六年前的某一天，我心中飘来一道淡淡的彩虹，虽然它既非恋又非爱，但随着岁月逝去，那道彩虹变得越来越鲜艳，色彩越来越浓了，一直到今天我从未将它迷失过。暴雨之后高挂在晴空的彩虹容易消失，但是人心中的彩虹应该不会消失的。请您设法打听一下，那个人究竟怎样看待我？是不是也像雨后的彩虹那样，早已经消失？

如果是那样的话，我也不能不把我心中的彩虹抹掉了。不过，只要我的生命没有先一步消失，我心中的彩虹就不可能消失。

期盼您的回信。

此致

上原二郎先生（我的契诃夫，My Chekhov）

又及：近来我一点点发胖起来。我觉得与其说是我渐渐成了一个动物般的女人，不如说我更像个人了。这个夏天，我只读了一本劳伦斯的小说。

没有收到您的回信，所以再次冒昧写信给您。上次那封信充满了蛇一般的狡猾和奸计，我想您都一一识破了吧？的确，那封信的每一行字我都是竭尽狡诈之能事写成的。您大概认为那封信不过是想请求您接济我的生活，意图是想向您要钱吧。这一点我并不否认，但如果说我仅仅就是为了找个经济靠山，那对不起，我没有理由单单选择您，我想喜欢我的有钱的老头儿不在少数。事实上，前些日子我就遇到了一件滑稽的提亲的事。对方的名字说不定您也知道，是个六十多岁的单身老人，据说还是个艺术院的会员什么的。这位艺术大师想要我做他的续弦，特意跑到我们的山庄来。他家就在西片町我们原来的老宅附近，因为过去我们和他同属一个“邻组”[1]，偶尔也会打打照面。有一次，记得是个秋天的黄昏，我和母亲乘坐汽车经过那位大师的家，看到他独自一个人呆呆地伫立在家门口，母亲从汽车窗口向他轻轻颔首致意，只见大师那张总是板着的黝黑的脸一下子比霜叶还红。

“是不是在恋爱？”我打趣道，“妈妈，他好像喜欢您呢。”

1　日本第二次近卫文磨吕内阁于昭和十五年（1940年）9月在全国设立的国民统制组织，约十户为一单位，主要负责物资配给、防空演习等。

“不，他是一个很了不起的人。”母亲却很镇静，似乎自言自语似的说。

尊敬艺术家是我家的家风。

听说那位艺术大师的夫人早些年去世了，他通过一位与和田舅舅对谣曲有着共同爱好的皇族向我母亲提出这个想法。母亲说：“和子，你直接给大师回封信吧？心里怎么想的就怎么说。”我因为不愿意，考虑也没多考虑便直截了当地写了封信，告诉他我现在不想结婚。

“我回绝他可以吗？”

“当然可以……我也觉得这事不太合适。”

那阵子大师住在轻井泽的别墅，我把回绝他的信寄到别墅去了。可是第二天大师却突然出其不意地跑到山庄来了，原来一来一往走岔了，他并没有收到信。他说是去伊豆温泉办点事，顺路来看我们的，对于我的回复他一无所知。看来艺术家这种人不管多大一把年纪，做起事来仍然像小孩子一样任性啊。

母亲因为身体不舒服，就叫我出来接待，我在中式起居间给他端上茶，对他说：“我那封回绝的信，我想这时候该到轻井泽了。我是经过认真考虑的。”

“是吗？”大师语气匆促地说，他揩了揩汗珠，接着又道，“不过这桩事还请您再好好考虑一下。我能使您……怎么说好呢，也许我不能给您那种所谓精神上的幸福，但是反过来讲，在物质方面无论怎样我都够让您幸福，这一点我绝对敢保证。哦，请您原谅我讲得这样直白。”

"您说的那种幸福，我还不大能够理解。对不起，我想说的或许会让您觉得有点在卖弄：我记得契诃夫在给他妻子的信中写过这样一句话：'给我生个孩子吧，生一个我们的孩子吧！'尼采的随笔中也有这样的话：'一个想让她为自己生孩子的女人。'我想有个孩子，至于那种什么幸福，对我来说根本无所谓。钱当然也想要，不过只要够抚养孩子那就足够了。"

大师奇怪地笑了："您真是个与众不同的人，不管对谁都能说出您的心里话。跟您这样的人在一起，也许会有一种新的灵感降临我的创作中吧？"他矫揉造作地说，这与他的年龄似乎不大相称。

我想，假使我真有力量能令如此了不起的艺术家在创作上返老还童，那无疑是一件非常有意义的事，可是我无论如何也无法想象我被那个大师拥在怀里的情景。

"难道我对您没有爱也行吗？"我略微笑着问道。

大师一本正经地回答说："对女人来说这样也无不可，女人嘛，心不在焉也不算什么缺点啊。"

"可是像我这样的女人，没有爱而结婚是无法想象的。我已经是个大人了，明年就三十了！"说到这里，我情不自禁想将自己的嘴巴捂起来。

三十岁。女人在二十九岁以前还散发着少女的气息，而三十岁的女人身上少女的气息已经无处可寻了——我忽然想起以前读过的一本法国小说中的这段话，心头涌起一阵难以忍受的落寞和凄凉。转头朝窗外看去，只见正午的阳光照射在大海上，海面就像碎玻璃一样发出强烈的闪光。读那本小说的时候，我只是淡淡地觉得说得没错，并没有做更多联想。能够坦然且毫不介意地认同一个女人的人生自三十岁起便渐次终结，那段时光实在叫人怀念啊。随着手镯、项链、华丽的衣裳、腰带一件件从我身上消失而去，我身上的少女气息也越来越淡漠了吧？一个贫匮的中年妇女，啊，真可悲！然而，中年妇女的生活中依然有女人的人生。我最近终于明白了。记得英国女教师临回国前曾经对年方十九的我这样说过："您不可以恋爱，如果恋爱的话就会陷入不幸的。要恋爱也等长大之后再恋爱，三十岁以后再恋爱吧。"

我当时听了茫然不解。三十岁之后再恋爱，这对于当时的我来说根本想象不出。

"听说您府上这幢别墅打算卖掉……"大师忽然问道，同时脸上泛起不怀好意的神情。

我忍不住笑了起来。

"哦，请原谅，因为我想起了《樱桃园》[1]。您想买下它吗？"

大师敏感地觉察到了，他歪着嘴不作声，像是有点发火。

事实上确实有个皇族打算用五十万元新币买下这幢别墅居住，但后来便不了了之没了下文，大师大概也听

1　俄国剧作家契诃夫晚年的代表剧作，讲述破产地主朗涅夫斯卡娅迫于生计不得不将美丽的樱桃园忍痛卖给新兴资本家罗巴辛，后者立即砍掉满园的樱桃树，建造可获高额利润的乡间别墅。

到了这个传闻。不过他对于自己被我们看成罗巴辛一类人似乎受不了，于是心情变得极差，随便敷衍了几句便告辞而去。

我现在所求于您的不是罗巴辛，我可以直截了当地告诉您，我只是请您接受一个送上门的中年女人。

我初次与您见面，差不多已是六年前的事了。那时候我对于您一无所知，仅仅知道您是我弟弟的老师，而且是个不太好的老师。后来我们一起用杯子喝酒，之后您对我还开了个不太正经的小玩笑，不过我并没在意，只是觉得似乎浑身变轻松了，真是不可思议。我对您，既不是喜欢也谈不上讨厌，毫无这样的感觉。后来为了叫弟弟高兴，我就向他借您的著作来看，有时读得饶有兴味，有时索然无味，我算不上是个热心读者。可这六年下来，不知从什么时候起，您却像层雾一样渐渐渗透到了我胸中，有时候，那天晚上在地下室楼梯上发生的事情会一下子栩栩如生地回想起来，不知道为什么，我有一种感觉，那是件十分重大的事情，它决定了我后来的命运，我抑制不住对您的萦念，也许这就是恋爱吧。一想到此，我又会感到深深的不安和幻虚，情不自禁地独自低声抽泣起来。您和其他男人完全不一样，我并不是像《海鸥》里的妮娜那样爱上一个作家，我不憧憬小说家，要是把我看作一个文学少女，那我真不知如何是好了。我只希望有个属于您的孩子。

假使时光倒转到更早，您还独身一人，而我还没嫁给山木，假如那时我们相遇、结婚，我也许就不会像现在这样痛苦了。但是我必须接受现实，我不可能同您结婚，将您夫人赶走，自己取而代之，像是一种冷酷的暴力行为，我讨厌这种行为。我不忌讳做您的小老婆（我很不情愿用这个字眼，但即使叫作情人，跟通俗所称呼的小老婆也毫无区别，所以还是直截了当地这样叫吧），不过一般来说好像世上小老婆的日子都是非常艰难的。听说，小老婆到人老珠黄之时大多是遭遗弃的，年近六十，不管什么样的男人都会回到正妻身边。我住在西片町的时候也曾听到过女佣和乳母的对话："无论如何，小老婆当不得！"不过那是世上一般小老婆的情形，我觉得我们的情况会有所不同。对您来说，最最要紧的，我认为是您的创作，如果您喜欢我，两个人恩爱相处对您的创作也会带来益处，您说是吗？这样一来，您夫人对我们的关系也会给予理解的。这听上去似乎有点牵强，可是我认为我的想法没有什么不对。

问题仅仅在于您的回复：喜欢我，还是讨厌我，或者两者都谈不上。我害怕听到您的回复，但我又不能不问个明白。上次那封信中我写道：一个送上门的情人。在这封信里又写道：一个送上门的中年女人。可是现在仔细一想，没有您的回复，我即使想送上门也没法送，只能一个人无所事事，一个人独自憔悴。我无论如何也得盼到您的一声回复啊！

此刻忽然想到，您的小说往往描写那些相当大胆的恋爱冒险故事，因而被世人看作是个坏蛋，其实您是个理智而具有常识的人。而我不懂得什么叫理智，只要能够得到自己追求的幸福，这样的生活我就很满足了。我希望为您生一个孩子，其他人的孩子我无论如何都不愿意为他生，因此我才同您商量。如果您想明白了，就请给我回信，将您的想法明确地告诉我吧。

雨已经停歇，风吹起来了。现在是下午三点。我要出去领配给的一级酒（六合[1]）了，我把两个朗姆酒瓶放进袋子，胸袋里揣着这封信，再过十分钟左右我就到坡下的村子里。这酒不打算给弟弟喝，我想自己喝，每天晚上用玻璃杯喝一杯。其实日本酒应该是用玻璃杯来喝的，对不对？

您不想来一起喝两杯吗？

此致

M·C先生

今天又下雨了。此刻，外面正飘着几乎看不见的蒙蒙细雨。我每天大门不出二门不迈，窝在家里只为等您的回音，可直到今天仍没有收到您的来信。不知道您究竟怎么想的？是不是我上一封信里不应该提那位大师的事情？您会不会以为我是故意写那件事，想激起您的竞争心？可是那件事情已经过去了，就在刚才我和母亲还说到那件事，两人都觉得好笑呢。母亲前些时候因为舌尖痛，听了直治的建议做美学疗法，现在不痛了，最近这阵子精神很好。

1　日本的容积单位，1合约为180毫升。

刚才我站在檐廊上，一面望着蒙蒙细雨打着卷儿被风吹去，一面在暗自揣度您的心情。

“牛奶煮好了，来喝吧。”母亲在餐厅那边叫我，“天气冷，所以我稍稍煮得烫了一些。”

我们坐在餐厅，一面喝着冒热气的牛奶，一面谈论起前些天那位大师的事情。

“他和我一点也不相配是吧？”

“是呀，不相配。”母亲漫不经心地答道。

“我这个人既任性，也不是说不喜欢艺术家，再说那个人好像收入很多，我也觉得同那样的人结婚有什么不好呢，谁知道就是不行啊！”

母亲笑了，对我道：“和子你也真是的。明明不行，可上次你跟他还高高兴兴地说了好半天，我真弄不明白你是怎么想的。”

“可是，很有趣呀，我还想跟他多谈谈呢。我不够稳重是吧？”

“不，是不够果断，和子你这个人不够果断。”

今天母亲的精神非常好。

母亲又看着我昨天第一次梳的上拢式发型，说：“头发少的人梳这种向上梳拢的发式好看。你梳这个太夸张了，简直像戴了一顶小金冠呢，只能说是个失败。”

“真叫人失望。妈妈，我记得您不是说过我的脖子又白又漂亮，所以最好要将脖子露出来吗？”

“你只记得这些事。”

“哪怕只是被人小小地称赞，一辈子也忘不了，记在心里会让人高兴啊。”

“上次那个人大概也称赞过你什么吧？”

“是啊，所以我才不果断嘛。他说他跟我在一起就会有灵感……噢，真叫人受不了。我不是说讨厌艺术家，但像他那样摆出一副好像自己很优秀的样子，我实在是不敢恭维。”

“直治的老师是个什么样的人？”

我暗暗打了个寒战。

“……我也不太了解，反正是直治的老师嘛，好像是个臭名远扬的坏蛋。”

“臭名远扬？”母亲流露出愉快的眼神喃喃地说，“这个词有意思。臭名远扬反而可靠，这不更好吗？就像脖子上挂着铃铛的小猫一样让人觉得可爱，没有臭名的坏人才可怕哩。”

“是吗？”

我高兴得不得了，感觉整个身子一下子变得轻飘飘的，好像一缕轻烟腾上天空一样。您能理解我为什么高兴吗？如果您不能理解的话……我可要揍您了。

您想来我们家坐坐吗？如果我跟直治说让他带您过来好像有点不自然，所以您就假装喝多了酒，乘兴而来吧。由直治陪着来也可以，不过最好还是您一个人来，而且趁直治上东京不在家的时候来。因为如果直治在家，他一定会缠住您，拉着您去阿咲那里喝烧酒，什么机会也没有了。我家祖上世世代代喜欢艺术家，从前有个叫光琳[1]的画家就曾经在京都我们家住过很长时间，还在纸拉门上留下了漂亮的画作。因此我想，您来访，我母亲一定会高兴的。您大概会被安排睡在二楼的西式房间，夜里请别忘记把电灯关掉。我一只手举着小蜡烛，顺着黑暗的楼梯上去……可以吗？也许太早了吧。

我喜欢坏蛋，而且喜欢臭名远扬的坏蛋。我也想做一个臭名远扬的坏蛋呢。除此之外，我觉得自己似乎已经没有别的生存方式。您大概是全日本天字第一号臭名远扬的坏蛋吧？最近好像又有很多人仇恨您攻击您，说您卑劣，说您肮脏什么的，可是我听了弟弟这样说反而更加爱慕您。像您这样的人，一定有各式各样的异性朋友，但不久您会渐渐地只喜欢我一个，不知为什么，我情不自禁总会这样想。您跟我生活在一起，每天都能愉快地进行创作。从小，人们就常常夸我说："和你在一起简直就不知道辛苦了。"一直到现在，我也没有被任何人讨厌过，大家都说我是个好女孩。因此，我觉得您也绝对没有理由讨厌我。

我只要见上您一面就行。现在已经不需要回信，什么也不必要了。真想见到您。我到东京您的府上去，这或许是最简单的见面办法，可是我母亲像个半病人，而我则是她片刻也无法离开的护士兼女佣人，所以无论如何我都没办法去。我请求您，请您来这里吧，我只希望和您见上一面，见面之后一切都会明白的。请您看一看

1 尾形光琳（1658—1716），日本江户中期的画家、工艺家。

我嘴角两旁出现的细纹吧，请看一看这些世纪之悲的皱纹吧，不管我用什么样的话语，我的面容都能更加明白无误地将我心中的思绪告诉给您。

我在第一封信里曾经提到过我心中飘过的彩虹，这道彩虹并不像萤光或者星光那样高尚和美丽，假如是那样淡淡而幽远的话，我就不会这样痛苦，甚至能够逐渐将您忘掉了。我心中的彩虹是一座火焰之桥，我的思念几乎要将我的心都烧焦了。一个沉湎于麻醉药的吸毒者断了药而拼命寻求药品时的感受，恐怕也不至于如此煎熬吧？我没有错，我不是一个邪恶者——尽管这样想，但有时候我还是会害怕得直哆嗦，感觉自己好像要去做一件大蠢事。我时常自我反省，自己是不是疯了？然而我也会冷静地去计划事情。说句实在的，您还是到这儿来一趟吧，什么时候来都可以。我哪儿也不去，始终等候着您。请相信我。

再见一面吧，到那时您要是不愿意，就明明白白地告诉我好了。我心中的火焰是您给点燃的，所以也请您来熄灭，凭我一己之力是无法熄灭的。总之见上一面吧，见上一面我就有救了。要是在《万叶集》或《源氏物语》的时代，我所说的这种事情一点也不成为问题。我的愿望仅仅是，做您的爱妾，做您孩子的母亲。

假如有人嘲笑这样的信，他就是在嘲笑一个努力想活下去的女人，就是在嘲笑女人的生命。我不能忍受港口内淤滞的令人窒息的空气，即使港口外是暴风雨，我也要扬帆起航。那些偃憩着的帆无一例外都沾满垢污。

那些嘲笑我的人一定是偃憩的帆，他们注定一事无成。

真是个叫人受不了的女人。其实在这个问题上，最痛苦的是我。而那些毫无痛苦感受的旁观者，一面卑鄙地无精打采地偃憩他们的帆，一面却就这问题进行所谓的批判，真是荒谬至极。我不希望别人随随便便地指责我是何种思想，我没有思想，我从来不秉持思想或哲学什么的而行动。

我知道，凡世间视为优秀的、受世间尊敬的都是些说谎者，都是伪君子，我不相信世间，只有那些臭名远扬的坏蛋才是我的同道，臭名远扬的坏蛋。即使我被钉死于十字架上也在所不惜，即使受万人责难，我依然可以为自己辩护：你们不正是没有臭名远扬，然而却更加危险的坏蛋吗？！

您能理解吗？

恋爱不需要理由。好像说了太多的诡辩似的大道理，但我又觉得这不过是在学舌模仿弟弟说话罢了。我只是期待着您能来我这儿，希望再次见到您，仅此而已。

等待。啊，人生有喜、怒、哀、乐各种各样的感情，但这些不过只占了人生的百分之一，而其余百分之九十九的人生，难道不就是在等待中度过的吗？我怀着望眼欲穿、几欲心碎的期盼时时刻刻等候着走廊上传来幸福的脚步声，却一次次地落空。人生真是凄惨呀。面对如此人生，所有人都会想我若没有活在这世上就好了，然而，每个人却又每天从早到晚都虚玄空幻地在期盼着什么。这太可悲了。活在这世上真好——啊，我正努力使自己能够如此欣愉地坦然面对生命、人生和这世间。

阻碍人生的道德，难道就不能冲破它吗？

此致

M · C（不是My Chekhov的缩写，我没有恋上作家。My Child）

五

这个夏天，我给某位男士写了三封信，可都杳无回音。我可是穷思苦想，感到已经别无其他生路了，才将心中的情愫写在三封信里，怀着从天涯海角之巅纵身跃向万顷怒涛般的心情，将信寄出去，谁知左等右盼，却始终不见返信。我拐弯抹角地向弟弟直治打听那个人的近况，说是那个人并无半点异样，仍旧每晚到处游逛喝酒，越发执着于写那些大胆悖德的作品，以至为世人嘲笑，为世人憎恶。他还劝说直治投身出版业，而直治似乎也兴致很高，跃跃欲试，除了那个人另外还请了两三个人做顾问，好像还有人愿意投资加入。听了直治的话，我只觉得似乎我的气息丝毫也没有渗入自己所恋慕的那个人周遭的氛围中，心情不只是羞臊，更可以说是一种从未咀味过的凄怆，这人世仿佛与我所想象的人世完全不同，是一个不可言喻的奇怪世界，我似乎被人孤零零地弃之旷野，任凭我呐喊呼叫，四下却听不见任何回应。这就是所谓的失恋？深秋的旷野黄昏将近，想到这样孑然伫立在旷野，日落天暮，寒冷的夜露噤冻难挨，唯有死路一条，我忍不住伤心恸哭，却哭不出眼泪，双肩和胸口剧烈地颤动，难过得几乎气都喘不过来。

事情既然到了这般地步，我唯有不顾一切前往东京拜访上原先生，船帆既已张起，就没有理由再停在原地逡巡，只有出港，直驶我应该前往的目的地。——可就在我开始悄悄做上东京的准备时，母亲的身体却又出现了状况。

母亲咳嗽了一整夜，而且咳得非常厉害，我给她量了量体温，三十九摄氏度。

“大概是因为今天着凉了吧，明天一定会好的。”

母亲一面咳嗽一面轻声说道。可我总觉得这不像是普通的咳嗽，心里打定主意，无论如何明天得找坡下村子里的医生来看看。

第二天早晨，体温退到三十七摄氏度，咳嗽基本上停了，不过我还是去到村子里，告诉医生，母亲近段时间身体越来越虚弱，昨晚又发烧，咳嗽与普通感冒引起的咳嗽似乎也不太一样，请医生前去诊察一下。

医生说：“我过一会儿就去。哦，这是别人送的礼物……”说着，他从客厅一角的橱柜里拿了三个梨送给我。正午刚过，医生身着白地碎花的单层和服，外面罩件夏季薄褂子来了，跟上次一样，他又是听诊又是叩诊，仔仔细细诊察了好一会儿，然后转过身来正对着我说道：

“请不必担心，吃了药就会好的。”

我忽然感觉得医生的话有些滑稽，放心不下，于是忍住笑问道：

“需不需要打两针？”

医生听了一本正经地答道：

“没有这个必要吧？就是感冒嘛，所以安静地休息一阵子，病体很快就会安愈的。”

然而母亲的发烧过了一个星期都未见退去。咳嗽倒是停了，但早晨总有七分热度，到了晚上则上升到九分。医生第二天起好像是因为拉肚子什么的休息了，去取药时我将母亲不乐观的病情告诉护士，想请她转告医生，但回答却是：“只是普通的感冒，请不必担心。”结果给了我一些治感冒的冲剂和散剂。

直治照旧老是往东京跑，已经十天没回家了，我一个人实在担心，于是给和田舅舅寄去张明信片，告诉了他母亲生病之事。

发烧后第十天，村子里的医生总算康复了，又来到家里为母亲诊疗。

他神情非常专注地一面在母亲胸口进行叩诊，一面自言自语道：“明白了。明白了。”

接着，他站到我面前对我说：

“找到发烧的原因了，是因为左肺部出现浸润引起的。不过不必担心，热度可能还会持续一段时间，但只要安静休息一阵就行了，没什么可担心的。”

真的吗？我心中既带着一丝怀疑，又像落水者抓到一根救命稻草似的，医生的诊断终于让我稍微宽了点心。

医生回去之后，我望着母亲安慰道：

“好了，妈妈，就是肺部有一点点浸润而已，大多数人都有的。只要人精神坚强，它自己就会好起来的呢。这都是因为今年夏天气候不好造成的，我讨厌夏天，夏天的花也讨厌。”

母亲眼睛也不睁开，笑了：“都说喜欢夏天的人就会在夏天死去，我以为自己今年夏天大概就要死了，可是直治回来了，所以我才会撑到秋天呢。”

这样的直治，居然还是母亲活下去的唯一的精神支柱。想到此，我心里真是说不出地难受。

“对了，夏天已经过去了，就是说妈妈已经度过了危险期。妈妈，庭院里的胡枝子开花了呢，还有，黄花龙牙、吾木香、桔梗花、黄背草、芒花，整个庭院开满了秋天的花草，等到十月，热度一定就会完全退掉了！”

我在心里暗暗祈祷：这九月闷热的残暑赶快过去吧，等到菊花绽放，和煦的小阳春天气连日不断的时候，母亲一定会退烧，身体彻底康复，而我就可以同那个人相见，我的人生计划或许也会像大朵的菊花一样绚丽盛开。啊，赶快进入十月吧，母亲的体温赶快退下来吧。

给和田舅舅寄去明信片后一个星期，在和田舅舅的安排下，以前曾担任过宫内侍医的三宅老先生带着一名护士，特意从东京赶来为母亲诊察。

老先生与去世的父亲之前也有交往，所以母亲见到他显得非常高兴。老先生向来不爱讲究烦琐的礼节，说话也浅白直爽，而这似乎恰好正合母亲的心意。那天诊察，两人将看病的事情撇在一旁，倒是兴致勃勃地唠起了家常，聊得十分乐和。我在厨房做了布丁，端到客厅时，诊察正好结束，老先生将听诊器很随意地搭在肩上，好像挂着串项链似的，他在门外走廊的藤椅上坐下，慢悠悠地话起家常来：

“我也是啊，到了路边的小摊就站着吃乌冬面，管他什么好吃不好吃哩。”

母亲两眼望着房顶，神情沉静地听着。哦，不要紧，我松了口气。

“村子里的医生说，妈妈左肺部有点浸润，您觉得怎么样？”

我提起精神，向老先生打听起病情来。三宅老先生若无其事地轻声道：“没什么，不要紧的。”

“啊，太好了！妈妈！”我由衷地绽放出笑容，对母亲说道，“医生说不要紧的。”

这时，三宅老先生蓦地从藤椅子上起身，往中式起居室走去，好像有什么话要对我说，于是我轻手轻脚地跟在他后面走出去。

老先生走到中式起居室的壁挂旁停住了脚步，转过身来对我说：“有哧拉哧拉的肺音哪！”

“不是浸润吗？”

“不是！”

“会不会是支气管黏膜炎？”我眼眶里噙着泪花问道。

“不是！”

是结核！我实在不敢朝这上面想。假如只是肺浸润或支气管黏膜炎，我一定能凭我的力量让母亲治愈，可若是结核病，也许我就无能为力了。——我这样想着，不禁感到双腿发软。

“声音……很糟糕？哧拉哧拉的？”由于紧张不安，我忍不住抽抽搭搭地啜泣起来。

“是啊，左右两侧都是。”

“可是……母亲很健康呢，就说吃饭，她老是觉得饭香，所以……”

“没办法。”

“是真的。医生，是不是多吃黄油、鸡蛋、牛奶，情况会有所好转？体内抵抗力增强了，体温会降下来的？”

“嗯，不管什么，要多吃点。”

“对不对？还有番茄，差不多每天要吃五个呢。”

“哦，多吃番茄好。”

“那就是……不要紧的吧？会好的是吗？”

“不过，你母亲这次的病说不定会要了她的性命呢，最好还是做好这个准备。”

此刻，我有生以来第一次真切地感到，在这个世上，有太多人力所不及、只能徒叹奈何的绝望之壁。

“两年？还是三年？”我浑身战栗着低声问。

“不清楚。总之，已经毫无办法了……”

三宅老先生当天预约好了前往伊豆的长冈温泉，因此他和护士一起告辞而去了。我送他们到门外，然后脑子里一片空白地回到客厅，坐在母亲的枕头旁，若无其事地对着她笑了。

母亲问我：“先生怎么说啊？”

“体温降下来就没事了。”

“胸部呢？”

“好像也没什么要紧的，啊，准是跟以往生病时的情况一样。眼看天气就要凉快下来了，慢慢您就会转好的。”

我竭力让自己相信自己说的谎话，而“要命”之类可怕的话，最好忘记它。对我来说，母亲撇下我而去，就等于我的肉体也一起随之消失，我无论如何也不愿相信这会是真的。从今往后，把这一切统统忘掉，多张罗些好吃的东西让母亲吃，鱼、浓汤、罐头、猪肝、肉汤、番茄、鸡蛋、牛奶、清汤……要是有豆腐就好了，放豆腐的酱汤、白米饭、年糕……只要好吃的都行，我可以将我所有的东西都变卖掉，让母亲吃个痛快。

我站起来走到起居室，将起居室的躺椅搬到檐廊旁边看得见母亲的地方坐下来。母亲已经躺下休息，从她身上根本看不出病人的样子，两眼美丽而清澈，面色也充满生气，每天作息非常有规律，早晨起床后到卫生间洗漱，然后在浴室旁的三席小间里自己梳理头发，浑身上下收拾得干净利落，回到房间，坐在榻榻米上吃早饭，接下来的时间便或坐起来或躺下休息，上午基本上看看报纸、读读书，只有到下午才开始发烧。

“啊，妈妈身体健康着呢，一定不会要紧的。”

我心中暗暗在使劲否定三宅老先生的诊断结果。

只要进入十月，菊花开始绽放……想着想着，我迷迷糊糊地打起了瞌睡。前面是一大片森林，我徜徉在林中的湖畔。哦，又到这儿来了，眼前这熟悉的景色，虽然现实生活中从不曾见过，但是却常常出现在睡梦中。我和一位身穿和服的男青年悄无足音地走着。整个视野中弥漫着一层绿色的薄雾，一座白色的精巧漂亮的小桥沉在湖底。

“啊，桥沉到湖底了，今天哪儿也去不成了，就在这旅店里借宿吧，应该还有空房间。”

湖边有座石造的旅店，墙体的石块全都被绿色的薄雾漫浸得湿津津的。石门上镂刻着纤细的金色文字：HOTEL SWITZERLAND。我正辨读着，忽然想起了母亲，心中不禁生疑：妈妈她怎么样了？妈妈在这座旅店里吗？和青年一同穿过石门，来到前院。雾气弥漫的院子里，盛开着像是紫阳花[1]的大朵红花，绽放得跟团火一样。

1　又名绣球花、八仙花，初夏开花。

记得小时候，看到红色紫阳花的花瓣散落满地，仿佛铺了一床碎花被子似的，便伤心得不得了。原来真有红色的紫阳花啊。

“冷吗？”青年问道。

“哎，有一点冷。雾气把耳朵都弄湿了，耳朵后面有点冷呢。”我笑着回答，随即又问，“母亲怎么样了？”

青年显得很悲伤，露出慈爱怜悯的神情微微笑着回答：

“她在墓里面呢！”

“啊？！”

我低声叫起来。原来是这样，母亲已经不在了？母亲的葬礼也早就举行过了？啊，母亲已经去世了！——我这才猛然意识到，顿时感到一阵说不出凄怆，浑身战栗不止，随即睁开了眼睛。

阳台上，已经暮色笼罩，而且下着雨。四周弥漫着一种绿色的冷寂凄凉之感，就像梦里一样。

“妈妈！”我叫了声。

母亲用平静的声音答道：“怎么啦？”

我一阵高兴，腾地一下子跳起来，奔到母亲床边，说道：“我刚才睡着了。”

“是吗？我还在想，你在做什么呢。你的午睡真长啊。”

母亲笑了，似乎感到很有趣似的。

母亲健康地活着，而且依旧是这样优雅。这让我高兴万分，眼眶里竟情不自禁地噙满了泪水。

“晚饭做什么菜？您想吃什么？”我用欢快的声音问道。

“不用了，我什么也不想吃。今天体温好像升到九分五了。”

我骤然沮丧得几乎说不出话来，茫然地望着昏暗的屋子，心中忽然想到了死。

“怎么回事啊？怎么会升到九分五呢？”

“也没什么啦。只不过发烧之前那会儿够难受的，头有点痛，浑身觉得冷，然后体温才上去。”

窗外天色已经暗下来，雨也停歇了，不过却刮起了风。我打开灯，正想去厨房，母亲叫住了我：

“灯晃眼睛，不要开灯。”

“您不是不喜欢在黑黢黢的地方睡觉吗？”我停住脚步，回身问道。

“我闭上眼睛睡，所以开不开都一样，一点也不会觉得空寂。倒是开着灯会晃眼睛，我有点讨厌。不管我睡着没睡着，屋子里的灯都不要开。”

我似乎有种不祥的感觉。我关了灯，来到隔壁房间，打开台灯，心里觉得说不出地难过。于是快步走到餐厅，打开罐子，将鲑鱼盛在冷饭上，独自吃起来，一面吃一面止不住眼泪扑簌簌地往下落。

到了夜里，风刮得更猛了，九点左右，雨又噼里啪啦下起来，变成一场暴风雨，檐廊外侧两三天前卷上去的帘子发出啪嗒啪嗒的声响。我坐在客厅隔壁的房间，怀着一种莫名的激动不安的心情，读着卢森堡的《经济学入门》。这是我前几天从直治的房间里拿来的，当时还随手拿了《列宁选集》和考茨基的《社会革命》两本书，将它们一同放在我房间的桌子上。母亲早晨洗完脸回房间时从桌子旁经过，目光停留在这三本书上，她一一拿在手上看了看，然后发出一声叹息，又轻轻将它们放回桌子上，用略带失望的神情瞥了我一眼，那神情虽然充满了深深的悲哀，但绝没有半点抗拒或者厌恶。母亲平时看的书，大抵是雨果、仲马父子、缪塞、都德等人的作品，我知道，这类优美而浪漫的作品中也含蕴着一股革命的气息，而像母亲这样拥有修养天资（这样说或许有些奇怪）的人却往往大出意料，能够以一种顺理成章的心态去接受革命。

读卢森堡的书，也许给人以装腔作势之感，然而读着读着，我不由自主地被激发起浓厚的兴趣。书的内容是关于经济的，但是，假使把它当作经济学来读便会枯燥无味，事实上，书中所讲的全都是既简单又易懂的内容。哦不，也可能是因为我对经济学一窍不通的缘故吧，总之，对我来说毫不生动有趣。人的本性都是吝啬的，并且永远不会改变，假使缺了这个前提，整个经济学理论都将不成立，而对于一个不懂得吝啬的人，分配也好什么也好，对于他只是风马牛不相及的事情。尽管如此，这本书却有另一个地方让我饶有兴致，那就是作者毫不踌躇，不顾一切地将旧思想彻底摧毁的勇气，我大脑中清晰地浮现出一个不在意如何有悖道德，一往情深奔向她所爱的人身边去的妻子的身影。破坏思想。破坏本是可惜可悲的事情，也是极为美好的事情。破坏、重生、完善……多么美好的梦想，即使一旦破坏的东西永远不可能再重生和完善，但只因为追随心中的爱恋，也必须将它彻底破坏、摧毁。必须革命。罗莎·卢森堡笃挚地深深恋着马克思主义。

记得十二年前的冬天。

“你就像《更级日记》[1]中的少女，跟你说什么都没用。”

好友这样说罢，撇下我抽身离去。

当时，我将她借我的列宁的书看也没看便还给了她。

1　日本平安中期的日记，菅原孝标女著，作者以对宫廷生活的憧憬和悔恨为中心，回顾自己的一生，最后以阿弥陀佛自慰，达到净土之心境。

“看完了？”

“对不起，没看。”

我们正站在一座看得见尼古拉堂[1]的桥上。

“没有看？为什么？”

那位好友身材高挑，比我大概还高一寸，外语非常棒，戴顶红色的贝雷帽特别衬得出她的气质，容貌端淑秀美，大家都称赞她像蒙娜丽莎。

“我不喜欢封面的颜色。”

“你真怪！不是真的吧？其实你是觉得我可怕对吗？”

“没有啊。真的是封面的颜色叫我受不了。”

“是吗？”

她悻悻地说道，然后便说我像《更级日记》中的少女，对我说什么也没用之类的。

我们俯首望着下面的冬河，许久没有说话。

“祝你如意！若永别，则谨祝你永远如意！拜伦。”

她忽然开口道，又用原文将拜伦的诗句流利地朗诵了一遍，然后轻轻拥抱住我。

我心中感到一阵愧疚，低声对她说了句：“对不起！”便甩开步朝御茶水车站方向走去，途中回头看了一眼，她依旧伫立在桥上，一动不动，直直地望着我的身影。

和她从此就再也没有相见。因为她虽然和我跟同一个外国老师学外语，却不在同一所学校读书。

自那以后，十二年过去了，我仍旧是《更级日记》中的少

1　位于千代田区神田骏河台的东正教教堂。

女，没有半点进步。这段岁月中，我究竟做过些什么呢？既没有憧憬过革命，也不懂得爱。以前，这个社会竭力向我们灌输，说革命和恋爱是世上最愚蠢、最可怕的东西，战争前也好，战争中也好，我们一直笃信这样的教导，然而战败之后我们对这个成年人的社会丧失了信任，慢慢体会出一个道理，那就是凡事只有照着他们所说的反着去做，才可能有真正找到自己的人生之路。我甚至觉得，革命和恋爱这两者其实是世上最美好、最幸福的事情，一定是因为它太美好了，成年人才别有居心地故意将它说成是青涩的酸葡萄，为的是欺骗我们。我愿意相信：人正是为了恋爱和革命才来到世上的。

隔扇被轻轻地拉开，母亲笑盈盈地探头进来：

“还没睡哪。不困吗？”

我看了眼桌上的座钟，时间是午夜十二点。

“嗯，一点也不困。在读社会主义的书，越读越兴奋呢。”

“是吗。有酒吗？这种时候，喝点酒然后躺下，准能睡个好觉哪。”母亲用稍带揶揄的口吻打趣道。

她的态度好似个颓废的艺术家，却与之有着极其微妙的差别，反倒别有一种妩媚。

总算进入十月，可是天候并没有一转而现秋日的晴空万里，却老像黄梅天似的，整日闷湿闷湿的，叫人不舒服。母亲依旧是每天到傍晚时分便开始发烧，体温总在三十八九摄氏度之间。

一天早晨，我发现了一件可怕的事情：母亲的手肿胀起来了。

曾经说过早饭是最美味的母亲，近来早饭都是坐在榻榻米上吃，基本只喝一小碗粥，而且不愿碰口味重的东西，因此这天我特意用松茸做了碗清汤，但母亲似乎连松茸的香味也受不了，刚端至嘴边又轻轻放回到托盘上。就在这时候，我忽然看到母亲的右手，不由得吃了一惊，右手肿得圆滚滚的。

“妈妈！你的手……不要紧吧？”

面孔看上去好像也略显惨白，微微有点浮肿。

“不要紧，就这点嘛，一点也不要紧的！”

“什么时候开始肿起来的？”

母亲没有回答，脸上的表情好像被光线晃得很难受似的。我差一点失声哭出来。这手哪是母亲的手啊？这是别处老太婆的手，母亲的手比它纤小秀气多了。我所熟悉的手，是那样柔嫩，那样可爱，那双手难道会永远地消失吗？左手肿得还算好，可是也已经目不忍睹，我只好将视线移开，盯着壁龛上的花瓶。

眼看泪水将夺眶而出，实在控制不住，我于是腾地站起身往厨房走去。厨房里直治正一个人在吃煮鸡蛋。他偶尔有时候也待在伊豆的家中，不过一到晚上，照例要跑到阿咲的店里去喝烧酒，早晨则是一副哭丧的脸，不吃饭，只吃四五只煮鸡蛋，然后便回到二楼自己的房间，倒头躺下。

“妈妈的手肿了……”我对直治说道，随后便低下头，再也说不出话来。低着头，双肩抖动，我终于忍不住哭起来。

直治一声不响。

我抬起头，两手抓住桌子的角说道：“不行了。你没有注意到？肿成那个样子，看样子不行了！”

直治阴沉着脸：“该是快了吧。唉，这下子真麻烦！”

“我……还想着再让她好起来呢，无论如何，想让她好起来……”

我一面用右手绞着左手一面说。这时，直治突然抽抽搭搭哭了起来。

“怎么就好事一点也轮不到我们？为什么我们什么好事情都碰不到？”他说着，用拳头使劲地揉着眼睛。

这天，直治上东京去向和田舅舅报告母亲的情形，顺便听候舅舅关于今后的吩咐，我则只要不守在母亲身旁，几乎从早到晚都在哭个不停。早晨穿过晨雾去取牛奶的时候，对着镜子抚弄头发的时候，涂抹口红的时候……我一直在哭。和母亲在一起度过的幸福时光，这件那件的琐碎小事，全都像画面一样浮现在眼前，令我怎么也控制不住眼泪。傍晚，等天色暗下来后，我走到中式起居室外的阳台上，尽情地啜泣一场。秋日的夜空，星星在闪烁，不知从什么地方跑来的一只猫蜷在脚边，一动也不动。

第二天，母亲的手肿得比昨天更加厉害，早饭什么都没吃。端了橘子汁给她，她也说嘴唇干，有点刺痛，所以不想喝。

“妈妈，像直治说的把口罩再戴上怎么样啊？”

本想嬉笑着故作轻松开句玩笑，谁知道一张口心中顿觉难受，竟哇的一声哭了出来。

“每天忙这忙那的，一定累了吧？去请个护士吧！”母亲平静地说。

我知道母亲不在意自己的身体，却先顾着疼惜我，可是这样反让我心里更加不是滋味，我急忙起身，快步跑到浴室旁的小房间里，放声大哭。

正午刚过，直治领着三宅医生还有两个护士回来了。

一直谈笑风生的老先生此时的举止也似乎显得有些不高兴，他蹬蹬蹬地大步跨进母亲房间，立即开始了诊察。隔了一会儿，像是自言自语地说道：“身体变得很弱呀！”

他低声说罢，又给母亲注射了一针樟脑液。

“先生住宿何处？”

母亲用梦呓一般的声音说道。

“还是住长冈，已经预约好了，请您不必操心。您是病人，就不用多操心别人的事情啦，得多吃点东西啊，想吃什么就尽管吃，多吸收营养，身体才会康复呀。我明天还会再过来的，留下一名护士在这儿，有什么您就只管使唤好啦。”

老先生向病床上的母亲大声说道，随后对直治使了个眼色，站起身来。

直治一个人将老先生和陪同的护士送走之后返回来，我一看他的神色，有一副想哭却又竭力克制的面孔。

我们轻轻走出母亲的房间，来到餐厅。

“是不行了吗？是不是？”

“真是麻烦！”直治咧开嘴，露出一丝笑意，“好像身体一下子变得非常衰弱，医生说今明两天里也说不定哪！”

说着说着，直治的眼泪淌了下来。

“那要不要给方方面面的亲友发电报？”此时我倒反而镇定下来。

“这个我跟和田舅舅也商量过了，舅舅说我们现在不可能邀请那么多人来，即使来了家里这么挤，反倒显得失礼，附近也没有像样的旅店，至于长冈温泉我们连两三个房间也订不下来。换句话说，我们现在已经是清贫人家了，邀请有头有脸的人来，我们没有那个能力了。我想舅舅应该很快就会过来，不过那家伙向来就是个吝啬鬼，根本指望不上。就说昨晚吧，妈妈的病他根本不放在心上，倒是狠狠地把我教训了一通。睁着眼睛硬是听一个吝啬鬼来教训自己，古今东西可是从无先例！妈妈和他，怎么就一个天上一个地下呢，姐姐你和我一样，对舅舅早就讨厌了吧！”

“可是，我就不说了，你以后还是得依靠舅舅呀……”

“绝不！那样的话我还不如去当乞丐呢。倒是姐姐，以后只好仰仗舅舅了。”

“我……”眼泪情不自禁落了下来，“我有去的地方。”

“结婚？已经定了吗？”

“不是。”

“那是独立生活喽？做个劳动妇女？算了吧，算了吧！”

“也不是。我……想当个革命家。”

“啊？！”

直治用奇怪的表情看着我。

这时候，三宅医生带来的护士进来叫我：“夫人好像有什么话要吩咐。”

我急忙赶到母亲的房间，坐在被褥旁，把脸凑近母亲轻声问道：“什么事？”

母亲似乎有话对我说，却闭口一语不发。

“喝水吗？”我又问。

母亲轻轻摇了摇头。好像也不是想喝水。

停了一会儿，她才小声说道：“我做了个梦。”

“是吗？是什么梦？”

“蛇的梦。”

我吓了一跳。

“檐廊外面的脱鞋石板上，是不是有条红色花纹的雌蛇？你去看看。”

我浑身寒毛倒竖、战战兢兢地站起身，来到檐廊上，隔着玻璃窗朝外看去，只见在脱鞋石板上，一条蛇在阳光照射下，舒服地抻长了身子。我顿时一阵头晕目眩。

我认得你。你看上去比那时候长大了一些，老了一些，但是我认得你，你就是被我烧掉蛇蛋的那条雌蛇吧。你复仇的心思，我明白了，你快走开吧！赶快离开这儿吧！

我心里默默念叨着，盯住那条蛇，可它却怎么也不肯动弹。不知为什么，我不想让护士看见蛇，于是重重地跺了跺脚，故意用很响的声音叫道：“没有啊，妈妈！做梦嘛，不准的呀。”然后往脱鞋石板那边偷眼瞧了下，蛇终于挪动身子，慢吞吞地爬下石板，游走了。

完了。彻底完了。当我看见那蛇的一瞬间，心底终于涌起一丝绝望。父亲去世的时候，他枕头旁边也出现过一条小黑蛇，并且庭院的所有树上都爬满了蛇，这是我亲眼看见的。

母亲似乎连从床上坐起来的气力也没有了，整天昏昏欲睡，翻个身什么的全得靠护士帮助，而且几乎不吃不喝。看到蛇，我心里反倒平静了，仿佛所有的悲伤彻底一泄而空似的，转而变成一种近似幸福感的安恬，剩下的时间尽量在母亲身旁，哪怕多待一刻也好啊。

第二天起，我便紧挨着母亲的枕头坐下，打起毛线来。我打毛线也好钩织东西也好，比别人手脚都快，不过打织出来的东西却很差劲，母亲就一针一针手把手地教我。那天，我虽然无心打毛线，但还是装模作样地拿出毛线盒子，专心一意地打起了毛线。

母亲盯着我的手看了一会儿，忽然说道："是打绒线袜子吧？要是那样，还得再加八针，不然穿上会紧的。"

小时候，无论母亲怎么教我，我毛线总是打不好，于是就会像此刻一样不知怎么样才好，但此刻除了难为情，还感到一种深深的眷念：啊，从此往后，母亲再也不可能像今天一样教我打毛线了！想到这里，眼眶里噙满了泪水，针脚也看不清了。

母亲躺在床上，似乎一点也不感觉痛苦，从早晨到现在，没吃过一点东西，只是不时用纱布蘸上茶水沾一沾嘴唇。然而，母亲仍然意识非常清醒，时不时地和我说几句话。

"报纸上登了天皇陛下的照片，再让我看看。"

我拿来报纸，将刊登照片的地方凑到她眼前。

"老了。"

"没有啊，是照片拍得不好。前几天的照片看上去就非常年轻呢，精神也好得不得了。现如今，是不是应该高兴才是啊？"

"为什么？"

"这不，陛下如今也解放了嘛。"

母亲凄惨地笑了，隔了一会儿说：

"想哭，也哭不出眼泪啦。"

我蓦地想到，此时此刻的母亲大概很幸福吧。所谓的幸福感，就像沉于悲伤的河底、闪着幽微的光的砂金一样吧，当悲伤到了极点，就会生起一种仿佛黑暗中现出微光的感觉，这或许就是幸福感。假使真的这样，那么，天皇陛下、母亲，还有我，如今确实算得上是幸福的。静谧的上午，温煦的阳光照洒着秋日的庭院。我停住手，眺望着远处齐至胸口的大海，对母亲说道：

“妈妈，我之前对人生一点也不懂呢……”

说到这里，本来还有更重要的话想说，可生怕坐在屋子一角正在做静脉注射准备的护士听见，感觉难为情，于是将后面的话咽了下去。

“之前……”母亲微微一笑，然后嗔怪道，“那么就是说，现在懂了？”

我莫名其妙地涨红了脸。

“人生，是弄不懂的。”母亲将脸转向另一边，低声说道，像是在自言自语。

“我是不懂，不过，没有人真正懂的吧？不管长多大，人总是像小孩子似的，什么也不懂啊。”

尽管如此，我必须生存下去。或许我仍像个小孩子，可是已不容我再任性撒娇了，从今往后，我必须在与这个世间抗争中生存下去。啊，能够像母亲一样与世无争、无怨无恨、美丽而凄惨地终其一生的人，大概母亲是最后一个，今后这世间再也不可能存在了。我忽然觉得，走向死亡是件美丽的事情，而生存，生存下去，却是极其丑恶、发散着血腥气的、肮脏的，我坐在榻榻米上想象腹中怀着小蛇的母蛇在土中挖洞穴的情景。然而，这世间却有件事情令我无法断念，无法割舍，可怜也好，卑鄙也罢，我必须生存下去，为了实现心中的追求，必须同这世间进行抗争。随着母亲的离去渐成定局，我心中的浪漫和伤感也渐次消逝，似乎正一点点变成一种连我自己都不敢掉以轻心的狡诈的生物。

这天午后，我正在母亲床边用纱布为她濡湿嘴唇，一辆汽车停在门口，和田舅舅开着车同舅母一起从东京赶来了。舅舅来到病室，往母亲枕旁一坐，默默不语，母亲则用一块手帕盖住脸的下半部，凝视着舅舅的面孔，哭泣起来。不过脸上虽是一副哭相，却没有眼泪，感觉就像一具人偶。

“直治呢？他在哪儿？”

过了好一会儿，母亲看着我问道。

我立即来到二楼，对正躺在西式大房间的沙发上翻看着新出版的杂志的直治说道：“妈妈叫你去呢！”

“唉，又要看那种悲恸场面哪！你们还真是能忍受啊。真是神经迟钝，薄情啊！像我，其实心里难过得不得了，但是身体虚弱，实在没气力守在妈妈身边哪！”

直治一面说一面穿起上衣，跟我一起走下二楼。

两人挨着在母亲枕旁坐下，母亲忽然从被褥里伸出手来，默默地指了指直治，又指指我，然后将脸转向舅舅，双手紧紧合掌。

舅舅使劲点头，说道：“我知道了！知道了！”

母亲这才安下心来，轻轻地闭上眼睛，将手缩回被褥里。

我哭了。直治也伏下脸，呜咽起来。

这时，三宅老先生从长冈赶到，立即给母亲注射了一针。母亲见到舅舅，似乎已没有什么遗憾了，对医生说道：

“先生，请快点让我解脱吧。”

老先生和舅舅互相对视了一眼，没有说话。两个人的眼睛里都闪着泪光。

我到厨房里煮了一锅和田舅舅喜欢吃的乌冬汤面，放上油炸豆腐和葱花，加上医生、直治和舅母，一共盛了四碗，端到起居室给他们，然后将舅舅带来的礼品——丸之内酒店自制的三明治拿给母亲看，并放在她枕头旁。

“好忙啊。”母亲小声说了句。

大家聚在起居室闲聊了一会儿，舅舅舅母因为有事，今天必须赶回东京，给了我一封慰问金，准备和三宅医生以及陪同的护士一同回去。老先生对留下的护士嘱咐了各种看护要点，说病人的意识仍清醒，心脏也不算特别衰竭，仅靠注射应该还能撑持四五天。嘱咐完，当天他们就乘汽车返回了东京。

送走他们，我回到起居室，母亲对我露出亲切的微笑，用轻得像耳语一般的声音说："真是忙坏了吧。"

她的脸上显得炯炯有神，不，不只是有神，看上去甚至有点容光焕发的样子。我暗想，大概是见到舅舅，心里特别高兴的缘故吧。

"不忙！"

我也喜不自禁地嫣然一笑。

谁知，这竟是母亲最后的遗言。

大约三个小时后，母亲去世了。秋日静谧的黄昏时分，护士为她最后诊了次脉，在只有直治和我两个亲人的凝视下，日本最后的贵妇人、美丽的母亲走了。

面色一点也没变。父亲去世的时候，面色很快就发生了变化，而母亲却丝毫没变，唯一的就是呼吸停止。停止了呼吸的母亲和平常也几乎没什么两样，很难觉察。脸上的浮肿从前一天起已经消退，双颊像蜡一样光滑，薄薄的双唇好像仍含着微笑，比活着的时候显得更加妩媚。我觉得此刻的母亲，就像圣殇中的圣母马利亚。

六

战斗开始了。

勿备金银铜于袋。途间勿囊，勿二衣，勿履，勿杖，盖工得其食，宜也。我遣尔似羊入狼中，故当智如蛇，驯如鸽。谨防若人，盖将付尔于公会，鞭尔于会堂。尔将为我故，见解至侯王前，为证于彼，及异邦人。付尔时，勿虑何以言，何所言，届时必赐尔以何言也。非尔自言，乃尔父之神，在尔衷言耳。且尔以我名见憾于众，唯终忍者得救也。此邑窘逐尔，则奔彼邑。我诚语汝，以色列诸邑，尔行未遍，而人子至矣。

杀身而不能杀魂者，勿惧之，宁惧能灭身及魂于地狱者。勿意我来施和平于世，我来非施和平，乃兴戎耳，盖我来，俾子疏其父，女疏其母，妇疏其姑。而仇敌即家人矣。爱父母逾于我者，不宜乎我也；爱子女逾于我者，不宜乎我也；不负其十架而从我者，亦不宜乎我也。得生命者，将丧之；为我而丧生命者，将得之。[1]

战斗。开始。

假使我为了爱，发誓坚守耶稣的圣训，耶稣会叱责我吗？我弄不明白，为什么恋是恶的，而爱是善的？在我看来，两者就是同一的呀。为了自己也懵懂不明的爱，为了恋，为了爱恋的悲楚，甘愿将自己的肉体和灵魂都消灭在地狱——啊，我真想大声疾呼，我正是这样的人！

在和田舅舅等人的安排下，为母亲在伊豆举行了私葬，正式殡葬则在东京进行。所有事情处理妥帖之后，直治和我继续生活在伊豆的这座山庄里，不知道为什么，两人之间变得十分别扭，每天即使照面相互也不怎么说话。直治说是要用作出版资金，将母亲的珠宝饰品全部拿走，在东京喝得一塌糊涂，然后就像生了大病似的脸色惨白、头重脚轻地回到山庄来，瘫卧在床上。

一天，直治带回来个好像舞蹈演员似的年轻女孩，他自己也似乎稍觉得不好意思，于是我立即抓住机会，乘隙说道：

“我今天想去东京，可以吗？好久没见，所以想上朋友那儿去玩玩，住个两晚或者三晚再回来。你留在这里看家，吃饭嘛，让她给你做好了。”

这正是所谓的“像蛇一样敏慧灵巧”，我将化妆品和面包之类塞进包里，丝毫看不出不自然，便起程上东京找那个人去了。

之前曾婉转地从直治那里打听到，从东京近郊的国营铁道荻窪车站北口出来，大约走二十分钟，就到那个人战后搬入的

1　这段文字引自《马太福音》第10章第9至39节，译文参照文理本。

新家了。

这天刮着猛烈的西北风。在荻窪站下车时，四周天色已经暗下来了。我在路上拦住行人，告知了那人的住址，打听怎么走法，然后在昏暗的街道上彷徨了将近一个小时。心中一阵不安，眼泪便落了下来，接着又绊到砂石路上的一块石头，把木屐带弄断了，我呆立在街道上不知道怎么办好，无意间发现右手一栋两间门面的狭长形房屋，其中一间的门牌在夜色中泛着白光，上面隐隐约约似乎写着“上原”字样。于是我一只脚踩着木屐，一只脚只穿着布袜走近那户人家的玄关，仔细端详，果然写的是“上原二郎”几个字，不过屋子里却没亮灯。

怎么办？我犹豫片刻，随即鼓起勇气，偎近细格子木门，身子仿佛就要扑倒上去似的。

“对不起！有人在家吗？”

我壮胆叫道，同时双手手指轻抚着门扉，低声咕嚅着：“上原先生……”

有人应答。不过，却是个女人的声音。

玄关门从里面打开了，一位瓜子脸、感觉有点旧式做派、比我大三四岁的女子走了出来，在黑暗中露着微笑。

“您是哪位呀？”

她的语气中只有问询，而没有丝毫的戒心和恶意。

“哦，那个……”

我不敢说出自己的名字。在她面前，我的爱恋似乎充满了说不出的愧疚。我惶惶不安、几乎是低声下气地问：

“先生……不在家吗？”

“是啊。”

她答道，又于心不忍似的看着我说，“不过，他去的地方恐怕……”

“很远吗？”

“不远，”她感觉有点滑稽似的用一只手遮住嘴，说道，“就在荻窪。您只要到车站前那家叫‘白石’的关东煮铺子一问，就知道他去哪里了。”

我高兴得几乎跳起来：“啊，是吗？”

“哎唷，您的木屐……”

在她盛情相邀下，我进得玄关，在入口的台阶板坐下，夫人送了我一根专门用于木屐带折断时临时修补的皮制简易木屐带，我将木屐整理了一下。这时，夫人手持蜡烛走过来，微笑着不紧不慢说道：

“真是不巧，两个电灯都坏了。如今电灯泡贵得要命，可又不经用，动不动就坏，他要是在家就让他去买新的了，可昨天晚上、前天晚上他都没回家，我们身上又没钱，只好连着三晚早早就睡觉了。”

她身后站着一个十二三岁、身材苗条的女孩，眼睛大大的，但看上去不是那种跟人比较亲的孩子。

敌人。我不想这样想，可是毫无疑问，眼前这位夫人和她的孩子总有一天会视我为敌人，会对我恨之入骨的。想到这里，我的心里突然一下子凉下来，换好了木屐带，站起身，一面啪嗒啪嗒拍打着双手，搓擦掉沾上的尘污，一面感到有股失望和颓丧袭遍周身，登时控制不住自己，腾地一步跨上榻榻米客厅，黑暗中紧紧握住夫人的手情不自禁啜泣起来——猛地意识到自己的行为于事无助、毫无意义，虽然内心剧烈动摇，终于还是强忍住了。

“实在太感谢您了。”

我毕恭毕敬地向夫人道了谢，走出门。

寒风凛冽，我思绪纷乱：战斗、开始、喜欢、爱、恋慕、真的喜欢、真的爱、真的恋慕，喜欢所以身不由己，爱所以身不由己，恋慕所以身不由己，那位夫人真是个少有的好人啊，那个女孩也很可爱漂亮呢——然而，即使站在神的审判台前我也不会觉得自己有丝毫的愧疚，人就是为了爱和革命而来到世上的，神必不会给予惩罚，我没有一丁点的罪恶，因为是真心的恋慕，所以我可以理直气壮地与那个人相见，哪怕两晚三夜露宿街头也要和他见上一面。

很快找到了车站前叫白石的那家关东煮铺子，可他不在那儿。“在阿佐谷吧，一准在那儿。从阿佐谷车站北口一直往前走，嗯，大概走个一百五十米吧，有间五金铺子，在那儿往右拐，走进去五六十米，就能看见一家叫‘柳屋’的小酒馆，先生最近跟那儿的老板娘打得火热，每天泡在那里，真是受不了哪！”

我来到车站，买了票，乘上往东京方向的电车，在阿佐谷站下车，北口，五金铺子，右拐，到了，柳屋似乎显得十分静寂。

“刚刚离开哦，好多人一起，说是接下去还要到西荻窪‘千鸟’的妈妈桑那儿去喝通宵呢！”店头一名女子告诉我。

她看上去比我还年轻，举止沉静、文雅，待人和蔼。她就是老板娘？跟那个人打得火热的人吗？

“千鸟？在西荻窪的什么地方？”

一股莫名的不安，眼泪快要流出来了。心里忽然闪过一个念头：自己这会儿是不是疯了？

“我也不是很清楚呢，好像是在西荻窪车站下车后往南口的左手那边去，反正您问一下派出所就知道了。不过，他们喝一两间可是不过瘾的，去千鸟前说不定会在别的什么地方停留呢。”

“去千鸟看了再说吧。谢谢您！”

原路返回。从阿佐谷乘坐开往立川方向的电车，荻窪、西荻窪，从南口出站，在寒风中彷徨了一阵，找到派出所，问清楚千鸟的方位，然后按照指引的道路往黑黢黢的街道走去，终于看到了千鸟门前悬着的蓝色灯笼，于是毫不踌躇地走上前，拉开了格子木门。

走进门，先是一块泥土地面，往里连着一间六席大小的屋子，乌烟瘴气的，十来个人围坐在屋子中央一张大桌子旁，一面大声喧哗一面饮酒作乐。三名比我还年轻的女孩也夹在中间，又是吸烟，又是喝酒。

我站在泥地上，朝里面张望，看到了！但随即，感觉像在做梦一般。变了。六年，完全不一样了，他已经变成了另一个人似的。

这就是我的彩虹，我的M・C，我的生存希望？真是他吗？蓬乱的头发一如往昔，可怜却变成了红褐色，而且又薄又疏，脸色发黄，略显浮肿，红红的眼缘耷拉着，前门掉了一颗牙齿，嘴巴不停地蠕动着——感觉就像一只老猴子弓着背坐在屋子的角落。

一名女孩疑惑地看着我，随即用眼神向上原先生通报。他坐着不动，伸长了细细的脖颈望向我这边，然后努一努下巴示意我进去，脸上毫无表情。一桌子的人对我似乎丝毫没兴趣，继续着他们的喧哗，只是稍稍挪动一下身子，在上原先生右边给我腾出个空座来。

我一声不响地坐下。上原先生替我斟了满满一杯酒，往自己杯中也续上酒，然后用沙哑的声音轻轻说道："干杯！"

两只杯子有气无力地碰击在一起，发出一记悲惨的声响。

"断头台，断头台，嗖——！嗖——！嗖——！"

有人叫起来，另一个人立即附和道："断头台，断头台，嗖——！嗖——！嗖——！"两只酒杯响亮地碰在一起，随后咕嘟一饮而尽。"断头台，断头台，嗖——！嗖——！嗖——！断头台，断头台，嗖——！嗖——！嗖——！"乱七八糟的劝酒歌此伏彼起地响起来，杯子觥筹交错地撞击在一起，看来他们只是用这种滑稽到极点的节拍来给自己提劲，把酒一杯一杯地灌进喉咙而已。

"哦，对不起！"

还以为是谁摇摇晃晃打算回家呢，不想又有新的客人慢吞吞闯了进来，跟上原先生点头示意之后，便一屁股挤进众人堆里坐下。

"上原先生，那儿……上原先生，啊，那儿的……那个地方哪，怎么说好哩？啊，啊，嗯？啊……嗯？"

开口向上原问话的客人，我曾经看过他在舞台上的演出，他就是新剧[1]演员藤田。

"啊……嗯嗯，呃，千鸟的酒确实不便宜哪。"上原先生接口说。

"净谈论钱！"一名女孩插嘴道。

"两只麻雀一钱，算贵还是便宜？"一名年轻绅士说。

1　日本明治末期受欧洲现代剧运动的影响，在批判能乐、狂言、歌舞伎等传统艺能以及"新派剧"的基础上诞生的新剧种。

“耶稣基督说过：‘非毫厘尽偿，断不得出也。’还有一些提到五个塔兰特[1]、两个塔兰特、一个塔兰特的复杂比喻，看来耶稣基督对于算账也是很吝啬的嘛。”旁边的绅士说道。

“那是因为他是个酒鬼！我总觉得圣经里有关酒的比喻多得不可思议，果不其然，圣经里就记载着他被人非难：看哪，一个贪吃好酒之徒。不是说他喝酒，而是说好酒，一定喝得相当厉害，至少，能喝一升吧。”另一名绅士接着说。

“算了吧！噢，你们害怕面对道德，所以想用耶稣来开脱。阿惠，来，我们喝酒！断头台，断头台，嗖——！嗖——！嗖——！”

上原先生同那个最年轻、最漂亮的女孩咣地一记使劲干了下杯，然后咕噜一口仰头喝下去。酒滴顺着嘴角淌了出来，滑到下巴上，他好像自轻自贱似的用手胡乱擦拭一下，接着一连打了五六个喷嚏。

我轻轻起身，来到隔壁屋子，向身材消瘦、面色苍白，像是有病在身的老板娘打听洗手间在何处。等回来时，刚走到这间屋子，先前那名最年轻最漂亮、好像叫阿惠的女孩站在那儿，似乎有意在等我，她笑着问我：

“肚子饿了吧？”

“嗯，是啊，不过我带了面包。”

“我这里也没什么吃的，”老板娘懒洋洋地舒展开腿脚，坐在长方形火盆前说道，“就在这屋子里吃点吧。陪着那帮酒鬼在一起的话，整个晚上什么也别想吃了。请来这里坐吧！千惠子也

1　塔兰特（talent），古希腊、罗马、中东等地的重量和货币单位。

请坐。”

“喂！阿绢哪，没酒啦！”

隔壁的绅士们在高声叫唤。

“来了来了！”

被称作阿绢的女服务员应答着从厨房里走出来，三十岁上下的年纪，穿件漂亮的条纹和服，手中的托盘里盛着十来只细脖窄肩长酒壶。

“哎！”老板娘将她叫住了，“给我们这儿两壶。”随后又笑眯眯地说道，“还有啊，阿绢，不好意思，得劳烦你去后面的铃屋叫两碗乌冬面来，要快哦！”

我和千惠子在火盆旁并排坐下，伸出手烤火。

“请垫上垫子坐。冷下来了呢，你们不喝点吗？”

老板娘拿起酒壶往自己的茶杯里倒上，又往另外两个杯子斟上酒，三个人便默默地喝了起来。

“他们真能喝呀！”老板娘用平静的语气说道。

隔壁传来哧拉哧拉门被拉开的动静。

“先生，带来了！”是一个青年男子的声音，“我们社长呀，真是抠门，跟他软磨硬泡说好要两万，结果好不容易才给了一万！”

“是支票？”是上原先生沙哑的声音。

“不，是现金。真是对不起！”

“行啦行啦，我来给你写收条。”

“断头台，断头台，嗖——！嗖——！嗖——！”干杯的歌声举座响起，一刻也没有停歇过。

“直治呢？”

老板娘突然很认真地问千惠子。我不由得吓了一跳。

“谁知道呢！我又不是他的看护人。”千惠子慌里慌张地答道，涨得通红的面孔煞是可爱。

“他最近是不是和先生闹什么别扭了？平常跟先生肯定都是在一起的呀。”

“听说喜欢上了舞蹈，说不定找了个舞蹈演员做女朋友呢。”

“要说直治也真是的，又是酒又是女人，结局肯定不妙哪。”

“先生的杰作嘛。”

“可是直治的性格太糟糕了，像他那样的破落大少爷……”

“呃……”

我面露微笑插嘴道，因为心里觉得老是一声不吭对她们二人似乎显得有些失礼。

“……我是直治的姐姐。”

老板娘似乎非常惊讶，重新打量着我的脸。千惠子却显得很平静：

“脸很像啊。刚才您站在黑乎乎的门口的时候，我就猛地想呢：莫非是直治？”

“是吗？”

老板娘换了个语调关心地问：“您怎么会到这种肮脏的地方来？对了，你和那个……上原先生，以前就认识？”

“是的，六年前见过……”

我吞吞吐吐地答道，随即低下头，眼泪差一点滚落出来。

“让你们久等了！”

女服务员端来了乌冬面。

“吃吧！趁热。”老板娘招呼我们。

“谢谢！那就不客气啦。”

乌冬面的热气冲腾在脸上，我嗞溜嗞溜地吸啜着面条，心中则升腾起一股难言的滋味，越咀嚼越觉凄凉，因为此身此刻似乎第一次体会到生存的感觉。

“断头台，断头台，嗖——！嗖——！嗖——！”

上原先生口中轻声哼着，走进这间屋子，来到我旁边，一屁股盘腿坐下，然后默默地将一只大信封递给老板娘。

“就这么一点呀？剩下的可不许赖账哦！”

老板娘看也不看一眼，随手将它放进火盆下面的抽斗里，笑着打趣道。

“会还你的。剩下的，明年结吧！”

“搞什么呀！”

一万元！这些钱，够买多少只灯泡啊？我要是有这些钱，足够快快活活地过一年了。

啊，这些人大概都不正常吧？不过，也许他们就跟我陷入了爱情一样，不这样便无法生存下去。人来到这个世上，无论怎样都必须坚持生存下去，所以这些人为了生存而挣扎的纵恣，也许谁都不应憎嫌他们。生存。生存，啊，这是桩多么伟大的事业啊，令世人难以承受，被压得奄奄一息。

“不管怎么说……”

隔壁屋子里一名绅士高声说道。

“今后想在东京生活啊，得把见面的寒暄‘你好’用极其轻薄的口吻说成‘唷’，否则的话根本混不下去。像我们现在，对我们的要求是稳重啦、诚实啦，可是这种对美德的要求简直就像看见人上吊还要去拽他的腿一样。稳重？诚实？不叫人嗤笑才怪哩，根本没法生存！假如你不能够若无其事地说出‘唷’这样的寒暄，那么剩下就只有三条路可走：一是回家种地，二是自杀，再有就是做小白脸靠女人养活！”

“这三条路一条都走不通的可怜虫，至少还有最后一个手段……”另一名绅士接下去说道，“就是敲上原二郎一记竹杠，敞怀痛饮！”

“断头台，断头台，嗖——！嗖——！嗖——！”

“没地方住吧？”

上原先生压低了声音，仿佛自言自语般地问。

“我？”

我登时联想到竖起镰刀形脖颈的蛇。怀着这种近似敌意的心情，我将身体绷得紧紧的。

“挤在一块儿睡怎么样？不过会很冷的哦。”上原先生对于我的气恼丝毫没有介意，继续说道。

“这样不好吧？”老板娘在一旁插嘴道，“怪可怜的。”

“嘁！”上原先生咂了一记嘴，“那就别来这种地方嘛！”

我没有作声。

没错，他肯定读了我写给他的那些信，并且，他比任何一个人都更加爱我。——从他说话的语气中，我立即觉察到了。

“真是没办法，要不去求求福井先生？阿惠，你带她过去好吗？哦，不用了，两个都是女的，路上说不定有危险呢。真麻烦，老板娘！麻烦你悄悄把她的鞋子拿到厨房这边来，我送她过去！”

屋外夜深人静。风比先前稍小了，天空布满星星，闪烁着星光。我和上原先生并肩走着。

“那个……挤在一块儿睡，我也没问题啊。”我说。

上原先生用充满睡意的声音简短地答道：“哦。”

“其实，您还是希望两个人在一起的，对吧？”我问他，自己也笑了起来。

上原撇了撇嘴，苦笑着道：“就是这样，才不想哩。”

我身上的每一根神经都敏感地觉察到，这个人是如此深沉地疼爱着自己。

“您喝酒喝得很厉害哪，每天晚上都喝吗？”

“是啊，每天都喝，从早喝到晚。”

“很好喝吗，酒？”

“不好喝！”

上原先生的语气陡然一变，使我不觉打了个冷战。

“您的创作呢？”

“糟糕透了！不管写什么，都是一塌糊涂，写不出好东西来。唉，我是搔首无策，只好空自伤心啊。什么生命的黄昏，人类的黄昏，艺术的黄昏，全是狗屁！”

“郁特里罗[1]……”

我几乎下意识地脱口而出道。

“哦，郁特里罗，似乎还活着，可他就是个酒精的亡魂，一具行尸走肉，最近十年间这家伙的画简直俗到了极点，没一幅好的！”

“不光是郁特里罗，其他的大师、巨匠也都……”

1 莫里斯·郁特里罗（Maurice Utrillo，1883—1955），法国风景画家。

“是啊，全都衰颓了。可是，新芽没等发芽也全都衰颓了。霜，frost，整个世界好像都被不合时宜的霜覆盖了似的。”

上原先生轻轻拥住我的肩膀，我的身体就好像被他和服外套的宽大袖笼裹住了一般，但我没有拒绝，反而紧紧偎依住他，慢慢地走着。

路边老树的树枝上光秃秃的，一片树叶也没有，细细的兀突突的树枝直刺天空。

“树枝真美啊。”

我情不自禁地自言自语道。

“嗯，鲜花和黑乎乎的树枝的协调……”

语气中似乎稍稍带着点慌乱。

“不是。我喜欢既没有花、没有叶子也没有芽的树枝，我喜欢这样的树枝。即使这样，您看它仍然顽强地生存着，它可不是枯枝呢。”

“只有大自然是不会衰颓的。”

上原先生说罢，又接连打了好几个剧烈的喷嚏。

“是不是感冒了？”

“哦不，不。其实呢这是我的怪毛病，喝酒只要一喝到饱和点，就会像这样不停地打喷嚏，好像是酒精晴雨表一样。”

“那恋爱呢？”

“嗯？”

“有没有和谁快要进行到饱和点的？”

“胡说什么！不要拿我嘲弄。女人哪，全都一样，又麻烦又讨厌。断头台，断头台，嗖——！嗖——！嗖——！其实……有一个，不，半个吧。”

“我写给您的信看过了？”

“看了。”

“您的答复呢？”

“我讨厌贵族，再怎么样身上总会有那么点叫人讨厌得受不了的傲慢。就拿你弟弟直治来说，作为一名贵族，他确实是个十分出色的男子汉，可是动不动说不准什么时候就会暴露出狂妄、自命不凡的本性，叫人实在应酬不了。我是个乡下农民的儿子，只要从这小河旁走过，就会想起小时候在故乡的小河里钓鲫鱼和鳑鱼的情景，思乡之情油然而生哩。”

我们沿着小河旁的路走着。小河从它漆黑的河底发出幽微的声响，缓缓地流淌。

“……可是，你们这些贵族对于我们的感情非但完全无法理解，根本就从心底里轻蔑我们。”

“那屠格涅夫呢？”

“他也是贵族，所以我讨厌他。”

“可是《猎人笔记》……”

“嗯，就这部作品，还算得上漂亮。”

“那是描写农村生活的伤感……”

“就算那家伙是个乡下贵族，行吗？我们到此为止，不要争了吧？”

“我一直到现在也是个乡巴佬呀，我自己种地呢。我是个乡下穷光蛋。”

“你现在还喜欢我吗？”

是一种非常粗鲁的语气。

“还想和我生个孩子吗？”

我无言以对。

他猛地把脸凑近过来，像一块巨大的岩石滑落而至一般，不管三七二十一在我脸上狂吻起来。充满了性欲的吻。我默默接受着他的吻，却情不自禁地流泪了，近似屈辱、懊怨之泪的苦涩的泪水。泪水止不住地从眼眶溢出，滚落下来。

两人走着，他开口道："糟糕，迷上你了。"说罢，笑了。

然而我却笑不出来。我皱起眉头，紧闭双唇。

无可奈何。

假使用言语来形容，大概就是这种感觉吧。无意中，我发现自己脚下拖着木屐在走路，步履凌乱。

"真糟糕。"这个男人又说了一遍，"顺其自然吧。"

"讨厌。"

"你个丫头！"

上原先生挥起拳头在我肩头擂了两下，随即又重重地打起喷嚏来。

叫作福井的这位先生家中似乎都已经休息了。

"电报！电报！福井先生，电报！"

上原先生一面喊，一面拍打着玄关门。

"是上原吧？"

屋子里传出一个男人的声音。

"没错，王子和公主特来求你让我们暂借一宿。唉，这么冷的天，不停打喷嚏，难得一场男女私奔的好戏也只能变成闹剧了！"

玄关门从里面打开了。一位看上去五十好几、头发光秃、身材矮小的老头，身穿花哨的睡衣，面带腼腆的笑容迎向我们。

“拜托了！”

上原先生说着，外套也没脱，直接一步跨进屋子。

“工作室实在太冷了，没法睡，就借你二楼的房间了。来吧！”

他牵着我的手，穿过走廊，登上走廊尽头的楼梯，来到二楼黑乎乎的房间，啪地拧开了屋子角落里的电灯开关。

“像酒馆的屋子呢。”

“嗯，暴发户的品位。不过，给他那样的平庸画家用实在可惜了。这家伙还真有贼运，从没撞上什么灾祸。不把它好好利用起来怎么行哩？来，睡觉吧，睡吧。”

他就像在自己家里一样，很随意地拉开壁橱门，拿出被褥铺好，然后对我说：“你就睡在这里，我回去了，明天早上再来接你。洗手间在楼下，下了楼梯，右手边就是。”

他啪嗒啪嗒脚步重重地下楼梯走了，楼梯发出很响的动静，仿佛人滚落下去似的，随即四周一片沉寂。

我一拧开关，关掉电灯，脱下天鹅绒的外套，这外套的料子是父亲从国外带回来的，松开腰带，穿着和服便倒头睡了。疲惫加上喝了酒的缘故，浑身发软，不一会儿就昏昏沉沉睡着了。

不知道什么时候，他睡到了我身旁……我无声地拼命挣扎了将近一个小时，忽然觉得他似乎怪可怜的，于是放弃了挣扎。

“不这样做，您怎么也不肯死心是吗？”

“嗯，是的。”

“您这不是在弄坏自己的身体吗？您好像咳血了吧？”

“你怎么知道的？其实，前一阵子真的咳血咳得很厉害，不过我谁都没有告诉过。”

“感觉您跟我母亲临去世之前有一种同样的气息。”

“我就是以死的心在拼命喝酒哪，因为这样活着，实在太悲惨了，实在受不了啊！不是孤寂，不是凄凉，不是那种轻飘飘的东西，是悲惨！当你从四面八方听到的都是忧闷的、凄苦的悲叹时，我们也不可能拥有只属于自己的幸福，而当明白自己在世之年都绝不可能得到幸福、光荣的时候，人又会是一种什么样的心情？努力？那种东西只不过让自己成为饥饿的野兽的饵食。这世上悲惨的人实在太多了！都是装模作样的吗？”

“不。”

“唯有恋爱，才像你信上所说的那样。”

“是吗？”

我的爱恋，已经消失了。

黑夜逝去。

当屋子里透进微明时，我仔细凝视着躺在我身边这个人睡梦中的脸。这是一张不久即将死去的人的脸，一张疲惫到极点的脸。

牺牲者的脸。高贵的牺牲者。

我的爱人。我的彩虹。My Child。可憎的人。狡猾的人。

我的心在怦怦地跳，我发现这张脸是世上绝无仅有的，漂亮极了，我觉得爱情似乎重又复苏了。我抚摩着他的头发，然后凑上去吻了他。

悲哀。一段悲哀的爱情终于实现了。

上原先生闭着眼睛，将我抱住，说道：“真是阴差阳错哩，我是个普通百姓的儿子啊。”

我不会从他身旁离开。

“我很幸福。尽管从四面八方听到的都是悲惨的叹息，我感觉现在的幸福感达到了饱和点呢，就像你忍不住要打喷嚏一样的幸福呢。”

上原先生嘻嘻地笑了：

“可是，太晚了，已经黄昏了呀。”

“不，现在是早晨。”

弟弟直治就在这个早晨自杀了。

七

直治的遗书：

姐姐。

没办法，只好先行一步了。

我实在弄不明白，为什么我必须活着。

想要活着的人继续活下去就好了。

人，就像拥有生存的权利一样，也拥有死亡的权利吧。

虽然我这种想法绝无新意，只是极为普通，甚至可以算作是原始本能的想法，世人却对之恐惧得不得了，不敢率直地说出口。

决意活下去的人，无论遭遇什么事情，必能顽强地生存下去，实在值得钦佩，堪称是人间的荣耀，在我们周围肯定不乏这样的人，然而我觉得，选择死亡也并不意味着有罪。

我觉得，我这棵草，在这个世界的空气和阳光中实在难以生存，要想活下去，总好像缺少点什么东西，不足以存活。我能够活到今天，已经耗费尽了全部的能量。

进入高中后，我第一次接触到来自完全不同于我所属的阶级的学友并开始与其交往，他们称得上是生命力强盛的草，为了不至被其压倒、不输给他们，我开始服用麻醉药品，使自己变得像个疯子似的，以此来进行拼死抗争。后来进了军队，同样也是作为生存的最后手段，我又染上了鸦片毒瘾。姐姐，我的这种苦衷恐怕你是不会理解的吧。

我想变得粗俗下流，变得强大，不，变得狂暴，我觉得这是我获得所谓的民众的友情的唯一途径。而酒精根本做不到这一点，因为我必须时时刻刻让自己处于晕头晕脑、天旋地转般的状态中，所以只能求助于麻醉药品。我必须忘记自己的门第出身，必须反抗父亲的血统，必须无情地拒绝母亲的善良和优雅，必须横眉冷对姐姐——假使不这样做，我就得不到进入民众大殿的入场券。

我变下流了，我开始开口闭口使用起粗俗的词句来。然而，这一半，不，至少百分之六十，属于可悲的临时抱佛脚、蹩脚的耍小花招，在民众的眼里，我只是个装模作样、古里古怪、窘态百出的人，他们绝不会出自真心同我交往。可是，现在我已不可能再回到被我自己抛弃的上流社会的沙龙。现在我的下流即使百分之六十是人为的招数，但另外的百分之四十却是真正的下流，我对于所谓上流沙龙那俗不可耐的“高尚”简直作呕，一分一秒也无法忍受，而那些被称作大人物、达官显贵的人，对于我的举止之低俗肯定也会瞠目结舌，将我立即逐出门外。自己抛弃掉的世界已然无法返回，而民众则只肯为我摆上一张敬而远之、充满恶意的旁听席。

无论何时何世，像我这种生存能力荏弱、先天性缺陷的劣草，毫无思想、毫无作用可言，也许只配背负自生自灭的悲惨命运，但我还是想抒发一点不平，因为我感觉有些缘由使得我实在难以生存下去。

人都是一样的。

这究竟算不算得上思想？我认为，发明这句不可思议的话的，既非宗教家，也非哲学家，也不是艺术家，而是从民众的低级酒馆里产生的警语。就像蛆虫滋生一样，不知道从什么时候，也不知道是谁先说的，它就慢慢滋生、慢慢滋生，终于传遍了全世界，令整个世界陷入尴尬的境地。

这句妙语，同民主主义和马克思主义全无关系，我想它肯定是一个丑男子在酒馆里对一个美男子喊出的，它只是一种刺痛，是一种嫉妒，完全谈不上思想什么的。

然而，酒馆里一哄而起的妒忌的怒骂声，却令人难以想象地戴上了思想的假面具在民众中间游荡，原本与民主主义和马克思主义毫无关联，但不知从时候开始，它竟与政治思想和经济思想扯上了某种关系，变得既奇妙又卑鄙。即使是梅菲斯特[1]，恐怕也羞于玩如此的将胡言乱语偷天换日成思想的把戏，他也会感到良心有愧，因而踌躇不敢。

人都是一样的。

这是多么低三下四的卑屈之语啊。它意味着在鄙视别人的同时，也鄙视自己，完全失去了自尊，彻底放弃了一切努力。马克思主义主张劳动者最尊贵，不会说“人都是一样的”；民主主义力持个人的尊严，也不会说“人都是一样的”。只有皮条客才会说这样的话：“嘿嘿，不管怎样装腔作势，人嘛还不都一样？”

为什么要说“一样”？或许是因为实在无法说“优秀”？奴隶劣根性的复仇。

然而我觉得，这句话其实充满了猥亵之意、令人不寒而栗，它使得人与人相互惮畏，所有的思想都被强奸，一切的努力都遭到嘲笑，幸福被否定，美貌被玷污，光荣被打翻在地，所谓“世纪之末”的忧惧皆来自这奇妙的一句话。

虽然令我极度不快，但我终究逃不过这句话的胁迫，恐惧、战栗，不管我怎么做都会觉得自惭形秽，我每时每刻都感到不安，感到忐忑，以至于无处可容，我只有越发地依赖于酒精和麻醉药物给我带来的头晕目眩的感觉，只为求得片刻的平和安宁，结果却反而将自己弄得一塌糊涂。

1 梅菲斯特（Mephistopheles），中古世纪德国民间传说中的魔鬼精灵，魔法师之神，是狡猾、冷酷、玩世不恭的恶魔的化身。

我是不是太荏弱了？是不是一棵生就有着重大缺陷的劣草？而像这样一一罗列缘由、强词夺理，免不了又会被那些皮条客嘲笑吧：什么呀，本来就是个游手好闲、懒惰、好色、自私任性的贪图享乐的家伙嘛。假使在以前被人这样嘲笑，我只有自惭形秽、态度暧昧地点头承认，可是现在，在我临死之际，至少容我发出一句抗议吧。

姐姐。

请你相信：不管我怎么娱玩，我从未真正觉得快乐，也许在快乐这方面我是个“阳痿”者。我只不过想甩开自己这个贵族的影子，才发狂、才拼命作乐、才放纵不羁的。

姐姐。

难道我们有罪？生为贵族，这便是我们的罪过？难道因为我们生于这个家中，就得像犹大一类人那样永远过着恐惧、忏悔、羞怯的日子吗？

我早就该死了。只是，唯一让我牵挂不下的便是慈爱的妈妈，想到这个我才没有去死。人，就像享有自由生存的权利一样，也享有决定自己什么时候死的权利，可是我觉得，只要母亲在世，这个死的权利是不得行使的，否则就等于是亲手将自己的母亲杀死。

如今，即使我死了，也不会有人为了我而悲伤得弄坏自己的身体。哦不，姐姐，我知道，我知道你们失去我会多么悲伤。不，姐姐，请别虚假粉饰你的悲伤了，你们知道我死了一定会哭泣会流泪，可是请想一想我活着的悲惨和我从这令人厌嫌的生命中解脱出来的欢愉，你们的悲伤一定会渐渐消散的。

对我毫无臂力之助，却一副批判的嘴脸对我的死横加非难，认为我无论如何应该活下去的人，肯定是了不起的大伟人，甚至可以若无其事地进言让天皇陛下去开水果铺子了。

姐姐。

我还是死的好。我毫无生存能力。我没有本事为金钱而同人争执，甚至连敲人竹杠的事情都做不来。和上原先生一起玩乐时，我自己的那份我必定要自己付，上原先生说这是出于贵族的吝啬和自尊，他非常讨厌这一点。可我并非出于自尊才这么做，而是实在无法将上原先生挣来的钱花在无谓的吃喝以及玩女人上，我会感觉受不了。如果简单地一口咬定说是因为我尊敬上原先生的创作，那是撒谎，其实我自己也说不清楚。但有一点我可以断言，受人恩惠这种事情，光是想象一下便会令我感到害怕，尤其是对方仅靠一己之能挣来的钱施惠于我，我心里真的感觉不是滋味、过意不去，简直不堪忍受。

于是，我只能将家里的钱和值钱的东西拿出去花销，让妈妈和你感到难过，其实我自己一点儿也没觉得快活，投资出版业的计划也只是一种用来遮羞的形式而已，根本不是真心。假使真的要干一番事业，像我这种羞于受人恩惠的人，怎么可能挣钱，即使我再愚笨，这一点我还是很清楚的。

姐姐。

我们已经沦为贫困之家了。本想在有生之年施惠于人，不想却得靠别人的施舍才能过日子。

姐姐。

在这种境况之下我为什么还非得活下去？我真的受不了了，我决定去死。我有药，可以让自己毫无痛苦地死去，在军队的时候我得到了它，一直藏到今天。

姐姐你很美（我一直以自己拥有美丽的母亲和姐姐为荣），而且很聪慧，所以我对姐姐一点儿也不担心，况且我没有资格为你担心，就像窃贼设身处地为被害者着想一样，只会羞怯到面红耳赤而已。我相信，姐姐肯定会结婚、生孩子、有丈夫可以依靠，顽强地生存下去的。

姐姐。

我有一个秘密。

长久以来，我一直小心翼翼地保守这个秘密。即使在战地的时候，我也一直想着她，有好几次做梦梦到她，不由自主地从梦中惊醒，满脸哭丧。

她的名字我绝对不会向任何人提起，但我马上就要死了，所以我想至少应该明明白白地告诉姐姐，然而终于因为害怕，还是无法说出口。

然而，假使我将这个秘密作为绝对的秘密不向这世上的任何人吐露，永远藏在心底而死去的话，即使我的肉身被火葬，但唯独我的心会被烧剩下来，发出腐臭。想到此，我便感到阵阵不安，所以想到绕个弯子、模模糊糊地、像虚构似的只告诉姐姐一个人。说是虚构，但姐姐肯定会立刻猜想出她是谁的，所以与其说是虚构，其实只不过是使用一个假名的障眼法而已。

姐姐，你能想到是谁吗?

我想姐姐肯定是知道的，只是可能从没有见过面罢了。她比姐姐略长几岁，单眼皮，吊眼梢，头发从来不用烫，但简单普通的垂髻永远都是那么顺直不蓬散，衣着粗陋，却毫不邋遢，总是穿着得很得体、很整洁。她是位中年画家的夫人，她丈夫战后以一种崭新的笔触发表了不少西洋画作品，从而一下子变得非常有名，那位画家的举止极其粗鲁，她却假装毫不介意，总是面带一副和善的微笑。

我站起身来说道："我得告辞了。"

她也站立起来，没有一点戒心，走近我身边，抬眼望着我的脸问："怎么了?"

她的声音极其平常，稍许歪斜着头，注视着我的眼睛好一会儿，似乎真的不解似的。她的眼睛里没有半点矫揉造作或是邪念，我天性只要同女人的眼睛对视，立刻就会狼狈不堪、手足无措，但当时我竟丝毫也不觉得害羞，两人的脸相距只有咫尺，我心平气定、心情舒畅地盯着她的眸子凝视了大约六十秒钟，然后笑了。

"可是……"

"他马上就回来了。"

她仍然一脸正经地说着。

我忽然想到，所谓正直，也许指的就是这种表情吧。它不是像修养教科书上所罗列的那种严霜凛凛、呆板无趣的德行，真正配以正直这个词来形容的德行难道不就是此种可爱的表情吗?

“还是下次再来打扰吧。”

“是吗？”

自始至终我们之间都只有极为平常的对话。

那是某个夏天的午后，我前去那位西洋画家的公寓拜访他，画家不在家，他夫人热情招呼我：“应该马上就回来的，您进来坐会儿等吧。”恭敬不如从命，我于是登堂入室进屋里等他回来。可是翻看着杂志等了将近半小时，也不像马上要回来的样子，只好站起身说道：“我得告辞了。”仅此而已，可是从那一天的那一刻起，我便深深地爱上了那双眸子。

应该说是高贵吧。在我周围的贵族中，除了妈妈之外，我敢断言，没有一个人拥有那么毫无警戒的正直的眼神。

一个冬日的黄昏，我被她的侧影强烈地震撼了。还是在那个画家的公寓里，画家拉着我作陪，我们围坐在被炉旁，从早到晚喝着酒，和画家信口开河地评头论足起日本的所谓文化人，笑谈倒醉，最后画家呼噜大作，酣然入睡，我也昏昏沉沉地躺倒下来，感觉有人轻手轻脚为我盖上毛毯，微微睁眼一看，只见东京冬天黄昏的天空像海水一般蔚蓝澄澈，画家的夫人抱着女儿若无其事地坐在公寓窗边，端正的脸在远处蓝色天空的映衬下，仿佛文艺复兴时期的人物画一样清晰地浮现出她的侧面轮廓线。为我轻轻盖上毛毯的亲切中，不带丝毫的娇媚和欲念，那种对别人的关怀体贴，几乎是在下意识中自然而然地体现出来了。啊，“人性”这个词或许正是为此情此景而产生的吧。像画中一样沉静，她向远处眺望着。

我闭上眼睛，然而情不自禁地为之倾心，爱慕，几乎无法自持，泪水溢出眼眶，于是一把拉过毛毯将头蒙了起来。

姐姐。

我去画家家中娱玩，最初是因为醉心于他作品独特的笔触以及其中蕴藏的强烈激情，但随着交往的深入，其缺少教养、胡说八道、卑鄙肮脏实在令我扫兴，而与此成反比的则是，我越来越被他夫人的美好心灵所吸引，渐渐地，我只是出于对一个真正值得爱的人的爱慕之情，为了见夫人一面，才去画家家中娱玩的。

如今回想起来，如果说那位画家的作品或多或少展现了一种高贵的艺术气息，那应该也是他夫人善良的内心在画布上的反映。

对那位画家，我现在可以将我的感受毫不隐讳地说出来，他纯粹只是一个贪酒恋玩、投机取巧的商人，为了金钱，在画布上胡乱涂鸦，然后巧借流行的势头哗众取宠、自命不凡。其实他所拥有的，只是乡巴佬的无耻、狂妄自大以及精明的生意经，唯此而已。

或许，他对于其他人的画作，无论是外国画家的作品还是日本画家的作品，根本就一窍不通，甚至对于他自己所画的东西也道不出所以然，仅仅为了牟取吃喝玩乐所需要的钱，才不知疲倦地在画布上涂个不停吧。

更令人吃惊的是，他对于自己的胡天胡地似乎没有半点怀疑，更谈不上什么羞耻和心虚胆怯了，他只知道得意扬扬。不管怎么说，一个连自己画的东西都不理解的人，根本不可能指望他会理解别人的创作，所以对别人他只有贬责，只有诋毁。

换句话说，那家伙对自己的颓废生活，嘴上这个那个地发着牢骚，好像苦不堪言似的，其实说穿了，一个愚蠢的乡巴佬来到他一直以来心向往之的大都市，而且获得了连他自己都不敢想的成功，早已欣喜若狂，不知道怎样消受才好了。

有一次，我对他说："看到朋友们都懒懒散散地忙于享乐，唯独自己努力学习和工作，会觉得不好意思，害怕，受不了，虽然我一点儿也不想像他们一样游逛享乐，也只好加入他们中间一起作乐。"那个中年画家竟心平气定地答道："是吗？这就是所谓的贵族气质？真讨厌！换成我，看到朋友们都在忙于享乐，我会觉得自己要是不这样就太吃亏了，所以我也一定要好好地享乐享乐。"

从那时候起，我对那位画家从心底里产生了蔑视。这个人只知放纵任性，却不懂得什么叫苦恼，甚至以漫无节制的享乐为荣，真是个彻头彻尾的快乐的白痴。

然而，关于那个画家我讲再多他的不是，跟姐姐都没有任何关系，况且我此刻将死之际，回想起同他这么长时间的交往，似乎还有点留恋，还有点想跟他再一起游逛玩乐的冲动哩。我对他没有半点憎恨，事实上他只是害怕寂寞，他身上也拥有许多优点，所以，关于他就不再多讲了。

姐姐只需要知道我恋慕上了他的夫人，为她而心神不宁，为她而苦恼，姐姐只要知道这一点就可以了。所以，姐姐即使知道了这个秘密，也绝对不要对任何人说起，或者帮弟弟实现生前的思恋之类的，绝对不要做那种令人作呕的事情。姐姐只需要一个人知道，然后轻轻道声“哦，原来这样呀”就行了。如果说再进一步还有什么奢求的话，那便是，希望姐姐听了我这愧窘的告白，对我迄今为止生存之痛苦会有更深的理解，那样我便觉得万分欣慰了。

我曾做过与画家夫人十指相扣的甜蜜的梦，梦中，我得知夫人也自很早以前便开始喜欢上我，梦醒之后，我的手掌仿佛还残留着夫人的指温。仅此我就心满意足了。我想我不应该再有更多的奢念。并不是因为道德令人感到畏惧，而是那个半狂的——不，应该说就是一个疯了的狂人——画家令我感到恐惧，他令我恐惧到极点。为了彻底将她忘怀，将胸中的欲火移情至别处，于是我像随手乱抓救命稻草似的，同几个各色各样的女人疯狂地狎玩起来，连那个画家也忍不住某个晚上对我板起了面孔，我为的就是赶走夫人的幻影，将她忘记，像没发生过任何事情一样。然而，终究还是做不到。我天性是个只能专情于一个女人的男人。坦白讲，夫人的那些女友，一个都没有让我产生过美丽和可爱的感觉。

姐姐。

临死之前，就让我写下那个人的名字吧，仅此一次。

……阿絓。

就是夫人的名字。

我并不是因为想到今天早晨去死，昨天才特意带个一点儿都不喜欢的舞蹈演员（这女人天性有点愚蠢）回山庄的。虽然我已打定主意不久就会去死，但昨天带她回山庄，是因为这女人央求我带她外出旅行，而我也在东京玩得累了，于是心想也许姐姐会感到有所不便，不过带这个蠢女人来山庄放松两三天也不坏。谁料姐姐正好要出门到东京访友，那一刻我就觉得，我死便是此时了。

以前我一直希望自己死在西片町老宅的日式房间里。无论如何，倒毙街头或是野外，被围观瞎起哄的人们将死尸来回摆弄，实在叫人难以接受。可是西片町的老宅卖给了别人，如今不得已只能死在这山庄里，但想到假使最先发现我自杀的是姐姐，我能够想象到姐姐会是怎样惊慌害怕，于是心头沉重，终究无法选择和姐姐二人待在山庄的夜晚自杀。

真是天降良机。此刻姐姐不在，而这个愚钝的舞蹈演员将成为我自杀的第一发现者。

昨晚，两人一起喝了点酒，我让这女人在二楼的西式房间里睡下，自己则来到楼下妈妈去世的屋子，铺好被褥，写下这份凄惨的手记。

姐姐。

对我而言，没有希望之所。再见了！

说到底，我的死只是自然死亡。人，不可能只有思想死去，而空留一副躯壳存在。

最后，我还有一个不好意思的请求：妈妈的遗物，那件麻的和服，姐姐曾把它改了改，说是让我明年夏天穿。请把那件和服放入我的棺内吧，我想穿。

天色将明。这么长时间来给姐姐你添累了。

再见。

昨晚的酒已经彻底醒了，我是在清醒状态下死去的。

容我再跟你道声再见。

姐姐。

我是一个贵族。

八

仿佛梦一场。

所有人都离我而去。

料理完直治的后事，随后的一个月，我独自一人住在冬寒的山庄里。

我用平静如水一般的心境给他写了封信，这也许将会是我写给他的最后一封信。

……

看来，您也要将我丢弃了。哦不，是渐渐已把我忘记了吧。

尽管这样，我仍然感到幸福。正如我所期盼的，我好像已经有了小宝宝。我现在仿佛失去了所有的一切，但是您的这个小生命将成为我孤独的微笑之源泉。

我不会觉得是什么肮脏卑鄙的失策。这个世上，什么战争啦、和平啦、贸易啦、合作社啦、政治啦等等，它们为什么而存在，我最近终于明白了。您一定不知道吧？所以，您才总是不幸呢。让我来告诉您吧，那是为了让女人生下一个好宝宝呀。

我从一开始就对您的人格呀责任感什么的没抱指望，它只是我一心一意执意进行的一场恋爱冒险。而我的期盼终成正果，所以此刻我内心变得就像密林深处的池沼一样，异常平静。

我感觉自己胜利了。

马利亚生下的即便不是丈夫的孩子，只要能给马利亚带来荣光，依旧是圣母子。对我来说，我可以无视旧的传统道德，全然不把它当作一回事情，拥有一个好宝宝，我就有了一种满足感。

自那以后，您仍然一如既往哼唱着“断头台，断头台……”同那些绅士和年轻小姐饮酒作乐，过着颓废的生活吧？我当然不会劝说您不要再喝了，因为那是您最后的抗争方式啊。

把酒戒了，把病看好，活得更长些，好好创作……那种明显是敷衍搪塞的话，我不想再说。比起“好好创作”来，以敢于舍弃生命的勇气，将所谓“不道德的生活”坚持到底，或许更能够赢得后人的礼赞吧。

牺牲者。道德过渡期的牺牲者。您是，我也是，我们都将成为这样的人吧。

革命究竟勃发在何处？至少就我们周围来说，旧的传统道德依然丝毫未改，挡住了我们的前行道路。大海的表面尽管波涛汹涌，但海底之水却毫无革命的迹象，依旧纹丝不动，好似狗獾装睡一样。

然而经过之前的第一回合战斗，我感觉自己以微弱的优势战胜了旧道德。接下来，我打算与即将出生的孩子一道，迎接第二回合、第三回合战斗。

生育自己恋慕的人的孩子，并将其抚养长大，我借此来完成我的道德革命。

即使您将我忘记，又或者，您因为过度饮酒而丢掉性命，我都将为了完成我的革命而坚强地活下去。

您的人格缺陷，我之前已经从某人那里听说了种种，但是给予我此种坚强的，是您；在我胸中架起革命彩虹的，也是您；给予我人生目标的，还是您。我因您而感到自豪，并且会让将来出生的孩子也以您为荣的。

一个私生子和其母亲。

不管怎样，我们都会同旧道德永不停息地斗争下去，像太阳一样灿烂地活下去。

您也将您的抗争继续下去吧。

现在一点一滴的革命也没有勃发，这个世界仍需要更多更多可贵的高贵的牺牲者。这世上最美的便是牺牲者。

如今，又多了一个年轻的牺牲者。

上原先生，现在我对您已经没有任何希求，然而为了这个年轻的牺牲者，我只想恳求您一件事：请将我生下的孩子让您夫人抱一抱，哪怕只一次也可以。那个时候，我会这样对她说：

“这是直治和某个女人偷偷生下的孩子。”

为什么要这样做？这一点请原谅我无论如何不能告诉您。其实，连我自己都不甚明白为什么要这样做。但是不管怎样，我仍然希望这样，为了直治这个年轻的牺牲者，我不得不这样去做。

也许让您不快了吧？即使不愉快，也请您堪忍吧。恳求您务必答应，就当作是一个被您抛弃、即将忘记得一干二净的女人唯一的小小的恶作剧吧。

此致

M・C, My Comedian.

昭和二十二年二月七日

樱桃

桜桃

我要向山举目……

——《诗篇》[1]第121篇

老子比儿子更要紧——我想这样说。“为了孩子……”即使怀着虔敬之心从古风古气的道学家者流的角度来考虑，不，孩子的父母仍然要比他们更加危弱。至少在我的家里是这样的。自己老了的时候，就得靠孩子照顾、帮助了——虽说压根儿就没有这种恬不知耻的厚脸皮想法，但父母在家里却时常要窥伺孩子们的脸色。以我来说，我家的孩子们都还是很小的小孩，长女七岁，长子四岁，次女才一岁，尽管如此，他们都已经开始凌驾于父母亲之上，而父亲和母亲则有一种沦为孩子们仆人的感觉。

夏天，全家人挤在三席大的屋子里，热热闹闹、乱作一团地吃晚饭，父亲用毛巾不停地擦拭着脸上的汗，自言自语似的嘟嘟

1 《诗篇》（*Psalms*）：《圣经·旧约》中的一部。

嚷嚷发着牢骚：

“‘香粳动食指，婪酣饱时大汗流，须知俗鄙事。’《柳多留》[1]中这样写道，可瞧这几个孩子吵吵闹闹的，再风雅的父亲，也止不住汗流满面哪。”

母亲一面让一岁大的小女儿吮住奶头，一面又要伺候父亲和长女长子，又要将孩子们吃撒的饭菜等捡起来、擦干净，又要帮他们擤鼻涕，好像有三头六臂似的用让人啧啧称奇的身手忙活个不停，这时接口说道：

“他爸，你好像鼻子这块儿最容易出汗，看你，老是不停地用手擦鼻子呢。”

父亲苦笑道：

“那你是哪里最容易出汗？大腿内侧？”

“嗳嗳，你可自己说是风雅的父亲哟。”

“什么呀，这不跟你说的是医学上的事吗？无所谓风雅不风雅的啊。”

“我嘛……”母亲的神情变得认真起来，“这里，两个奶子之间……眼泪谷……”

眼泪谷。

父亲不作声了，继续吃饭。

我在家里，总是爱开玩笑。这也许是心里烦恼事太多的缘故，所以表面上不得不装作快乐。其实不只是在家里，我在与人打交道的时候，不论心灵多么痛苦，肉体多么难受，我必定会死

1 即《诽风柳多留》，日本江户中后期的川柳集。川柳是日本杂体俳谐的一种，五、七、五句式。

命营造一个快乐的氛围，而与客人道别后，我因疲惫而神思恍惚，想着金钱的事情，道德的事情，还有自杀的事情。不，也不只是与人打交道的时候，我写小说的时候也一样。每当悲楚的时候，我便会努力创作一些轻快的故事。我的本意是更好地为读者效力，但人们丝毫没有意识到，相反却向我投以鄙视：太宰这个作家近来变得轻薄了，光想着用滑稽的情节来糊弄读者，太马虎了吧。

人啊，对别人效诚卖力，难道是坏事吗？装腔作势的，板着面孔不展一丝笑容，难道就是好事吗？

换句话说，让我一本正经面对那些令人沮丧的、不快的事情，我实在无法忍受。即使在家里，我也会不停地发科打趣，兢兢翼翼如履薄冰般地打趣。请原谅我辜负了一部分读者以及批评家的想象，我家屋子里的榻榻米是新的，桌子收拾得干干净净，夫妻互相尊敬、互相慰藉，不要说没有丈夫殴打妻子这样的事情，就连“滚出去”“我不在这儿待了”之类粗暴的争执都从未发生过，父亲一样疼爱孩子，并不亚于母亲，孩子们同父母也十分亲近，快快乐乐。

不过，这一切都是表象。母亲敞开胸口，是眼泪之谷，父亲的盗汗也愈来愈厉害，但夫妇各自知道对方的苦恼，因而尽力不去触碰，父亲开开玩笑，母亲则微笑处之。

然而，当母亲说到眼泪谷的时候，父亲却不作声了，本想说句笑话转移话题，一时间竟想不出合适的话来，于是只好沉默，岂料越是不作声却越是愠恼，好个精于此道的父亲也禁不住绷住了脸，说不出话来。

“请个帮佣吧？反正不管怎么样，不请看来是不行的了。”

隔了片刻，为了不惹母亲不高兴，父亲像是自言自语似的提心吊胆说道。

三个孩子。父亲对家务事是撒手不管，连被褥都不肯自己动手叠，成天只知道讲些傻兮兮的笑话。什么配给啦，什么报户口啦，那些事情根本不闻不问，就像个借宿在旅店的客人一样。要么来客人，要么张罗招待，甚至发生过拿了饭盒说是上工作室去，却从此一个星期没回家的事情。老是嚷嚷着工作、工作的，每天顶多也就写两三页东西，剩下的事情，就是喝酒。喝多了，便一副扫兴落魄的样子倒头睡去。不光如此，似乎还到处结交了好几个女性朋友。

说到孩子……七岁的大女儿和今年春天出生的小女儿动不动就感冒，不过总算和常人没差多少。四岁的儿子身体枯瘦，至今还不会站立，除了发出咿咿呀呀的声音，一句话也不会说，别人说话他也毫无反应，他用爬行代替走路，大小便也教不会。饭倒是特别能吃，可是依旧又瘦又小，个头儿总长不大，头发也稀稀落落的。

父亲和母亲竭力避免谈论儿子的事情。白痴、哑巴……半个字也不会吐出，两人间已然形成这样的默契，只因为这个事实太悲惨了，令人不忍接受。母亲时常将儿子紧紧地搂在怀中。父亲有的时候会忽然生出一股莫名的悲哀，恨不得抱着这孩子纵身跃入河中一同死去。

父亲杀死哑巴次子

×日中午稍过，位于×区×町×番地的×商号何某（53岁）在自家的六席屋内用劈柴斧朝次子（18岁）头上猛击，将其杀死，随后用剪刀刺扎自己喉咙自杀未遂，现被留置于附近医院，处于危笃状态。据悉，该商号家二女儿（22岁）最近领养一名养子，何某因溺爱女儿及该名养子而厌嫌次子既哑且愚钝，故做出此疯狂之举。

这样的新闻报道，更加使我心情郁闷，只得独自喝闷酒。

唉，要单单只是发育得晚的问题就好了！儿子从现在起忽然突飞猛长，对父母亲的担心慨然发出嘲笑就好了！夫妇俩没有对任何人说起，只是在心底默默地这样祈祷，表面上仍装作若无其事，笑着逗弄这个孩子。

母亲肯定是尽着最大的努力过日子，父亲当然也没有轻松。他原本就不是位多产的小说家，因为他生性太拘谨，然而却不由自主地被拉到公众面前亮相，笨嘴拙舌、吭吭哧哧地写起小说来。不堪这份煎熬的他，只得求助于喝闷酒。所谓闷酒，是因为自己的想法、自己的意志无法主张，无法坚持，因而带着一种焦躁、烦厌的心情喝酒，能够坚持自己想法和意志的人就不会喝闷酒。女人中之所以较少贪杯者，就是由于这个原因。

假如与人发生争执，我是无望取得胜利，注定会失败的，首先就会被对方坚定的信念和强势的自我肯定所压倒。我唯有沉默。然而，渐渐地我想明白了，我确信原来对方在强词夺理而并非总是我错，可是一旦败下阵来的我倘若再次挑起争端，心里便不由自主感到阴冷可怕，况且我向来讨厌论战，觉得它与肢体斗殴没什么分别，尽管心中抱怨，但表面依旧堆笑、沉默，至多独自天头地角一通胡思乱想，于是情不自禁地喝起闷酒。

啰里啰唆、东拉西扯绕着圈子说了这么一大通，坦率地说吧，其实这篇小说是描写夫妇吵嘴的。

《眼泪谷》。

这才是导火索。这对夫妇如前面所述，动手动脚的事情不必说了，即使爆粗口骂脏话之类都不曾有过，极为恬雅和睦，然而不得不处处谨小慎微，畏惮那一触即发的危险，双方虽不声不响，却仿佛都在一心收集对方过失证据似的，时不时地晃出一张牌然后掩藏起来，再晃出一张牌又掩藏起来，不知什么时候大功告成，便会出其不意地甩出所有的王牌置对方于绝境，不能不说正是这种危险使夫妇双方互相之间变得拘谨和戒备起来。妻子姑且不论，至少丈夫绝对是那种如果吹毛求疵的话立马缺陷毕露的人。

“眼泪谷……”

被妻子不经意提起，丈夫很不是滋味，然而他讨厌争论，便选择了不作声。你多多少少是带着讥讽我的意思故意这样说的吧？可是难过痛苦的不光是你，我又何尝不像你一样，老惦挂着孩子哩。我不把家庭看得比什么都重要？半夜孩子哪怕发出一声咳嗽，我必定惊醒过来，担心得不得了。我何尝不想换一所宽敞点的房子，让你和孩子们更加开心，可我哪里顾得上，就这样已经竭尽全力了啊。我又不是凶残的魔鬼，不可能眼睁睁看着妻子活活去死，我可没有那样“大度”。配给啦报户口啦之类的事情也绝非不闻不问，实在是没那份空闲哪。——父亲在心中默默嘀咕道，可是却没有自信说出口，再说，即使说出口来，被母亲回敬一句，绝对哑口无语。

“请个帮佣吧？……”

于是，只得自言自语似的嘟囔一声，算是表达一下自己微弱的意见。

母亲总体来说是个少言寡语的人，不过一旦发出声音，总是充满了冷冰冰的自信。（不仅是这位母亲，任何一个女人基本上都是如此。）

“可是，怎么也找不到肯来做的人嘛。”

“好好找找看，肯定能找到的。恐怕不是没人肯来，而是来了也没人留得下吧？”

“你的意思是……我不懂得使唤人？”

“哪儿呀……”

父亲又不响了。其实，心里正是这么想的，不过还是闭口不作声了。

唉，要是请个人就好了！每当母亲背着最年幼的孩子出门办事时，父亲就不得不承担起照看另外两个孩子的责任，还有，来访的客人每天必不下十个……

“我想到工作室去。”

“现在？”

“是啊，有点东西必须得今天晚上写完哪。”

这倒不是撒谎。不过，想逃避家里烦闷气氛的想法不能说一点也没有。

“我本想今天晚上上妹妹那里去看她呢……”

我当然知道。妻妹眼下病情危笃，可是妻子若去看她，我就必须照看孩子们了。

“所以说嘛，请个帮佣……”

话刚到嘴边，我停顿下来。牵扯到妻子娘家人事情的话，很容易将夫妇二人的心情搞得一团糟。

生存真是一桩十分犯难的差事，到处都缠绕着枷锁，稍一动弹，就会勒得鲜血迸溅。

我默默地站起身，从六席屋子的书桌里取出装有稿酬的信封，掖进袖筒里，又用一块黑布包着稿纸和辞典，就像没有一丁点分量似的，步履轻盈地跨出门。

根本无心工作，脑子里尽想着自杀的事情。我直接就奔向一处酒馆。

“欢迎光临！”

“喝！瞧，今天又傻兮兮地穿了这件条纹和服……”

“挺好的嘛！我倒觉得这是您最中意的条纹和服呢。”

“今天夫妻又吵架，弄得心里阴沉沉的，实在受不了啦。我要痛痛快快地喝！今天不回家了，绝对不回了！”

我真想说，老子比孩子更要紧呀，因为同孩子比起来，老子更加危弱。

樱桃端上来了。

在家里，我不会给孩子们吃很贵的东西。孩子们怕从来也没见过樱桃吧，要是给他们吃的话，他们肯定高兴得不得了，父亲带樱桃回去，肯定会让孩子们高兴得发疯。用线将樱桃穿起，吊在脖颈上，仿佛一串珊瑚项链。

然而，父亲面对大盘子里盛着的樱桃，大口大口地嚼起来，嚼一口吐出一个核儿，嚼一口吐出一个核儿，再嚼一口再吐出一个核儿，脸上露着极其痛苦的神情，心里则虚张声势似的自言自语道：老子比孩子更要紧哩。

附录：太宰治年谱

明治四十二年（1909）出生

六月十九日，太宰治出生于青森县北津轻郡金木村大字金木字朝日山四一四番，父亲津岛源右卫门与母亲夕子的第六子、兄妹十一人中的第十个孩子。本名津岛修治。其时津岛家堂号“山源”，为县内首屈一指的大地主，其父也以名士身份活跃一方。

大正五年（1916）七岁

四月，金木第一初级小学入学，成绩优秀。

大正十一年（1922）十三岁

金木小学毕业。为深造学识，进入金木村与邻近三村共同合办的明治高级小学就学，一年后辍学。

大正十二年（1923）十四岁

三月，父亲在任贵族院议员（高额纳税者）期间病死于东京。四月，进入青森县立青森中学，寄宿于青森市内的一房远亲家里。

大正十四年（1925）十六岁

大约从此时起立志成为作家，陆续在与同学一起创办的同人杂志上发表小说、戏曲、散文等作品，并与哥哥圭治创办杂志《AONBO》。

昭和二年（1927）十八岁

四月，完成初中四年学业后进入弘前高级中学文科甲组（英语科）。七月，芥川龙之介的自杀使其受到巨大打击。九月，结识艺伎小山初代。

昭和三年（1928）十九岁

五月，创办同人杂志《细胞文艺》，以辻岛众二的笔名发表《无间地狱》（未完），至九月第四期停刊止，杂志先后获得井伏鳟二、舟桥圣一等寄稿。

昭和四年（1929）二十岁

深受共产主义思潮影响，十一月起创作《地主一代》，中途因自己的阶级出身而烦恼，于十二月试图服食麻醉药物自杀未遂。

昭和五年（1930）二十一岁

三月，弘前高级中学毕业。四月，进入东京帝国大学法文科。五月，初次面会井伏鳟二，其后终生师从于井伏。七月，于青森地方的同人杂志《坐标》发表《学生群》，连载至十一月中断。这一时期与左翼地下运动发生联系。秋天，小山初代来东京，经太宰治长兄上京劝说后返乡。十一月，结识银座某西式酒馆的女服务员、有夫之妇田部呈子，同居三天后，二人一同于江之岛袖浦跳海自杀，田部殒命，太宰治则被认定犯有协助自杀罪，后免于起诉。

昭和六年（1931）二十二岁

二月，与再次上京的小山初代同居。这年加入反帝国主义学生同盟，积极参与地下运动，并以朱麟堂为号沉迷于俳句，大学学业几乎荒废。

昭和七年（1932）二十三岁

春天，因参加地下运动而不断变换住所。六月，得知小山初代与其同居之前的过往经历而深受打击。七月，脱离左翼地下运动并向青森县警察署自首，被拘留一个月。这期间开始创作《回忆》。十二月，应青森县检察局传唤出庭。

昭和八年（1933）二十四岁

二月，首次以太宰治的笔名在《东奥日报·星期日特刊》发表《列车》。三月，参与由古谷纲武、今官一、木山捷平等人发起的同人杂志《海豹》，于创刊号上发表《鱼服记》。这期间，结识檀一雄、伊马鹈平（春部）、中村地平等人。四月，《回忆》在《海豹》上刊出（连载至七月完结）。

昭和九年（1934）二十五岁

十二月，与檀一雄、木山捷平、中原中也、津村信夫、山岸外史等人发起创办同人杂志《青花》，仅出一期便停刊，翌年三月与《日本浪漫派》合并。四月，《叶》发表于《鹳》。七月，《猿面冠者》发表于《鹳》。十月，《彼非昔日之彼》发表于《世纪》。十二月，《传奇》发表于《青花》。

昭和十年（1935）二十六岁

二月，《逆行》发表于《文艺杂志》，为首次在同人杂志以外公开出版的杂志上发表作品。三月，参加东京都新闻社入职考试落选，于镰仓自缢求死未遂。自帝国大学辍学。四月，患盲肠炎入院治疗，因术后引发腹膜炎服用可待因类中枢性镇痛药导致后来服药成瘾。八月，《逆行》入围第一届芥川奖候选佳作，屈居第二而未能获奖。结识佐藤春夫并师从后者。这一年，与居住在东京的田中英光以通信方式开始密切交往。五月，《道化之华》发表于《日本浪漫派》。七月，《玩具》《雀子》发表于《作品》。八月，散文《若有所思的芦苇》发表于《日本浪漫派》（连载至十二月完结）。九月，《猿岛》发表于《文学界》。十月，《俗人俗事》发表于《文艺春秋》。十二月，《地球图》发表于《新潮》。

昭和十一年（1936）二十七岁

二月，可待因药物中毒发作，入芝济生会病院矫治，不足一月未及治愈便退院。六月，由砂子屋书房刊行其处女创作品集《晚年》。八月，因矫治药瘾和治疗肺病前往群马县谷川温泉，得知第三届芥川奖落选受到沉重打击。十月，在井伏鳟二等人劝说下入江谷田武藏野病院一月余，药物沉湎得到彻底矫治。

一月，散文《碧眼托钵》发表于《日本浪漫派》（连载至三月完结），《盲瞽草纸》发表于《新潮》。三月，《阴火》发表于《文艺杂志》。五月，《关于雌性》发表于《若草》。七月，《虚构的春天》发表于《文学界》。十月，《狂言之神》发表于《东阳》，《创生记》发表于《新潮》，《喝彩》发表于《若草》。

昭和十二年（1937）二十八岁

三月，与小山初代一同在水上温泉服用安眠药自杀，未遂，返京后与小山初代分手。这年至翌年，除偶尔写作一些散文随笔外，小说创作几乎完全停歇。

一月，《二十世纪旗手》发表于《改造》。四月，《Human Lost》发表于《新潮》。六月，短篇集《虚构的彷徨·俗人俗事》由新潮社刊行。七月，短篇集《二十世纪旗手》由版画庄刊行。十月，《灯笼》发表于《若草》。

昭和十三年（1938）二十九岁

七月，渐渐从消沉中解脱出来，开始写作《离袂》。九月，前往山梨县御坂山口的天下茶屋潜心创作长篇小说《火鸟》，但终未完成。十一月，井伏鳟二以长辈身份撮合津岛修治与石原美知子订婚。九月，《满愿》发表于《文笔》，《离袂》发表于《新潮》。

昭和十四年（1939）三十岁

一月，在井伏鳟二家与石原美知子举行婚礼，婚后搬入位于甲府市御崎町的新居。四月，《黄金风景》获《国民新闻》短篇小说征文奖。九月，迁至东京都下三鹰村下连雀一一三番，除终战前后疏散避居外一直在此居住至去世。

二月，《富岳百景》发表于《文体》（连载至三月完结）。三月，《黄金风景》发表于《国民新闻》。四月，《女生徒》发表于《文学界》，《慵懒的纸牌游戏》发表于《文艺杂志》，《叶樱与魔笛》发表于《若草》。五月，短篇集《关于爱与美》

由竹村书房刊行。七月，短篇集《女生徒》由砂子屋书房刊行。八月，《八十八夜》发表于《新潮》，《畜犬谈》发表于《文学者》。十一月，《时髦的童子》发表于《妇人画报》，《皮肤与心》发表于《文学界》。

昭和十五年（1940）三十一岁

十二月，出席第一届“阿佐谷之会”（由居住在铁道中央线沿线的文士组成的睦亲会），后成为该团体的常客。这年《女生徒》单行本获第四届北村透谷奖。

一月，《俗天使》发表于《新潮》，《鸥》发表于《知性》，《春天的盗贼》发表于《文艺日本》，《女人的决斗》发表于《月刊文章》（连载至六月完结）。二月，《越级起诉》发表于《中央公论》。三月，《老海德堡》发表于《妇人画报》。四月，《想起善藏》发表于《文艺杂志》，短篇集《皮肤与心》由竹村书房刊行。五月，《奔跑吧！梅勒斯》发表于《新潮》。六月，《古典风》发表于《知性》，短篇集《回忆》由人文书院刊行，短篇集《女人的决斗》由河出书房刊行。七月，《盲人独笑》发表于《新风》，《乞食学生》发表于《若草》（连载至十二月完结）。十一月，《蝈蝈》发表于《新潮》。十二月，《罗曼灯笼》发表于《妇人画报》（连载至翌年六月完结）。

昭和十六年（1941）三十二岁

二月，开始执笔长篇小说《新哈姆雷特》，至五月完成。六月，长女园子出生。八月，阔别十年重返乡里金木村。九月，太田静子随友人初访太宰治居所。十一月，接到征兵令但因胸部有疾患而得免入伍。

一月，《清贫谭》发表于《新潮》，《猫头鹰通信》发表于《知性》，《东京八景》发表于《文学界》，《佐渡》发表于《公论》。五月，短篇集《东京八景》由实业日本社刊行。六月，《千代女》发表于《改造》。七月，新作长篇小说《新哈姆雷特》由文艺春秋社刊行。八月，短篇集《千代女》由筑摩书房刊行。十一月，《风的讯息》发表于《文学界》。十二月，《谁》发表于《文学界》，《越级起诉》限定版单行本由月曜庄刊行。

昭和十七年（1942）三十三岁

十月，《花火》（战后改题为《日出之前》）发表于《文艺杂志》，却被以与时局不相宜为理由要求全文删除。十二月，母亲夕子去世，单身返回乡里。

一月，《耻》发表于《妇人画报》。四月，短篇集《风的讯息》由利根书房刊行。五月，《水仙》发表于《改造》，短篇集《老海德堡》由竹村书房刊行。六月，新作长篇小说《正义与微笑》由锦城出版社刊行，短篇集《女性》由博文馆刊行。十一月，《归去来》发表于《八云》，散文集《文藻集信天翁》月昭南书房刊行。

昭和十八年（1943）三十四岁

三月，前往甲府续写并完成前年开笔而未完成的长篇小说《右大臣实朝》。十月，完成小说《云雀之声》却因出版社担心审查难以通过而延迟出版，翌年准备出版时又因印刷所遭空袭致使已经印讫的书被焚毁。昭和二十年刊行的《潘多拉之匣》是在此书校订版的基础上重新执笔再创作的。

一月，《故乡》发表于《新潮》，《禁酒之心》发表于《现代文学》，短篇集《富岳百景》由新潮社刊行。九月，新作长篇小说《右大臣实朝》由锦城出版社刊行。

昭和十九年（1944）三十五岁

五月，为写作《津轻》而前往津轻地方旅行。八月，长男正树出生。十二月，受情报局和文学报国会之托创作《惜别》而前往仙台，调查收集鲁迅当年在仙台留学时的事迹。

一月，《佳日》发表于《改造》。三月，《散华》发表于《新青年》。五月，《雪夜的话》发表于《少女之友》。八月，短篇集《佳日》由肇书房刊行。十一月，新作长篇小说《津轻》由小山书房刊行。

昭和二十年（1945）三十六岁

三月，于空袭下的东京开始执笔创作《御伽草纸》，至六月完成。四月，家中遭空袭被毁，前往妻子娘家山梨县甲府市石原家疏散避难。七月，妻子娘家也遭空袭被毁，于是携妻儿等辗转前往老家青森县北津轻郡避居。

一月，系列长篇小说《新解诸国故事》由生活社刊行。四月，《竹青》发表于《文艺杂志》。九月，新作《惜别》由朝日新闻社刊行。十月，《潘多拉之匣》发表于《河北新报》（连载至翌年一月完结），新作系列长篇小说《御伽草纸》由筑摩书房刊行。

昭和二十一年（1946）三十七岁

十一月，经过近一年半的疏散避难，偕同妻儿等返回东京三鹰市自己家。与坂口安吾、织田作之助等一同参加《改造》杂志主办的座谈会，但发言未能在《改造》上刊载，其后以《文艺·太宰治读本》的题名刊出（昭和三十一年）。十二月，创作的新剧《冬季的花火》原定于东京剧场上演，被联合国占领军司令麦克阿瑟下令禁演。与坂口安吾、织田作之助、平野谦等举行“谈现代文学”座谈会，座谈内容翌年四月刊载于《文学季刊》。

一月，《庭》发表于《新小说》，《父母这两个字》发表于《新风》。二月，《谎言》发表于《新潮》。三月，《无可奈何也》发表于《读卖月刊》，《苦恼的年鉴》发表于《新文艺》，《雀》发表于《思潮》。四月，《十五年间》发表于《文化展望》。六月，剧本《冬季的花火》发表于《展望》，《潘多拉之匣》单行本由河北新报社刊行。九月，剧本《春天的枯叶》发表于《人间》。十一月，《来访者》发表于《东北文学》。十二月，《亲友交欢》发表于《改造》，短篇集《微明》由新纪元社刊行。

昭和二十二年（1947）三十八岁

二月，前往神奈川县下曾我造访太田静子，逗留一周后转往田中英光避难地伊豆三津浜。至三月上旬，执笔写作《斜阳》第一、二章。三月，次女里子（日后的女作家津岛佑子）出生。这段时期结识山崎富荣。四月，在三鹰租借的工作室潜心写作《斜阳》，至六月完成。十一月，与太田静子的女儿治子出生。

一月，《钉铛铛》发表于《群像》，《圣诞快乐》发表于《中央公论》。三月，《母亲》发表于《新潮》，《维庸之妻》发表于《展望》。四月，《父亲》发表于《人间》。五月，《女神》发表于《日本小说》。六月，《磷火花》发表于《日本小说》。七月，《早晨》发表于《新思潮》，《斜阳》发表于《新潮》（连载至十月完结），作品集《冬季的花火》由中央公论社刊行。八月，短篇集《维庸之妻》由筑摩书房刊行。十月，《炊女》发表于《改造》。十二月，《斜阳》单行本由新潮社刊行。

昭和二十三年（1948）三十九岁

三月起至五月执笔写作《人间失格》。这段时期甚感身体不适，失眠、经常咳血。四月，八云书店开始刊行《太宰治全集》。六月十三日深夜，将《Goodbye》草稿、数封遗书、留给伊马春部的诗歌等置于桌上，与山崎富荣一同投身玉川上水自杀。十九日，遗体被发现。二十一日，由丰岛与志雄任葬仪委员会委员长、井伏鳟二任副委员长，举行告别式。七月，遗体被安葬在三鹰市黄檗宗禅林寺。

一月，《犯人》发表于《中央公论》，《酒的记忆》发表于《地上》，《夫人》发表于《光》。三月，《眉山》发表于《小说新潮》，《美男子与烟草》发表于《日本小说》。四月，《渡鸟》发表于《群像》，《女性们》发表于《八云》。五月，《樱桃》发表于《世界》。七月，《Goodbye》发表于《朝日评论》，《人间失格》单行本由筑摩书房刊行，短篇集《樱桃》由实业日本社刊行。八月，《家庭的幸福》发表于《中央公论》。十一月，随笔集《如是我闻》由新潮社刊行。

（本年谱参照奥野健男氏整理的太宰治年谱编写而成。）

读客三个圈经典文库

精神成长树

你想成为什么样的人？
对你来说什么是重要的？
这个世界应该是什么样子？

我们在生命中遇到的问题，每个时空的人都经历过，一些伟大的人留下一些伟大作品，流传下来，就成了经典。正是这些经典，共同塑造并丰富着人类的精神世界。

我们重新梳理了浩若烟海的文学经典，为您制作了精神成长树。跟随读客三个圈经典文库，汲取大师与巨匠淬炼的精神力量，完成你自己的精神成长！

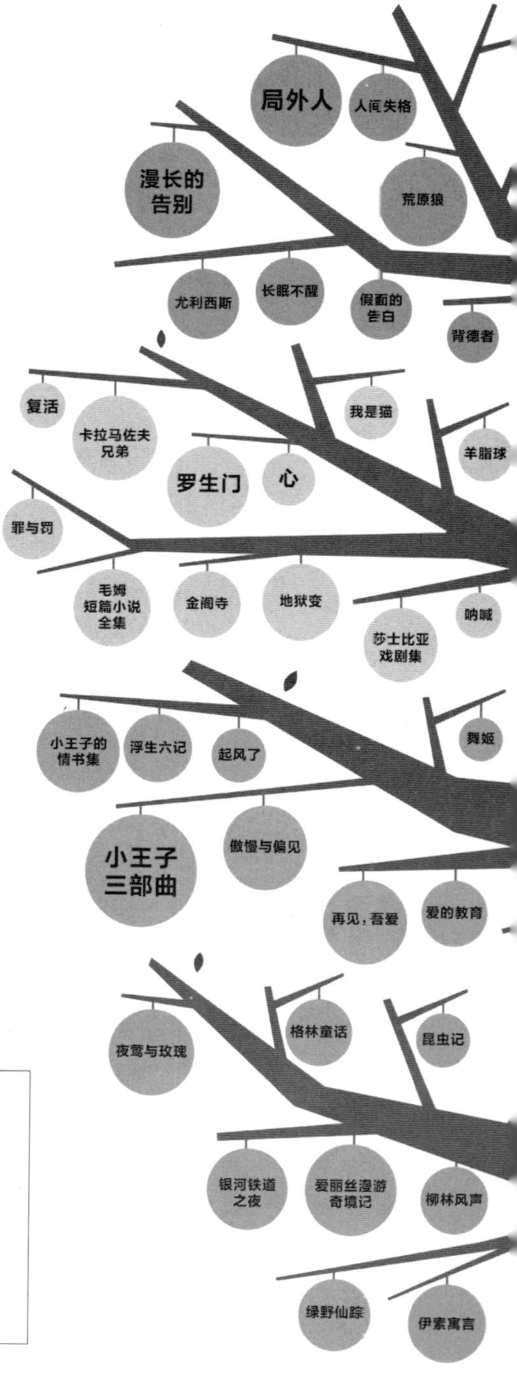

树干：

不同的精神成长主题，您可以挑选任意感兴趣的主题进行深入阅读

例如：
寻找人生意义
探索自己的内心
拥有强大意志力
理解复杂的人性
…………

枝丫上的果实：

我们为您精选的经典文学作品

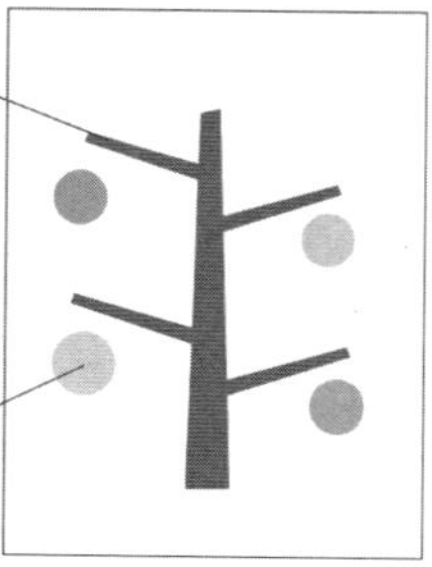

精神成长树示意图

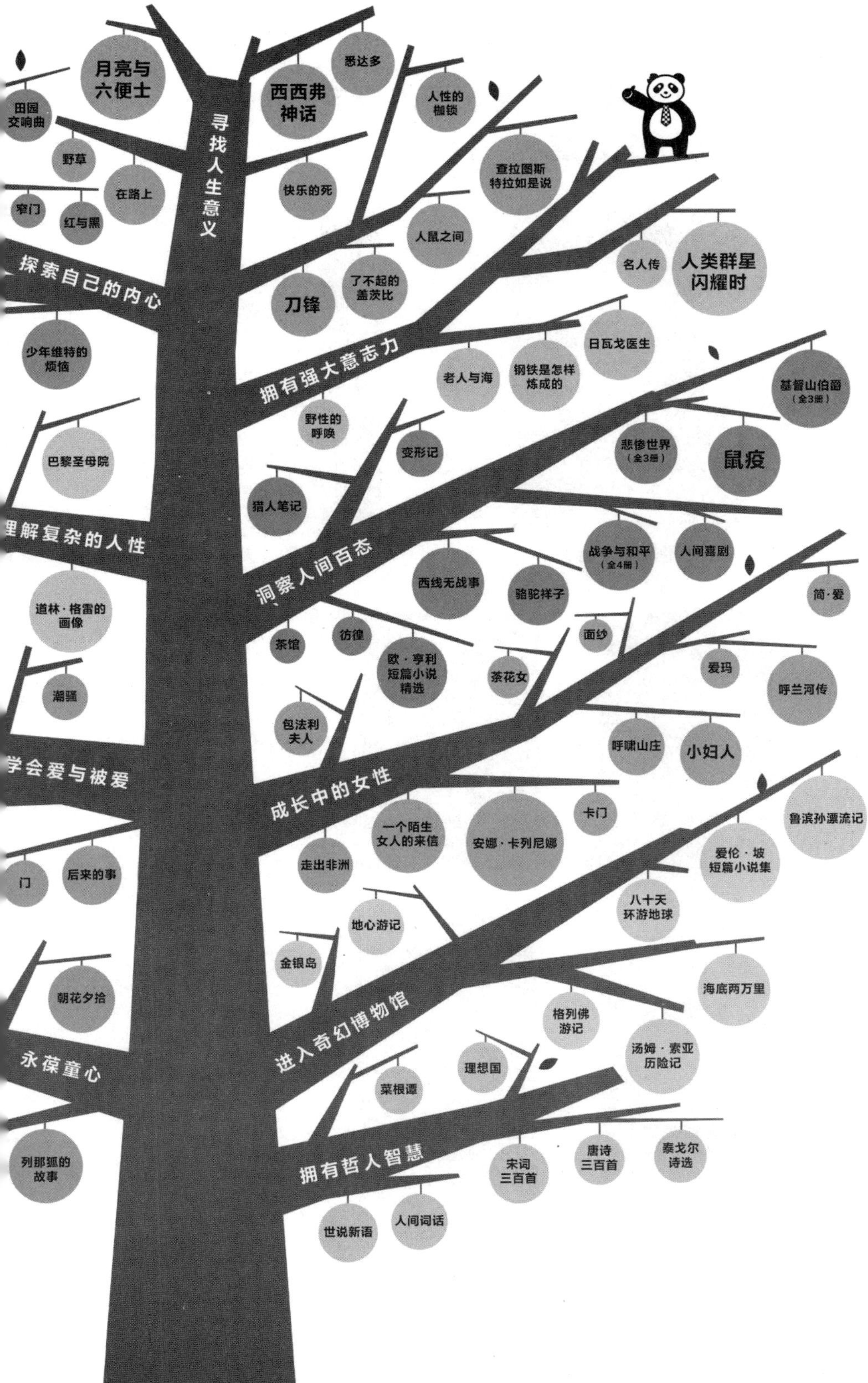
寻找人生意义
月亮与六便士
田园交响曲
野草
在路上
窄门
红与黑
西西弗神话
悉达多
人性的枷锁
快乐的死
查拉图斯特拉如是说
人鼠之间
了不起的盖茨比
刀锋
名人传
人类群星闪耀时
探索自己的内心
少年维特的烦恼
拥有强大意志力
日瓦戈医生
老人与海
钢铁是怎样炼成的
野性的呼唤
基督山伯爵（全3册）
巴黎圣母院
变形记
悲惨世界（全3册）
鼠疫
猎人笔记
理解复杂的人性
洞察人间百态
战争与和平（全4册）
人间喜剧
西线无战事
骆驼祥子
道林·格雷的画像
简·爱
茶馆
彷徨
欧·亨利短篇小说精选
面纱
茶花女
爱玛
呼兰河传
潮骚
包法利夫人
呼啸山庄
小妇人
学会爱与被爱
成长中的女性
卡门
一个陌生女人的来信
安娜·卡列尼娜
鲁滨孙漂流记
门
后来的事
走出非洲
爱伦·坡短篇小说集
八十天环游地球
地心游记
金银岛
海底两万里
朝花夕拾
进入奇幻博物馆
格列佛游记
永葆童心
理想国
汤姆·索亚历险记
菜根谭
列那狐的故事
拥有哲人智慧
宋词三百首
唐诗三百首
泰戈尔诗选
世说新语
人间词话

如果你喜欢《人间失格》
你可能也会喜欢“探索自己的内心”书单

《漫长的告别》

文库编号：025

《局外人》

文库编号：055

《人间失格》

文库编号：002

《红与黑》

文库编号：024

《少年维特的烦恼》

文库编号：003

《窄门》

文库编号：157

《背德者》

文库编号：170

《田园交响曲》

文库编号：171